COVIL DO DIABO

A OBSESSÃO MOLOTOV: LIVRO 1

ANNA ZAIRES

♠ MOZAIKA PUBLICATIONS ♠

e-ISBN: 978-1-63142-705-3
ISBN: 978-1-63142-706-0

CHLOE

O CARRO ERRA POR POUCO E É A VITRINE À MINHA esquerda que explode, estilhaçando vidros para todos os lados.

Eu congelo, tão atordoada que mal sinto o vidro cortando meu braço desprotegido. Então, os gritos começam.

— Tiros! Ligue para o 911! — alguém na rua grita, e a adrenalina inunda minhas veias enquanto meu cérebro faz a conexão entre o som e a explosão de vidro.

Alguém está atirando.

Em mim.

Eles me encontraram.

Meus pés reagem antes do resto do meu corpo, impulsionando-me em um salto no momento em que outro *bang!* chega aos meus ouvidos, e a caixa registradora dentro da loja explode em estilhaços.

A mesma caixa que eu estava bloqueando com meu corpo um segundo atrás.

Sinto o gosto do terror. É acobreado, como sangue. Talvez *seja* sangue. Talvez eu tenha levado um tiro e esteja morrendo. Mas não, estou correndo. Meu batimento cardíaco está rugindo em meus ouvidos, meus pulmões bombeando com tudo que podem enquanto eu corro pelo quarteirão. Posso sentir a queimação em minhas pernas, então, estou viva.

Por enquanto.

Porque eles me encontraram. De novo.

Eu faço uma curva fechada à direita, correndo por uma rua estreita e, por cima do ombro, vejo dois homens a meio quarteirão atrás de mim, correndo para me alcançar a toda velocidade.

Meus pulmões já estão gritando por ar, minhas pernas ameaçam ceder, mas eu acelero desesperadamente e corro para um beco antes que eles dobrem a esquina. Uma cerca de arame de 1,5 metro de altura surge na metade do beco, mas eu a pulo em segundos, a adrenalina me cedendo a agilidade e a força de um atleta.

A parte de trás do beco se conecta à outra rua, e um soluço de alívio explode da minha garganta quando eu percebo que é onde estacionei meu carro antes da entrevista.

Corra, Chloe. Você consegue.

Respirando desesperadamente, corro rua abaixo, procurando no meio-fio um Toyota Corolla velho.

Cadê?

Onde deixei o maldito carro?

Estava atrás da van azul ou branca?

Por favor, que ainda esteja lá. Por favor, que ainda esteja lá.

Finalmente, eu o vejo, meio escondido atrás de uma van branca. Remexendo no bolso, tiro as chaves e com as mãos tremendo violentamente, pressiono o botão para destrancar o carro.

Já estou dentro e colocando a chave na ignição quando vejo meus perseguidores emergindo do beco um quarteirão atrás de mim, cada um com uma arma na mão.

***

Ainda estou tremendo cinco horas depois quando paro em um posto de gasolina, o primeiro que vejo nesta estrada sinuosa na montanha.

Foi por um triz.

Eles estão ficando mais ousados, mais desesperados.

Eles atiraram em mim na porra de uma rua.

Minhas pernas parecem gelatina quando saio do carro, segurando minha garrafa d'água vazia. Preciso de um banheiro, água, comida e gasolina, nesta ordem – e, de preferência, um veículo novo, pois eles podem ter pego a placa do meu Toyota. Supondo que eles ainda não a tenham.

Não tenho ideia de como eles me encontraram em Boise, Idaho, mas pode ter sido pelo meu carro.

O problema é que o pouco que sei sobre como fugir

de criminosos assassinos obstinados vem de livros e filmes, e não tenho ideia do que meus perseguidores realmente *podem* rastrear. Só por segurança, porém, não estou usando nenhum dos meus cartões de crédito e abandonei meu telefone logo no primeiro dia.

Outro problema é que tenho exatamente trinta e dois dólares e vinte e quatro centavos na carteira. A posição de garçonete para a qual fiz entrevista esta manhã em Boise teria sido um salva-vidas, já que o dono do Café estava aberto a me pagar em dinheiro por baixo dos panos, mas eles me encontraram antes que eu pudesse fazer um único turno.

Alguns centímetros à direita e a bala teria passado pela minha cabeça em vez da vitrine da loja.

Sangue se acumulando no chão da cozinha... Roupão rosa em ladrilho branco... Olhar vidrado e morto...

Minha frequência cardíaca aumenta e meu tremor se intensifica, meus joelhos ameaçam ceder. Apoiada no capô do meu carro, respiro fundo, trêmula, tentando fazer com que a batida louca do meu pulso diminua enquanto empurro as memórias bem no fundo, onde elas não podem apertar minha garganta como um torno.

Não posso pensar no que aconteceu. Se eu fizer isso, vou desmoronar e eles vão vencer.

Eles podem ganhar, de qualquer maneira, porque eu não tenho dinheiro e nenhuma ideia do que estou fazendo.

Uma coisa de cada vez, Chloe. Um pé na frente do outro.

A voz de mamãe chega até mim, calma e firme, e me

forço a me afastar do carro. E daí se minha situação passou de desesperadora à crítica?

Ainda estou viva e pretendo continuar assim.

Extraí todos os cacos de vidro do meu braço algumas horas atrás, mas a camiseta que o envolvi para estancar o sangramento ficou com uma aparência ruim, então, pego meu moletom do porta-malas e coloco o capuz para esconder meu rosto de qualquer câmera de segurança que possa haver dentro do posto de gasolina. Não sei se as pessoas atrás de mim conseguiriam ter acesso a essa filmagem, mas é melhor não arriscar.

Novamente, supondo que eles ainda não estejam rastreando meu carro.

Concentre-se, Chloe. Um passo de cada vez.

Respirando fundo, entro na pequena loja de conveniência anexa ao posto de gasolina e, com um pequeno aceno para a senhora atrás do caixa, vou direto para o banheiro nos fundos. Depois que minhas necessidades mais urgentes são atendidas, lavo as mãos e o rosto, encho minha garrafa de água da torneira e pego minha carteira para contar as notas, só para garantir.

Não, eu não calculei mal ou me enganei. Trinta e dois dólares e vinte e quatro centavos é todo o dinheiro que me resta.

O rosto no espelho do banheiro é o de uma estranha, todo tenso e com as faces encovadas, com olheiras sob olhos castanhos excessivamente grandes. Não tenho comido nem dormido normalmente desde que comecei a fugir, e isso está evidente. Pareço mais velha do que meus vinte e três anos, o último mês tendo me envelhecido em uma década.

Suprimindo o ataque inútil de autopiedade, concentro-me no prático. Etapa um: decidir como será usado o dinheiro que possuo.

A maior prioridade é a gasolina para o carro. Tenho menos de um quarto de tanque, e não há como dizer quando vou encontrar outro posto de gasolina nesta área. Encher todo o tanque vai me custar pelo menos trinta dólares, deixando-me apenas alguns dólares para a comida para saciar o vazio que corrói meu estômago.

Mais importante, da próxima vez que ficar sem gasolina, estou ferrada.

Saindo do banheiro, vou até a caixa registradora e digo à senhora para me dar vinte dólares em gasolina. Eu também pego um cachorro-quente e uma banana, e devoro o cachorro-quente enquanto ela conta lentamente o troco. A banana, guardo no bolso da frente do meu moletom para o café da manhã de amanhã.

— Aqui está, querida — diz ela em uma voz rouca, entregando-me o troco junto com um recibo. Com um sorriso caloroso, ela acrescenta: — Tenha um bom dia, ouviu?

Para meu choque, minha garganta se contrai e as lágrimas pinicam no fundo dos meus olhos, a simples bondade me atingindo completamente.

— Obrigada. Você também — digo em uma voz sufocada, e enfio o troco na minha carteira, corro em direção à saída antes que eu possa alarmar a mulher explodindo em lágrimas.

Estou quase na porta quando um jornal local chama minha atenção. Ele está em uma cesta com o rótulo GRÁTIS, então, eu o pego antes de seguir para o meu carro.

Enquanto o tanque está enchendo, coloco minhas emoções inquietas sob controle e desdobro o jornal, indo direto para a seção de classificados no fim. É uma chance remota, mas talvez alguém por aqui esteja contratando para algum tipo de trabalho, como lavar janelas ou aparar sebes.

Mesmo cinquenta dólares podem aumentar minhas chances de sobrevivência.

A princípio, não vejo nada parecido com o que estou procurando e estou prestes a dobrar o jornal, desapontada, quando um anúncio no final da página chama minha atenção:

Procura-se tutor residente para uma criança de quatro anos. Deve ser bem instruído, bom com crianças e disposto a se mudar para uma propriedade remota nas montanhas. $3K/semana em dinheiro. Para se inscrever, envie seu currículo por e-mail para tutorcandidates459@gmail.com.

Três mil por semana em dinheiro? Que porra é essa?

Incapaz de acreditar no que vejo, releio o anúncio.

Não, todas as palavras ainda são as mesmas, o que é insano. Três mil por semana para um tutor? Em dinheiro?

É uma farsa, tem que ser.

Com o coração acelerado, termino de encher o tanque e entro no carro. Minha mente está a mil. Eu sou a candidata perfeita para essa posição. Não apenas acabei de me formar com especialização em Educação, mas também fui babá e tutora de crianças durante todo o Ensino Médio e a faculdade. E a mudança para uma propriedade remota na montanha? Onde eu assino? Quanto mais remota, melhor.

É como se o anúncio fosse feito apenas para mim.

Espere um minuto. Isso poderia ser uma armadilha?

Não, esse é um pensamento verdadeiramente paranoico. Desde o acidente dessa manhã, tenho dirigido sem rumo com o único objetivo de colocar a maior distância possível entre mim e Boise, enquanto fico fora das principais estradas e rodovias para evitar câmeras de trânsito. Meus perseguidores precisariam de uma bola de cristal para adivinhar que eu acabaria nesta área remota, muito menos que pegaria este jornal local. A única maneira de isso ser uma armadilha é se eles colocaram anúncios semelhantes em todos os jornais do país, bem como em todos os principais sites de empregos, e, mesmo assim, parece um exagero.

Não, é improvável que seja uma armadilha preparada especificamente para mim, mas pode ser algo igualmente sinistro.

Hesito por um momento, então, saio do carro e volto para a loja.

— Com licença, senhora — digo, me aproximando da senhora no caixa. — Você mora nesta área?

— Com certeza, querida. — Um sorriso ilumina seu

rosto enrugado. — Nascida e criada em Elkwood Creek.

— Excelente. Nesse caso... — desdobro o jornal e o coloco no balcão — Você sabe alguma coisa sobre isso? — Aponto para o anúncio.

Ela puxa um óculos de leitura e aperta os olhos para o pequeno texto. — Hum. Três mil por semana para um tutor... deve ser ainda mais rico do que dizem.

Minha pulsação salta de excitação. — Você sabe quem colocou esse anúncio?

Ela ergue o olhar, os olhos cansados piscando por trás das lentes grossas do óculos.

— Bem, não posso ter certeza, querida, mas dizem que algum russo rico comprou a velha propriedade de Jamieson, no alto das montanhas, e construiu um lugar totalmente novo lá. Tem contratado rapazes locais para alguns trabalhos aleatórios aqui e ali, sempre pagando em dinheiro. Ninguém disse nada sobre uma criança, então, pode não ser o mesmo, mas eu não consigo pensar em ninguém por aqui com tanto dinheiro, muito menos qualquer coisa perto de uma propriedade.

Puta merda. Isso pode realmente ser real. Um estrangeiro rico – isso explicaria tanto o salário alto demais quanto sua forma de pagamento. O homem – ou, mais provavelmente o casal, já que há uma criança envolvida – pode não saber o preço dos tutores por aqui, ou pode não se importar. Quando você é rico o suficiente, alguns milhares podem não ser mais significativos do que alguns centavos. Para mim, no entanto, o pagamento de uma única semana pode significar a diferença entre a vida e a morte, e se eu ganhasse esse dinheiro por um mês, seria capaz de comprar outro carro usado – e, talvez, até alguns documentos falsos, para que eu possa sair do país e desaparecer para sempre.

Melhor de tudo, se a propriedade for remota o suficiente, pode demorar um pouco antes que meus perseguidores me encontrem lá – se é que algum dia o farão. Com um salário em dinheiro, não haveria nenhum registro em papel, nada que me ligasse ao casal russo.

Esse trabalho pode ser a resposta a todas as minhas orações... se eu conseguir, claro.

— Há alguma biblioteca pública por aqui? — Pergunto, tentando moderar minha excitação. Eu não quero ter muitas esperanças. Mesmo que meu currículo seja o melhor que eles conseguiriam, o processo de contratação pode levar semanas ou meses, e não é seguro ficar aqui por tanto tempo.

Se eles me encontraram em Boise, vão me encontrar aqui também.

É só uma questão de tempo.

A senhora sorri para mim.

— Ora, sim, querida. Basta dirigir cerca de dezesseis quilômetros para o norte e, quando vir os primeiros edifícios, vire à esquerda, passe por dois cruzamentos e estará à sua esquerda, ao lado do escritório do xerife.

— Maravilhoso, obrigada. Você tem uma caneta? —

Quando ela me entrega, anoto as instruções na frente do jornal.

Não ter um smartphone com GPS é uma merda.

— Tenha um bom dia — digo à senhora, e quando saio desta vez, sinto uma ponta de esperança.

———

A minúscula biblioteca fecha às cinco da tarde, então, eu rapidamente monto meu currículo e carta de apresentação em um dos computadores públicos, e envio um e-mail para o endereço indicado no anúncio. Em vez de um número de telefone e endereço de e-mail, coloco apenas meu e-mail no currículo; esperançosamente, isso será suficiente.

Quando termino, a biblioteca está fechando, volto para o meu carro e saio da pequena cidade, virando aleatoriamente em estradas estreitas e sinuosas até encontrar o que estou procurando.

Uma clareira na floresta onde posso estacionar meu Toyota atrás das árvores, fora da vista de quem está passando.

Com o carro situado em segurança, abro o porta-malas e tiro outro suéter da mala que tive a sorte de ter comigo quando minha vida desmoronou. Enrolando o suéter, me estico no banco de trás, coloco o travesseiro improvisado sob a cabeça e fecho os olhos.

Meu último pensamento antes de o sono me arrastar é a esperança de permanecer viva o suficiente para ter notícias sobre o trabalho.

2

NIKOLAI

Uma batida na porta me distrai do e-mail que estou lendo e levanto os olhos do meu laptop enquanto Alina abre a porta e entra graciosamente em meu escritório.

— Temos uma candidata promissora esta noite — diz ela, aproximando-se da minha mesa. — Aqui, dê uma olhada. — Ela me entrega uma pasta grossa.

Eu abro. A foto da carteira de motorista de uma jovem impressionante me encara na primeira página. Seus olhos castanhos são tão grandes que dominam seu pequeno rosto em forma de diamante e, mesmo na impressão granulada, sua pele bronzeada parece brilhar, como se iluminada por dentro por uma vela invisível. Mas é sua boca que chama minha atenção. Pequena, mas perfeitamente carnuda, é uma mistura entre o bico de cupido de uma boneca e algo que se pode encontrar em uma estrela pornô.

Ela não está sorrindo na foto; sua expressão é solene,

seu cabelo está preso em um rabo de cavalo ou um coque. A próxima página, no entanto, tem uma foto dela rindo, a cabeça jogada para trás e o rosto emoldurado por ondas marrom-douradas que desaparecem abaixo de seus ombros delgados. Ela está linda nessa foto, e tão radiante, que sinto algo dentro de mim ficar perigosamente imóvel e silencioso, mesmo quando meu pulso acelera com uma resposta masculina primitiva.

Suprimindo a reação bizarra, viro a página de volta e leio as informações na carteira de motorista.

Chloe Emmons tem vinte e três anos, 1,70m e mora em Boston, Massachusetts, o que significa que ela está muito longe de casa.

— Como ela ficou sabendo dessa posição? — Pergunto, olhando para Alina. — Achei que só tínhamos colocado o anúncio nos jornais locais.

Ela move as impressões com as fotos de lado e bate uma unha vermelha brilhante na página abaixo. — Leia a carta de apresentação.

Eu volto minha atenção para a página. Parece que Chloe Emmons está fazendo uma viagem de pós formatura e estava passando por Elkwood Creek quando viu nosso anúncio e decidiu se candidatar ao cargo. A carta de apresentação está bem escrita e formatada de maneira organizada, assim como o currículo que se segue. Posso ver por que Alina achou isso promissor. Embora a jovem tenha acabado de receber seu Bacharelado em Estudos de Educação, do Middlebury College, ela teve mais estágios de ensino e empregos de babá do que os três candidatos anteriores juntos.

O relatório de Konstantin sobre ela é o próximo. Como de costume, a equipe dele fez um mergulho profundo em suas mídias sociais, registros criminais e de trânsito, movimentações bancárias, históricos escolares, registros médicos e tudo mais sobre sua vida que foi informatizado em algum momento. É uma leitura mais longa, então, olho para Alina.

— Alguma bandeira vermelha?

Ela hesita. — Pode ser. A mãe dela faleceu há um mês, suicídio aparente. Desde então, Chloe tem estado basicamente fora da rede: nada de postagens em redes sociais, nada de transações de cartão de crédito, nada de ligações em seu celular.

— Então, ela está tendo problemas para lidar com a situação ou algo está acontecendo.

Alina acena com a cabeça. — Minha aposta é no primeiro; sua mãe era a única família.

Fecho a pasta e afasto-a. — Isso não explica a falta de transações com cartão de crédito. Algo está errado aqui. Mas mesmo que seja o que você pensa, uma mulher emocionalmente perturbada é a última coisa de que precisamos.

Um sorriso sem humor toca os olhos verde-jade de Alina.

— Você tem certeza disso, Kolya? Porque eu sinto que ela pode se encaixar perfeitamente.

E antes que eu possa responder, minha irmã se vira e sai.

Não sei o que me faz pegar a pasta novamente uma hora depois – curiosidade mórbida, provavelmente. Folheando a espessa pilha de papéis, encontro o relatório policial sobre o suicídio da mãe. Aparentemente, Marianna Emmons, garçonete, 40 anos, foi encontrada no chão da cozinha, com os pulsos cortados. Foi um vizinho que ligou; a filha, Chloe, não estava em lugar nenhum – e ela nunca apareceu para identificar ou enterrar o corpo.

Interessante. A linda Chloe poderia ter matado a mãe? É por isso que ela está em sua "viagem aventureira", fora do radar?

De acordo com o boletim de ocorrência, não houve suspeita de crime. Marianna tinha um histórico de depressão e já havia tentado suicídio uma vez, quando tinha dezesseis anos. Mas eu sei como é fácil encenar uma cena de crime se você sabe o que está fazendo.

Só é preciso um pouco de visão e habilidade.

É uma suposição, claro, mas não cheguei onde estou assumindo o melhor sobre as pessoas. Mesmo que Chloe Emmons não seja culpada de matricídio, ela é culpada de alguma coisa. Meus instintos estão me dizendo que há mais em sua história, e meus instintos raramente estão errados.

A garota é um problema. Eu sei disso, sem sombra de dúvida.

Mesmo assim, algo me impede de fechar a pasta. Eu leio o relatório de Konstantin na íntegra e, em seguida, analiso as capturas de tela de sua rede social. Surpreendentemente, não tem muitas selfies; para uma garota tão bonita, Chloe não parece muito focada em sua aparência. Em vez disso, a maioria de suas postagens consiste em vídeos de filhotes de animais e fotos de pontos turísticos, junto com links de blogs e artigos sobre o desenvolvimento infantil e métodos de ensino ideais.

Se não fosse por aquele relatório policial e seu desaparecimento de um mês da rede, Chloe Emmons pareceria ser exatamente o que afirma: uma recém-formada com uma paixão por lecionar.

Voltando ao início da pasta, estudo a foto dela rindo, tentando entender o que há na garota que me intriga. Seu rosto bonito, com certeza, mas isso é apenas parte. Eu vi – e fodi – mulheres muito mais clássicas do que ela. Mesmo aquela boca de boneca pornográfica não é nada especial no grande esquema das coisas, embora nenhum homem em sã consciência deixaria de sentir aqueles lábios carnudos e macios envolvendo seu pau.

Não, é outra coisa que exerce aquela atração magnética sobre mim, algo a ver com o brilho de seu sorriso. É como avistar um raio de sol rompendo as nuvens em um dia de inverno. Eu quero tocar, sentir seu calor... capturar, para que eu possa ter para mim.

Meu corpo endurece com o pensamento, imagens sombrias e proibidas para menores deslizando pela minha mente. Um homem melhor – um pai melhor – fecharia essa pasta imediatamente, mesmo que apenas por causa da tentação que ela apresenta, mas eu não sou esse homem.

Eu sou um Molotov e nunca fazemos algo tão prosaico quanto a coisa certa.

Tamborilando meus dedos na minha mesa, chego a uma decisão.

Chloe Emmons pode estar muito perturbada para eu permitir que chegue perto do meu filho, mas ainda quero conhecê-la.

Eu quero sentir aquele raio de sol na minha pele.

3

CHLOE

O PORTÃO DE FERRO DE MAIS DE 3 METROS DE ALTURA
desliza enquanto eu aguardo; o motor do meu Toyota
protesta na inclinação íngreme da estrada de terra que
leva até a propriedade. Agarrando o volante com força,
atravesso o portão aberto, meu nervosismo se
intensificando a cada segundo.

Ainda não consigo acreditar que estou aqui. Eu
tinha quase certeza de que não teria nada em minha
caixa de entrada quando fui à biblioteca esta manhã.
Era muito cedo para esperar uma resposta. No entanto,
por precaução, eu queria verificar meu e-mail e, depois,
passar algumas horas procurando online por outras
possibilidades a uma distância de meio tanque de
carro. Mas o e-mail já estava lá quando entrei; havia
chegado às dez da noite de ontem.

Eles querem me entrevistar.

Hoje, ao meio-dia.

Minhas palmas estão escorregadias de suor; limpo

primeiro uma mão, depois a outra na minha calça jeans. Não tenho nada que se assemelhe a uma roupa apropriada para uma entrevista, então, estou usando meu único jeans limpo e uma camiseta lisa de mangas compridas – preciso das mangas para cobrir os arranhões e cortes dos cacos de vidro deixados no meu braço. Felizmente, meus empregadores em potencial não usarão o traje casual contra mim; afinal, estou sendo entrevistada para um cargo de tutor no meio do nada.

Por favor, deixe-me pegar o trabalho. Por favor, deixe-me conseguir.

O elegante portão de ferro pelo qual acabei de passar faz parte de um muro de metal da mesma altura que se estende até a floresta de montanha escarpada de cada lado da estrada. Eu me pergunto se isso significa que o muro segue em torno de toda a propriedade. É difícil imaginar – de acordo com o bibliotecário que me deu as instruções, a propriedade consiste em mais de mil hectares de terreno montanhoso selvagem – mas eu não consigo ver onde o muro termina, então, é possível. E como o portão se abriu sozinho com a minha chegada, deve haver câmeras instaladas também – o que, embora um tanto alarmante, também é reconfortante.

Não tenho ideia de por que essas pessoas precisam de tanta segurança, mas se eu conseguir esse emprego, estarei segura dentro de seu complexo também.

A sinuosa estrada de terra em que estou parece durar para sempre, mas, finalmente, depois de cerca de um quilômetro, a floresta nas laterais começa a se afastar e o terreno fica plano. Devo estar me aproximando do pico da montanha.

Com certeza, quando eu faço a próxima curva, a elegante mansão de dois andares aparece.

Uma maravilha ultramoderna de vidro e aço, deveria se destacar em meio a toda essa natureza indomada, mas, em vez disso, é habilmente integrada ao seu entorno, com uma parte da casa construída em um afloramento rochoso. Quando paro na frente dela, vejo um terraço todo de vidro envolvendo os fundos e percebo que a casa está situada em um penhasco com vista para uma ravina profunda.

A vista dentro deve ser de tirar o fôlego.

Respire fundo, Chloe. Você consegue.

Desligando o carro, eu aliso minhas palmas das mãos suadas no meu jeans, endireito minha camisa, certifico-me de que meu cabelo ainda está arrumado no coque e pego o currículo que imprimi na biblioteca. Eu normalmente entrevisto bem, mas nunca tive tanto em jogo antes. Cada nervo do meu corpo está no limite, meu coração bate tão rápido que me sinto tonta. Claro, eu também poderia estar tonta porque tudo que comi hoje foi uma banana, mas não quero pensar nisso e no fato de que, se eu não conseguir o emprego, a fome pode ser o menor dos meus problemas.

Com o currículo em mãos, saio do carro. Estou cerca de meia hora adiantada, o que é melhor do que chegar atrasada, mas não o ideal. Eu estava com medo de me perder sem um GPS, então, saí da biblioteca e me dirigi para cá assim que o bibliotecário explicou para onde ir e me deu um mapa local. Eu não me perdi, então, agora, tudo que eu preciso é caminhar até a porta da frente elegante e futurista e tocar a campainha.

Endireitando minha espinha, eu me preparo para fazer exatamente isso quando a porta se abre, revelando um homem alto, de ombros largos, vestido em um jeans escuro e uma camisa de botão branca com as mangas enroladas até os cotovelos.

— Oi — digo, colocando um sorriso brilhante enquanto caminho em direção a ele. — Eu sou Chloe Emmons, estou aqui para uma entrevista para... — Eu paro, minha respiração presa em meus pulmões quando ele sai para a luz e um par de olhos cor de avelã deslumbrantes encontra os meus.

Exceto que *avelã* é um termo muito genérico para eles. Eu nunca vi olhos assim. Um âmbar rico e escuro misturado com verde floresta, eles são cercados por cílios grossos e negros e brilham com uma ferocidade peculiar, uma intensidade que não pareceria deslocada em um predador da selva. Olhos de tigre, pertencentes a um homem que é o poder e o perigo personificados – um homem tão cruelmente bonito que minha frequência cardíaca já elevada fica supersônica.

Maçãs do rosto altas e largas, nariz afilado, mandíbula forte o suficiente para cortar mármore – a pura simetria dessas características marcantes teria sido suficiente para enfeitar as capas de revistas, mas quando combinadas com aquela boca carnuda e cinicamente curvada, o efeito é absolutamente devastador. Como seus cílios, suas sobrancelhas são grossas e pretas, assim como seu cabelo, que é longo o suficiente para cobrir suas orelhas e tão liso que parece a asa de um corvo.

Fechando a distância entre nós com passos longos e suaves, ele estende a mão em minha direção.

— Nikolai Molotov — diz ele, pronunciando o nome como um nativo da Rússia faria – embora não haja nenhum traço de sotaque em sua voz profunda e grave. — É um prazer conhecê-la.

4

CHLOE

Estupefata, aperto sua mão. É grande e forte, sua pele levemente bronzeada é quente enquanto seus longos dedos envolvem os meus e apertam com um poder cuidadosamente contido. Um arrepio percorre minha espinha com a sensação, meu corpo aquece todo, e preciso de todo o esforço para não tombar em direção a ele enquanto meus joelhos se transformam em gelatina.

Controle-se, Chloe. Este é um potencial empregador. Controle-se, porra.

Com um esforço hercúleo, puxo minha mão e junto o que resta da minha compostura.

— É um prazer conhecê-lo, Sr. Molotov. — Para meu alívio, minha voz sai firme; meu tom, calmo e amigável, como convém a uma pessoa que está sendo entrevistada para um emprego. Dando meio passo para trás, eu sorrio para meu anfitrião. — Desculpe, cheguei um pouco adiantada.

Seus olhos de tigre se mostram mais brilhantes.

— Sem problemas. Estava ansioso para conhecê-la, Chloe. E, por favor, me chame de Nikolai.

— Nikolai — eu repito, meu batimento cardíaco estúpido acelerando ainda mais. Não entendo o que está acontecendo comigo, por que estou tendo essa reação a este homem. Eu nunca perdi a cabeça por causa de um queixo esculpido e um abdômen bem definido, nem mesmo quando era uma adolescente cheia de hormônios. Enquanto minhas amigas estavam apaixonadas por jogadores de futebol e estrelas de cinema, eu saía com garotos cujas personalidades eu gostava, cujas mentes me atraíam mais do que seus corpos. Para mim, a química sexual sempre foi algo que se desenvolve com o tempo, em vez de estar presente desde o início.

Mas, também, eu nunca conheci um homem que exala tal magnetismo animal cru.

Eu não sabia que homens assim existiam.

Concentre-se, Chloe. Ele provavelmente é casado.

O pensamento é como um respingo de água fria em meu rosto, me trazendo de volta à realidade da minha situação. O que diabos estou fazendo, babando pelo pai de uma criança? Eu preciso desse trabalho para *sobreviver*. A viagem de 64 quilômetros até aqui consumiu mais de um quarto do tanque de gasolina, e se eu não ganhar algum dinheiro logo, estarei perdida, um alvo fácil para os assassinos que vêm atrás de mim.

O calor dentro de mim esfria com o pensamento, e quando Nikolai diz: — Siga-me — e caminha de volta para a casa, meus nervos estremecem de ansiedade em vez do que quer que tenha acontecido comigo ao vê-lo.

Por dentro, a casa é tão ultramoderna quanto por fora. Ao meu redor estão janelas do chão ao teto com vistas deslumbrantes, decorações dignas de museus de arte moderna e móveis elegantes que parecem ter saído diretamente do showroom de algum designer de interiores. Tudo é feito em tons de cinza e branco, suavizados em alguns lugares por madeira natural e detalhes em pedra. É lindo e mais do que um pouco intimidador, assim como o homem na minha frente, e enquanto ele me leva por uma sala de estar aberta para uma escada em espiral de madeira e vidro nos fundos, não posso deixar de me sentir como um pombo sarnento que foi acidentalmente lançado em uma sala de concertos dourada.

Reprimindo a sensação perturbadora, eu digo: — Você tem uma bela casa. Mora aqui há muito tempo?

— Alguns meses — ele responde enquanto subimos as escadas. Ele olha para mim. — E você? Você disse em sua carta de apresentação que está em uma viagem?

— Isso mesmo. — Sentindo-me em terreno mais firme, explico que me formei em Middlebury College, em junho, e decidi conhecer o país antes de mergulhar no mundo do trabalho. — Mas é claro que vi seu anúncio — concluo — e parecia perfeito demais para deixar passar, então, aqui estou.

— Sim, de fato — diz ele suavemente quando paramos na frente de uma porta fechada. — Aqui está você.

Minha respiração engata novamente, meu pulso acelerando incontrolavelmente. Há algo enervante na curva sombria e sensual de sua boca, algo quase... *perigoso* na intensidade de seu olhar. Talvez seja a cor incomum de seus olhos, mas me sinto nitidamente desconfortável quando ele pressiona a palma da mão em um painel discreto na parede e a porta se abre na nossa frente, no estilo de um filme de espionagem.

— Por favor — ele murmura, gesticulando para que eu entre, e eu o faço, dando o meu melhor para ignorar a sensação perturbadora de que estou entrando no covil de um predador.

O *covil* acabou sendo um grande escritório iluminado pelo sol. Duas das paredes são feitas inteiramente de vidro, revelando vistas das montanhas de tirar o fôlego, enquanto uma elegante mesa em forma de L no meio contém vários monitores de computador. Ao lado está uma pequena mesa redonda com duas cadeiras, e é para onde Nikolai me leva.

Escondendo um suspiro de alívio, eu me sento e coloco meu currículo na mesa na frente dele. Claramente, estou no limite, meus nervos tão à flor da pele depois do ultimo mês que vejo perigo em toda parte. Esta é uma entrevista para um cargo de tutor, nada mais, e preciso me controlar antes de estragar tudo.

Apesar da advertência, meu pulso dispara novamente quando Nikolai se inclina para trás em sua cadeira e me olha com aqueles olhos inquietantemente bonitos. Posso sentir a umidade crescente nas palmas das mãos, e faço tudo o que posso para não limpá-las novamente no meu jeans. Por mais ridículo que seja, sinto-me nua sob aquele olhar, todos os meus segredos e medos expostos.

Pare com isso, Chloe. Ele não sabe nada. Você está sendo entrevistada para ser tutora, nada mais.

— Então — digo alegremente para esconder minha ansiedade —, posso perguntar sobre a criança que eu estaria dando aulas particulares? É seu filho ou filha?

Seu rosto assume uma expressão indecifrável.

— Meu filho. Miroslav. Nós o chamamos de Slava.

— É um ótimo nome. Ele...

— Fale-me sobre você, Chloe. — Inclinando-se para frente, ele pega meu currículo, mas não olha para ele. Em vez disso, seus olhos estão fixos no meu rosto, fazendo-me sentir como uma borboleta presa ao microscópio. — O que há nessa posição que te intriga?

— Oh, tudo. — Respirando fundo para firmar minha voz, descrevo todos os trabalhos de babá e aulas particulares que fiz ao longo dos anos e, em seguida, repasso meus estágios, incluindo meu último emprego de verão em um acampamento para necessidades especiais, onde trabalhei com crianças de idades variadas. — Foi uma grande experiência — concluo —, ao mesmo tempo desafiadora e gratificante. Minha parte favorita, porém, era ensinar matemática e ler para as crianças mais novas – e é por isso que acho que seria perfeita para esse papel. Ensinar é minha paixão, e eu adoraria a chance de trabalhar com uma criança individualmente, para adaptar o currículo aos seus interesses e habilidades.

Ele coloca o currículo de lado, ainda sem se preocupar em olhar para ele.

— E como você se sente morando em um lugar tão distante da civilização? Onde não há nada além de natureza selvagem por dezenas de quilômetros ao redor e apenas um contato mínimo com o mundo exterior?

— Isso soa... — *Como um refúgio.* — surpreendente. — Sorrio para ele, minha excitação não fingida. — Sou uma grande fã do ermo e da natureza em geral. Na verdade, minha alma mater – Middlebury College – foi escolhida em parte por causa de sua localização rural. Adoro fazer caminhadas e pescar, e me dou bem num acampamento. Morar aqui seria um sonho que se tornou realidade. — Especialmente dadas todas as medidas de segurança que localizei no caminho, mas não digo isso, é claro.

Eu não posso parecer outra coisa senão uma recém-formada da graduação em busca de aventura.

Ele arqueia as sobrancelhas.

— Você não vai sentir falta dos seus amigos? Ou família?

— Não, eu... — Para meu temor, minha garganta se contrai com uma onda repentina de tristeza. Engolindo, tento novamente. — Eu sou muito independente. Tenho viajado pelo país sozinha no último mês e, além disso, sempre há telefones, aplicativos de videoconferência e rede social.

Ele inclina a cabeça. — Ainda assim, você não postou em seus perfis de rede social no mês passado. Por que isso?

Eu fico olhando para ele, meu coração dispara. Ele olhou minha rede social? Como? Quando? Eu tenho as configurações de privacidade mais altas; ele não deveria ser capaz de ver nada sobre mim além do fato de que existo e uso as redes sociais como uma pessoa normal. Ele me investigou? Invadiu minhas contas de alguma forma?

Quem é esse homem?

— Na verdade, não tenho telefone no momento. — Um filete de suor desce pela minha espinha, mas consigo manter o meu tom. — Eu me livrei dele porque queria ver se conseguiria funcionar nessa viagem sem todos os eletrônicos. Uma espécie de desafio pessoal.

— Entendo. — Seus olhos são mais verdes do que âmbar nesta luz. — Então, como você mantém contato com a família e os amigos?

— Principalmente por e-mail — minto. Não tenho como admitir que não mantive contato com ninguém e não tenho planos de fazer isso. — Tenho visitado bibliotecas públicas e uso os computadores de lá de vez em quando. — Percebendo que meus dedos estão fortemente entrelaçados, eu abro minhas mãos e forço um sorriso em meus lábios. — É bastante libertador não estar amarrada a um telefone, sabe. Conectividade extrema é uma bênção e uma maldição, e estou aproveitando a liberdade de viajar pelo país como as pessoas faziam no passado, com apenas um mapa de papel para me guiar.

— Uma Geração Z ludista. Que refrescante.

Eu coro com a zombaria suave em seu tom. Eu sei como minha explicação soa, mas é a única coisa que posso inventar para justificar minha falta de atividade recente nas redes sociais e, caso ele olhe meu currículo com atenção, a ausência de um número de telefone celular. Na verdade, é uma boa desculpa para tudo, então, posso muito bem seguir em frente.

— Você está certo. Eu sou um pouco ludista — digo. — É provavelmente por isso que a vida na cidade tem tão pouco apelo para mim, e porque achei seu anúncio de emprego tão intrigante. Viver aqui — eu aponto para as vistas deslumbrantes do lado de fora — e dar aulas particulares para seu filho é o tipo de trabalho que eu sempre quis, e se você me contratar, vou me dedicar completamente a ele.

Um sorriso lento e misterioso curva seus lábios. — Mesmo?

— Sim. — Mantenho seu olhar, mesmo quando minha respiração fica superficial e lufadas de calor percorrem minha pele. Eu realmente não entendo minha reação a este homem, não entendo como posso considerá-lo tão magnético, mesmo quando ele dispara todos os tipos de alarmes em minha mente. Paranoia ou não, meus instintos gritam que ele é perigoso, mas meu dedo coça para estender a mão e traçar as linhas claramente definidas de seus lábios carnudos e de aparência macia. Engolindo em seco, afasto meus pensamentos desse território traiçoeiro e digo com o máximo de seriedade que consigo: — Serei a tutora mais perfeita que você pode imaginar.

Ele me olha sem piscar, o silêncio se estende por vários segundos, e quando sinto que meus nervos vão explodir como um elástico esticado, ele se levanta e diz: — Siga-me.

Ele me leva para fora do escritório e por um longo corredor até chegarmos à outra porta fechada. Esta não deve ter segurança biométrica, pois, apenas bate na porta e, sem esperar resposta, entra.

No interior, outra janela do chão ao teto oferece vistas mais deslumbrantes. No entanto, não há nada elegante e moderno neste quarto. Em vez disso, parece o resultado da explosão de uma fábrica de brinquedos. O caos colorido está em todo lugar que olho, com pilhas de brinquedos, livros infantis e peças de LEGO espalhadas por todo o chão, e uma cama infantil coberta por um lençol com o tema do *Super-Homem* no canto. Os travesseiros e cobertores com o tema do *Super-Homem* da cama estão empilhados em outro canto, e não é até que meu anfitrião diga em um tom de comando: — Slava!— que eu percebo que há um garotinho construindo um castelo de LEGO próximo a essa pilha.

Ao ouvir a voz de seu pai, a cabeça do menino se ergue, revelando um par de enormes olhos verdeâmbar – os mesmos olhos hipnotizantes que o homem ao meu lado possui. Em geral, o menino é Nikolai em miniatura, seu cabelo preto caindo em volta das orelhas em uma cortina lisa e brilhante e seu rosto redondo de criança já mostrando uma sugestão daquelas maçãs do rosto marcantes. Até a boca é a mesma, faltando apenas a curva cínica e sábia dos lábios de seu pai.

— Slava, *idi syuda* — Nikolai ordena, e o menino se levanta e se aproxima de nós com cautela. Quando ele para na nossa frente, noto que ele está vestindo uma calça jeans e uma camiseta com uma foto do *Homem-Aranha* na frente.

Olhando para seu filho, Nikolai começa a falar com ele em um russo rápido. Não tenho ideia do que ele está dizendo, mas deve ter algo a ver comigo porque o menino continua olhando para mim, sua expressão ao mesmo tempo curiosa e amedrontada.

Assim que Nikolai termina de falar, eu sorrio para a criança e me ajoelho no chão, então, estamos no mesmo nível.

— Oi, Slava — digo suavemente. — Eu sou Chloe. Prazer em conhecê-lo.

O menino me olha sem expressão.

— Ele não fala inglês — diz Nikolai, com a voz dura. — Alina e eu tentamos ensiná-lo, mas ele sabe que falamos russo e se recusa a aprender conosco. Então, esse seria o seu trabalho: ensinar inglês a ele, junto com qualquer outra coisa que uma criança da idade dele deveria saber.

— Entendo. — Mantenho meu olhar no menino,

sorrindo para ele calorosamente, mesmo quando mais alarmes disparam em minha mente. Há algo estranho na maneira como Nikolai fala com e sobre a criança. É como se seu filho fosse um estranho para ele. E se Alina – que presumo ser sua esposa e mãe da criança – sabe inglês tão bem quanto meu anfitrião, por que Slava não fala pelo menos algumas palavras? Por que ele se recusaria a aprender o idioma com seus pais?

Em geral, por que Nikolai não pega o menino e o abraça? Ou bagunça seu cabelo de maneira divertida?

Onde está a facilidade calorosa com que os pais costumam se comunicar com os filhos?

— Slava — digo baixinho para o menino —, eu sou Chloe. — aponto para mim mesma. — Chloe.

Ele me olha com o olhar fixo de seu pai por vários longos momentos. Em seguida, sua boca se move, moldando as sílabas.

— Klo-ee.

Eu sorrio para ele. — Isso mesmo. Chloe. — Eu bato no meu peito. — E você é Slava. — Eu aponto para ele. — Miroslav, certo?

Ele acena com a cabeça solenemente. — Slava.

— Você gosta de quadrinhos, Slava? — Eu gentilmente toco a imagem em sua camiseta. — Este é o *Homem-Aranha*, não é?

Seus olhos brilham. — *Da, Homem-Aranha.* — Ele pronuncia com sotaque russo. — *Ti znayesh o nyom?*

Eu olho para Nikolai, apenas para encontrá-lo me olhando com uma expressão sombria e indecifrável. Um formigamento de consciência indesejada percorre minha espinha, minha respiração engata com uma sensação repentina de vulnerabilidade. Não é onde eu quero estar de joelhos com este homem.

É como expor minha garganta para um lindo lobo selvagem.

— Meu filho está perguntando se você sabe sobre o *Homem-Aranha* — diz ele após um momento de tensão. — Presumo que a resposta seja sim.

Com esforço, eu tiro meu olhar dele e me concentro no menino.

— Sim, eu sei sobre o *Homem-Aranha* — digo, sorrindo. — Eu amava o *Homem-Aranha* quando tinha sua idade. Também *Super-Homem* e *Batman* e *Mulher Maravilha* e *Aquaman*.

O rosto da criança se ilumina mais com cada super-herói que eu nomeio, e quando chego ao *Aquaman*, um sorriso malicioso aparece em seu rosto.

— *Aquaman*? — Ele franze o narizinho. — *Nyet, nye Aquaman*.

— Sem *Aquaman*? — Eu arregalo meus olhos exageradamente. — Por que não? O que há de errado com o *Aquaman*?

Isso atrai uma risadinha. — *Nye Aquaman*.

— Ok, você venceu. Sem *Aquaman*. — Solto um suspiro triste. — Pobre *Aquaman*. Poucas crianças gostam dele.

O menino ri de novo e corre para uma pilha de gibis ao lado da cama. Pegando um, ele o traz de volta e aponta para a foto na frente.

— *Super-Homem samiy sil'niy* — declara ele.

— *Super-Homem* é o melhor? — Eu chuto. — Seu favorito?

— Ele disse que é o mais forte — diz Nikolai uniformemente, depois, muda para o russo, sua voz assumindo o mesmo tom de comando.

O rosto do menino cai, e ele abaixa o livro, sua postura abatida.

— Vamos voltar para o meu escritório — diz Nikolai para mim, e sem outra palavra para seu filho, ele se dirige à porta.

5

NIKOLAI

Quando eu saio do quarto, posso ouvi-la se despedindo do meu filho, sua voz doce e clara, e as batidas dolorosas em meu peito se intensificam, a raiva se misturando com a luxúria mais forte que eu já senti.

Seis meses.

Seis meses, e eu não consegui nem mesmo um sorriso do menino. Alina conseguiu, e, agora, também essa garota, essa total estranha.

Slava riu com ela.

Ele mostrou a ela seu gibi favorito.

Ele a deixou tocar sua camisa.

E o tempo todo que eu a observei com meu filho, tudo que eu conseguia pensar era em como seria ela estendida nua debaixo de mim, seu cabelo com mechas soltas do coque que o prende e seus grandes olhos castanhos fixos em mim enquanto eu me enterro em sua carne sedosa, uma e outra vez.

Se eu precisasse de mais provas de que não sou adequado para ser pai, aqui está, bem claro.

— Sente-se, por favor — digo a Chloe quando voltamos ao meu escritório. Apesar dos meus melhores esforços, minha voz está tensa, o caldeirão turbulento de emoções dentro de mim, muito poderoso para ser contido. Eu quero agarrar a garota e transar com ela aqui e, ao mesmo tempo, quero sacudi-la e exigir que ela me diga como ela trabalhou sua magia em Slava tão rapidamente... porque meu filho respondeu a ela em poucos minutos enquanto eu não consigo arrancar mais do que algumas palavras dele há meses.

Ela se senta na mesma cadeira de antes, na beirada do assento com a delicadeza de uma borboleta em uma flor. Seus olhos estão presos de forma curiosa no meu rosto, sua expressão, perfeitamente composta, e se não fosse por suas pequenas mãos rígidas na mesa, eu teria pensado que ela está tão calma quanto aparenta. Mas ela está nervosa, este lindo mistério de garota, nervosa e mais do que um pouco desesperada.

Não sei por que, mas vou descobrir.

— O que você achou do meu filho? — pergunto, meu tom suavizando enquanto me inclino para trás na minha cadeira. Agora que estamos longe de Slava, o estranho aperto que muitas vezes sinto em minhas costelas quando estou com ele está diminuindo, a raiva irracional e o ciúme sumindo até que seja apenas um pulso fraco no fundo da minha mente.

E daí se o menino gosta mais dessa estranha?

Isso significa que ela pode realmente ser capaz de fazer o trabalho para o qual estou prestes a contratá-la.

Não sei quando exatamente tomei essa decisão, em que ponto decidi que meu fascínio por Chloe Emmons justifica o perigo que ela pode representar à minha família. Talvez tenha sido quando ela estava mentindo levianamente sobre por que parou de usar as redes sociais, ou quando estava sem medo segurando meu olhar depois de prometer se dedicar ao trabalho. Ou talvez tenha sido quando eu abri a porta de casa e aqueles suaves olhos castanhos pousaram em mim pela primeira vez, fazendo todos os pelos do meu corpo se arrepiarem com uma consciência abrasadora.

Atração é uma palavra muito fraca para descrever o que sinto por ela. Minhas mãos estão literalmente se contorcendo com o desejo de tocá-la, de arrastar meus dedos sobre sua mandíbula finamente moldada e ver se sua pele bronzeada é tão macia quanto a de bebê. Em fotos, ela era brilhante e bonita, seu esplendor brilhando fora da página. Pessoalmente, ela é tudo isso e muito mais, seu sorriso cheio de calor inconsciente, seu olhar inflexível falando de vulnerabilidade e força.

E por baixo de tudo está o desespero. Eu posso ver, perceber... sentir o cheiro. Medo, desesperança – tem um cheiro, como sangue. E como o sangue, atrai as partes mais sombrias em mim, a besta que tenho mantido cuidadosamente controlada. Pior ainda, essa atração inconveniente não é unilateral.

Chloe Emmons se sente atraída por mim.

Mascarado por seu sorriso brilhante e amigável está

um interesse puramente feminino, uma resposta tão primitiva quanto minha reação a ela. Quando apertei sua mão, senti um tremor percorrer sua pele, vi seus lábios se separarem em uma exalação superficial enquanto seus dedos delicados se contraíam em meu aperto.

Não, a garota não é indiferente a mim, e isso a torna um alvo fácil.

— Acho Slava brilhante — ela responde, e meu olhar cai para o formato tentador de sua boca. Seu lábio superior é um pouco mais cheio do que o inferior, dando a impressão de uma leve sobremordida quando ela não está sorrindo. — Não sei por que ele se recusa a aprender inglês com você, mas tenho certeza de que poderei ensiná-lo — ela continua enquanto pondero se essa pequena imperfeição torna suas características mais ou menos atraentes. Mais, eu decido, enquanto ela explica os métodos de ensino que pretende usar. Definitivamente mais, porque tudo em que consigo pensar é no quanto quero saborear a maciez de pelúcia desses lábios e senti-los no meu corpo.

Com esforço, volto a me concentrar em suas palavras.

— ...E, então, vamos começar com...

— Qual é a sua opinião sobre disciplina corporal para crianças? — Interrompo, inclinando-me para frente. Já ouvi o suficiente para saber que ela é capaz de fazer o trabalho. Há apenas uma outra coisa que preciso saber agora. — Você acredita em surras e coisas assim?

Ela me lança um olhar chocado.

— Claro que não! Essa é a última coisa... Não, eu nunca toleraria isso. — Seus olhos se estreitam ferozmente quando ela se inclina, as mãos esguias fechando-se em punhos sobre a mesa. — *E você?*

— Não.

Ela relaxa visivelmente, e escondo um sorriso satisfeito. Por um segundo, ela parecia que ia me dar um soco com aqueles punhos minúsculos. E essa reação não foi fingida; todos os músculos de seu corpo ficaram tensos ao mesmo tempo, como se ela estivesse prestes a se lançar para a batalha. A mera possibilidade de meu filho levar uma surra a fez esquecer o que quer que esteja por trás de seu desespero e pronta para me rasgar como uma mamãe ursa.

Essa não é a reação de uma mulher que já machucou uma criança. Qualquer que seja o perigo que Chloe Emmons representa, não é uma tendência violenta – pelo menos, nenhuma que fosse dirigida a Slava.

O júri ainda não decidiu a verdadeira causa da morte de sua mãe.

Provavelmente é mais um sinal de que não sou adequado para ser pai, mas uma parte de mim está ansiosa pelos problemas que ela pode trazer. É tranquilo aqui, neste canto remoto de Idaho – lindo e muito quieto. A vida que deixei para trás não se parece em nada com a que levo nos últimos seis meses, e não posso negar que sinto falta da adrenalina de estar no comando de uma das famílias mais poderosas da Rússia.

Essa garota com suas mentiras intrigantes e boca de boneca pornográfica não vai substituir isso para mim, mas de uma forma ou de outra, ela fornecerá algum entretenimento.

Inclinando-me para trás, coloco meus dedos sobre minhas costelas e sorrio para ela.

— Então, Chloe... quando você pode começar?

6

CHLOE

Quase pulo e grito: *Agora! Neste minuto. Neste segundo.* Só que isso trairia meu desespero e arruinaria tudo, então, fico em meu assento e digo com alguma aparência composta: — O que funcionar melhor para você. Estou disponível imediatamente.

Os olhos de Nikolai brilham como ouro.

— Excelente. Eu gostaria que você começasse hoje. Suponho que você concorda com o salário declarado no anúncio?

— Sim, obrigada. É adequado. — Com isso quero dizer que é mais dinheiro do que eu poderia esperar ganhar em qualquer outro lugar, mas todos os manuais de entrevistas dizem para você não parecer muito ansioso e negociar. Não tenho coragem de fazer o último, mas posso tentar o primeiro. Esforçando-me para um tom casual, pergunto: — Com que frequência serei paga?

— Semanalmente. Contaremos hoje como seu

primeiro dia, então, você receberá o primeiro pagamento na próxima terça-feira. Está bom para você?

Eu aceno, muito animada para falar. Em uma semana – ou melhor, em seis dias e meio – a partir de agora, terei dinheiro. Dinheiro real, substancial o suficiente para me prover comida e gasolina por meses se eu tiver que fugir de novo.

— Excelente. — Ele se levanta. — Venha, vou te mostrar o seu quarto.

Eu o sigo, fazendo o meu melhor para não notar a forma como seu jeans de grife abraça suas coxas musculosas e como sua camisa bem ajustada se estende sobre seus ombros poderosos. A última coisa que preciso é cobiçar meu patrão, um homem que provavelmente é casado com uma mulher que ainda não conheci. O que, pensando bem, é estranho.

Por que a mãe de Slava não estava envolvida na decisão de contratação?

Alcançando Nikolai, eu limpo minha garganta para chamar sua atenção.

— Vou conhecer Alina em breve? — pergunto quando seu olhar pousa em mim. — Ou ela está fora?

Ele levanta as sobrancelhas. — Ela está...

— Bem aqui. — Uma jovem deslumbrante sai do cômodo em que estávamos prestes a entrar. Alta e magra, ela está usando um vestido vermelho que poderia ter saído direto de uma passarela em Paris. Em seus pés está um elegante par de saltos de cor nude, e seu cabelo longo, liso e preto emoldura um rosto incrivelmente bonito. Seus lábios carnudos estão pintados de vermelho para combinar com seu vestido, e uma aplicação habilidosa de delineador preto enfatiza a inclinação felina de seus olhos verde-jade.

Estendendo uma mão perfeitamente tratada em minha direção, ela diz suavemente: — Alina Molotova. Acho que a entrevista correu bem? — Como seu marido, ela fala um inglês impecável, com apenas a pronúncia de seu nome traindo suas origens estrangeiras.

Recuperando-me do choque de sua aparência, aperto sua mão. — É um prazer conhecê-la, Sra. Molotova. — Digo o nome dela como ela disse, com um "a" no final; Lembro de meu curso de Literatura Russa que os sobrenomes russos têm gênero. — Eu sou...

— Chloe Emmons, eu sei. E, por favor, me chame de Alina. — Ela sorri, revelando uma pequena lacuna entre os dentes da frente – uma imperfeição que só realça sua beleza impressionante.

— Obrigada, Alina. — sorrio de volta, mesmo quando uma dor desagradável aperta meu peito.

A esposa de Nikolai é para além de linda e, por algum motivo, eu odeio esse fato.

Estranhamente, Nikolai também não parece satisfeito com ela.

— O que você está fazendo aqui? — Seu tom é duro, suas sobrancelhas escuras se unindo em uma carranca.

O sorriso de Alina fica felino. — Eu estava preparando o quarto de Chloe, é claro. O que mais?

A resposta dele em russo é rápida e afiada, mas ela apenas ri – um som bonito como o de um sino – e me diz: — Bem-vinda à casa, Chloe.

Com isso, ela se afasta, seu passo tão gracioso quanto o de uma modelo em uma passarela.

Exalando um suspiro, eu volto para Nikolai, apenas para vê-lo entrar no quarto. Eu o sigo e me encontro em um quarto espaçoso e ultramoderno, com uma janela do chão ao teto exibindo vistas mais que deslumbrantes.

— Uau. — Caminho até a janela e olho para os picos cobertos de neve de montanhas distantes veladas por uma névoa azulada. — Isso é... uau.

— Lindo, não é? — Ele diz, e meu pulso pula quando eu percebo que ele veio ficar ao meu lado, seu olhar sobre a magnífica vista lá fora. De perfil, ele é ainda mais impressionante, seus traços tão duros e perfeitos como se tivessem sido esculpidos no penhasco em que estamos empoleirados, seu corpo poderoso é tanto uma força da natureza quanto a selva implacável ao nosso redor.

Perigoso.

A palavra sussurra em minha mente e, desta vez, não consigo me convencer de que é simplesmente paranoia. Ele é perigoso, este meu misterioso patrão. Não sei como, não sei por que, mas posso sentir. Um mês atrás, as vendas que cobriam meus olhos às quais usei durante toda a minha vida – aquelas que todas as pessoas normais usam – foram violentamente arrancadas, e eu não posso deixar de ver a escuridão no mundo, não posso fingir que ela não está lá. E eu vejo a escuridão em Nikolai.

Debaixo daquela beleza masculina estonteante e aquelas maneiras suaves se esconde algo selvagem... algo aterrorizante.

Ele se vira para mim, e preciso de toda a minha bravura para permanecer no lugar e encontrar seu olhar brilhante de tigre. Meu coração está batendo forte no peito, mas uma corrente incandescente parece saltar entre nós, as partículas de ar assumindo uma carga elétrica. Minhas terminações nervosas chiam com isso, aquecendo minha pele e deixando minha respiração superficial e irregular.

Corra, Chloe.

Engolindo em seco, dou um passo para trás, a voz de minha mãe soando na minha cabeça tão claramente como se ela estivesse aqui. E eu quero desesperadamente ouvir isso, mas estou com alguns dólares na minha carteira e um quarto de tanque de gasolina na minha lata velha de carro. Este homem, que tanto me atrai quanto me apavora, é minha única esperança de sobrevivência, e qualquer perigo que enfrente aqui não pode ser pior do que o que está esperando por mim se eu for embora.

Seus olhos brilham com diversão sombria quando eu dou mais um passo para trás e depois outro, e novamente tenho a sensação inquietante de que ele está vendo através de mim, que de alguma forma ele sente tanto meu medo quanto minha atração vergonhosa por ele.

Forçando-me a me virar, eu olho em volta, fingindo interesse em meu entorno – como se qualquer coisa por aqui pudesse ser tão fascinante quanto ele.

— Então, este será o meu quarto?

— Sim. Você gosta?

— Amo. — Olho para uma grande TV pendurada no teto sobre a cama, em seguida, caminho até uma porta em frente a uma abertura para o corredor. Isso leva a um banheiro branco e elegante com box de vidro grande o suficiente para acomodar cinco pessoas. Outra porta esconde um closet do tamanho do meu dormitório da faculdade, todo vazio e esperando por meus poucos pertences.

É um luxo do tipo que eu só vi em filmes, e aumenta meu desconforto.

Quem são essas pessoas? Onde eles conseguiram sua riqueza? Como Nikolai soube da minha ausência nas redes sociais quando todos os meus perfis são privados?

Por que precisam de tanta segurança em um lugar tão remoto?

Eu não queria pensar muito sobre nada disso antes – meu foco era conseguir o emprego – mas agora que estou aqui, agora que isso é real, não posso deixar de me perguntar no que me meti. Porque há uma resposta fácil para todas as minhas perguntas, uma palavra que, graças a Hollywood, vem à mente quando penso nos russos ricos.

Máfia.

É isso que meus novos patrões são?

7

CHLOE

Com o coração martelando, me viro para olhar para Nikolai. Ele está me olhando com a mesma diversão perturbadora, e de repente me sinto como um rato nas garras de um gato grande e lindo.

Que pode fazer parte da máfia.

— Então — começo desconfortavelmente —, eu provavelmente deveria...

— Dê-me as chaves do seu carro. — Ele se aproxima de mim. — Vou mandar trazer suas coisas.

— Tudo bem. Eu posso fazer isso. Eu só vou... — Fecho a boca porque ele estende a palma da mão para cima, com uma expressão inflexível.

Remexendo no bolso, tiro as chaves e as coloco em sua palma grande. — Aqui estão.

— Obrigado. — Ele guarda as chaves. — Acomode-se e fique à vontade. Pavel trará suas malas em um minuto.

— Há apenas uma... uma pequena mala no portamalas — digo, mas ele já está saindo.

Exalando um suspiro que não percebi que estava segurando, desabo na cama. Agora que a entrevista acabou, a adrenalina que me sustentava está baixando, e me sinto espremida, tão completamente esgotada que tudo que posso fazer é ficar ali deitada e olhar fixamente para o teto alto. Depois de um tempo, me recupero o suficiente para registrar o fato de que a colcha branca debaixo de mim é feita de algum material macio e felpudo, e espalmo sobre ela, acariciando-a como se fosse um animal de estimação.

Uma batida na porta me tira do meu estado semicatatônico. Sentando-me, grito: — Entre!

Um homem do tamanho de um urso das cavernas entra, carregando minha mala, que mais parece uma bolsa em sua mão enorme. Tatuagens percorrem os lados de seu pescoço grosso, e seu rosto envelhecido me lembra um tijolo – duro, avermelhado e intransigentemente quadrado. Seu cabelo curto militar é de um tom indeterminado de castanho generosamente salpicado de cinza, e seus duros olhos cinza me lembram balas derretidas.

— Oi — digo, oferecendo um sorriso enquanto me levanto. — Você deve ser Pavel.

Ele acena com a cabeça, sua expressão inalterada. — Onde você quer isso? — Ele pergunta em um rosnado profundo e acentuado.

— Bem aqui está bom, obrigada. Eu cuido disso. — Aproximo-me para pegar a mala dele e ao fazê-lo, percebo que ele deve ser o maior homem que já conheci, tanto em altura quanto em largura. Mais tatuagens decoram as costas de suas mãos e aparecem no decote em V do suéter que se estende firmemente sobre seus peitorais proeminentes.

Tentando não engolir em seco, nervosa, paro na frente dele e agarro a alça da mala que ele acabou de colocar no chão.

— Obrigada. — sorrio mais largo, olhando para cima. Muito para cima – meu pescoço realmente dói do quanto tenho que forçá-lo para trás.

Ele acena com a cabeça novamente, sua mandíbula larga rígida, então, se vira e sai.

Está bem então. Tanto esforço para fazer amizade com outros membros da equipe. Qual é o trabalho do homem-urso aqui, afinal? Escolta?

Executor da máfia, talvez?

Afasto o pensamento. Mesmo que o cara se enquadre perfeitamente ao estereótipo, eu me recuso a insistir nessa possibilidade. Qual seria o ponto? Mesmo que meus novos patrões sejam mafiosos, estou mais segura aqui do que lá fora.

Espero.

Fechando a porta atrás de Pavel, desfaço a mala – um processo que leva no máximo dez minutos – e olho ansiosamente para a cama com sua colcha branca felpuda. Estou exausta e não só por causa da entrevista. Entre os pesadelos que me assombram à noite e a preocupação constante durante o dia, não durmo mais do que quatro horas há semanas. Mas não posso simplesmente dormir a tarde inteira.

Fui contratada para fazer um trabalho e pretendo fazê-lo.

Para me animar, tomo um banho rápido no banheiro enorme e coloco uma camiseta limpa – a minha última. Tenho que perguntar sobre onde lavar roupa o mais rápido possível, mas primeiro as coisas mais importantes.

É hora de conhecer meu jovem aluno.

A porta do quarto de Slava está aberta quando eu me aproximo e vejo Alina lá dentro, conversando com o menino em um russo melodioso. Ao ouvir meus passos, ela olha para mim e arqueia as sobrancelhas de uma forma que me lembra seu marido.

— Ansiosa para começar?

Eu sorrio para ela. — Se você não se importa, pensei que Slava e eu poderíamos nos conhecer esta tarde. — Dou um olhar à criança e uma piscadela, ganhando um grande sorriso.

A expressão de Alina se aquece com a reação de seu filho. — Claro que não me importo. Eu estava apenas explicando a ele que você vai morar aqui e ensiná-lo. Ele está muito animado com a ideia.

— Eu também. — me agacho na frente do menino. — Vamos nos divertir muito, não é, Slava?

Ele claramente não entende o que estou dizendo, mas sorri apesar de tudo e recita algo em russo.

— Ele está perguntando se você gosta de castelos — diz Alina.

— Sim, muito — digo a Slava. — Mostre-me o que você tem aí. Esta é a sua fortaleza? — Eu aponto para o projeto LEGO parcialmente construído.

O menino ri e se joga entre as peças de LEGO. Pegando duas, ele as prende às paredes do castelo, e eu o ajudo prendendo mais duas. Só que aparentemente eu fiz errado porque ele balança a cabeça e tira minhas peças, depois as coloca bem ao lado de onde eu as coloquei.

— Oh, entendi. Você está deixando espaço para as janelas. *Janelas*, certo? — aponto para a janela gigante em seu quarto.

Ele balança a cabeça. — *Da, okna. Bol'shiye okna.* — Agarrando meu pulso, ele coloca outro pedaço na minha palma e guia minha mão para o lugar adequado na parede. — *Nado syuda.*

— Entendi. — Sorrindo, coloco a próxima peça. — Assim, certo?

— *Da* — ele diz com entusiasmo e pega mais peças. Prosseguimos nessa linha, com ele me guiando na montagem do castelo até Alina limpar a garganta.

— Parece que vocês dois estão se dando bem, então, vou deixá-los em paz — ela diz quando eu olho para cima. — Você tem meia hora antes da hora do lanche de Slava. Você está com fome por acaso, Chloe?

Meu estômago responde antes que eu possa,

emitindo um rosnado alto, e Alina ri, seus olhos verdes brilhando com diversão.

— Acho que é um sim. Alguma preferência alimentar ou alergia?

— Fico bem com qualquer coisa — digo, grata que meu tom de pele mais escuro esconda meu rubor envergonhado. Não consigo imaginar o corpo elegante e de membros longos de Alina emitindo um ruído tão indiscreto – embora, se ela for humana, isso aconteça em algum momento. Claro, o júri ainda está decidindo sobre a parte humana.

Com aqueles saltos altos e o vestido deslumbrante, a esposa de Nikolai parece muito glamorosa para ser real.

Um pouco do meu constrangimento deve ter ficado evidente porque sua diversão se aprofunda, seus lábios se curvam de uma forma que mais uma vez me lembra desconcertantemente seu marido. — Como você é fácil de agradar. Vou avisar a Pavel.

Pavel? O homem-urso é cozinheiro ou algo assim? Antes que eu possa perguntar, Alina se vira para o filho e diz algo em russo, depois sai, me deixando sozinha com o menino.

8

NIKOLAI

— Então, diga-me, irmão ... Você a contratou para Slava ou para você?

Eu paro no meio de colocar minhas abotoaduras e me viro para encontrar o olhar friamente zombeteiro de Alina.

— Isso importa? — Não tenho ideia de como ela farejou meu interesse em nossa nova contratada, mas não estou surpreso.

Minha irmã sempre foi capaz de me ler melhor do que ninguém.

Ela se encosta no batente da porta do meu closet, onde estou me trocando para o jantar.

— Acho que eu deveria ter esperado isso. Ela é bonita, não?

— Muito. — Eu deliberadamente viro minhas costas para ela. Alina vive para me irritar, mas ela não terá sucesso esta noite. Ela também não vai tentar me envergonhar para ficar longe de Chloe.

A garota me intriga demais para isso.

— Você sabe que ela passou a tarde inteira com Slava, certo? — Alina entra mais fundo no meu armário e pega minha gravata preta skinny, a que eu estava prestes a colocar.

Resistindo ao impulso de pegar outra só para irritá-la, pego a gravata dela e coloco com movimentos experientes. — Sim.

Há câmeras no quarto do meu filho, e passei *minha* tarde assistindo-o brincar com sua nova tutora. Eles terminaram de construir o castelo em que Slava estava trabalhando, comeram a travessa de frutas e queijo que Pavel levou, em seguida, brincaram de pega-pega, onde Chloe o perseguiu pelo quarto e pelo corredor, fazendo-o rir tanto que ele estava rindo e se engasgando. Depois, Chloe leu para ele algumas de suas histórias em quadrinhos favoritas – as em inglês, não as traduções em russo que Alina contrabandeou para cair nas boas graças do menino. Enquanto ela falava, Slava parecia fascinado com sua bela e jovem professora, algo pelo qual não posso culpá-lo.

Eu mataria para ela se sentar ao meu lado e ler para mim com aquela voz suave e ligeiramente rouca, sentir sua mão brincar com o meu cabelo do jeito que brincava tão casualmente com o do meu filho enquanto ele se aninhava nela como se tivesse a conhecido toda a sua vida.

— Ela é boa com ele — Alina continua enquanto eu termino de afivelar meu cinto e pego meu paletó. — Muito boa.

— Percebi.

— No entanto, você ainda vai transar com ela. Assim como *ele* teria feito.

Eu mantenho meu tom. — Nunca afirmei ser diferente.

— Mas você pode ser. Kolya... — Ela coloca a mão no meu braço e quando eu encontro seu olhar, ela diz baixinho: — Nós partimos. Viemos para cá. Esta é a nossa chance de recomeçar, de nos tornarmos quem queremos ser. Esqueça nosso pai. Esqueça tudo isso. Você investiu seu tempo; agora é a vez de Valery e Konstantin.

Uma risada seca escapa da minha garganta. — O que te faz pensar que eu quero começar de novo? Ou ser outra coisa senão quem eu sou?

— O fato de você ter partido. O fato de que estamos aqui, tendo essa discussão. — Sua expressão é séria, aberta pela primeira vez. — Deixe a garota ser a tutora de Slava e nada mais. Divirta-se em outro lugar. Ela é muito jovem para você. Muito inocente.

— Ela tem vinte e três anos, não doze. E eu acabei de fazer 31, dificilmente uma diferença de idade intransponível.

— Eu não estou falando sobre idade. Ela não é como nós. Ela é inocente. Vulnerável.

— Exatamente. E você chamou minha atenção para ela. — Eu sorrio cruelmente. — O que você achou que aconteceria?

O rosto de Alina endurece. — Você vai destruí-la. Mas, novamente — seus lábios se retorcem em um sorriso amargo enquanto ela dá um passo para trás —, esse é o jeito Molotov, não é? Aproveite seu novo brinquedo, Kolya. Mal posso esperar para ver você brincar com ela no jantar.

E sem outra palavra, ela sai.

9

CHLOE

Segurando a mão de Slava, eu me aproximo da sala de jantar, meus joelhos tremem tanto que se batem. Não sei por que estou tão nervosa, mas estou. Só de pensar em ver Nikolai novamente me faz sentir como se um texugo raivoso tivesse se instalado em meu estômago.

É a questão da máfia, digo a mim mesma. Agora que a ideia me ocorreu, não consigo tirá-la da minha mente, não importa o quanto eu tente. É por isso que minha respiração acelera e minhas palmas ficam úmidas cada vez que imagino a curva cínica dos lábios de meu patrão. Porque ele pode ser um criminoso. Porque eu sinto uma borda sombria e implacável nele. Não tem nada a ver com sua aparência e o calor que flui em minhas veias sempre que seu intenso olhar verde-ouro pousa em mim.

Não pode ter nada a ver com isso porque ele é casado, e eu nunca roubaria o marido de outra mulher, especialmente quando uma criança está envolvida.

Ainda assim, não posso deixar de me perguntar há quanto tempo Nikolai e sua esposa estão juntos... se ele a ama. Até agora, eu só os vi juntos brevemente, então, é impossível dizer – embora eu tenha sentido uma certa falta de intimidade entre eles. Mas tenho certeza de que foi apenas uma ilusão da minha parte. Por que meu patrão não amaria sua esposa? Alina é tão linda quanto ele, tanto que quase se parecem. Não admira que Slava seja uma criança tão bonita; com pais assim, ele ganhou na loteria genética.

Eu olho para o menino em questão, e ele olha para mim, seus olhos enormes assustadoramente como os de seu pai. Sua expressão é solene, a exuberância que exibia quando brincávamos juntos desapareceu. Como eu, ele parece ansioso com a nossa refeição que está por vir, então, eu lhe dou um sorriso tranquilizador.

— Jantar — digo, acenando com a cabeça em direção à mesa que estamos nos aproximando. — Estamos prestes a jantar.

Ele pisca para mim, sem dizer nada, mas eu sei que ele está arquivando a palavra, junto com tudo o mais que eu disse a ele hoje. Crianças pequenas são como esponjas, absorvendo tudo o que os adultos dizem e fazem, seus cérebros formando conexões em uma velocidade estonteante. Quando eu estava no colégio, fui babá para um casal chinês. A filha de cinco anos não falava inglês quando a conheci, mas depois de algumas semanas no jardim de infância e uma dúzia de noites comigo, ela estava quase fluente. O mesmo acontecerá com Slava, não tenho dúvidas.

Já no final desta tarde, ele estava repetindo algumas palavras depois de mim.

Ninguém está na sala de jantar ainda, embora Pavel rudemente me disse para estar aqui às seis quando ele trouxe a bandeja de frutas e queijo para o quarto de Slava. No entanto, a mesa já está posta com todos os tipos de saladas e petiscos, e minha boca saliva com as delícias que nos esperam. Apesar de o lanche da tarde ter saciado o pior da minha fome torturante, ainda estou morrendo de fome, e preciso de toda a minha força de vontade para não cair vorazmente nas travessas artisticamente dispostas de sanduíches de caviar aberto, peixe defumado, vegetais assados e saladas de folhas verdes. Em vez disso, ajudo Slava a subir em uma cadeira com assento infantil e, em seguida, começo a apontar os nomes dos diferentes alimentos em inglês.

— Chamamos esse prato de *salada*, e a coisa verde dentro dele é a *alface* — estou dizendo, quando o *clic-clac* de saltos altos anuncia a chegada de Alina.

Eu olho para ela com um sorriso. — Olá. Slava e eu estávamos apenas...

— Por que ele não se trocou? — Suas sobrancelhas escuras se franzem quando ela percebe a aparência da criança. — Ele sabe que nos trocamos para o jantar.

Eu pisco — Oh, eu...

Ela interrompe com uma torrente de russo rápido, e vejo os ombros do menino se contraírem enquanto ele se afunda em sua cadeira, como se quisesse desaparecer. Aparentemente percebendo que está aborrecendo seu filho, Alina suaviza seu tom e, eventualmente, consegue o que soa como um embaraçado pedido de desculpas da criança.

Ela me encara. — Desculpe por isso. Slava sabe que não deve se apresentar à refeição assim, mas ele se esqueceu, com toda a empolgação.

Meu rosto queima quando percebo que "assim" significa suas roupas casuais normais, que não são diferentes do jeans e da camiseta de mangas compridas que estou usando. A esposa de Nikolai, por outro lado, mudou para um vestido ainda mais glamoroso – um vestido azul prateado até o tornozelo – e parece que está a caminho de uma estreia em Hollywood.

— Sinto muito — digo, sentindo-me como uma turista mochileira que apareceu em um desfile de moda parisiense. — Eu não sabia que havia um código de vestimenta.

— Oh, você está bem. — Alina acena com a mão elegante. — Não é um requisito para *você*. Mas Slava é um Molotov, e é importante que ele aprenda as tradições da família.

— Entendo. — Não entendo, na verdade, mas não é minha função discutir com as tradições da família, por mais absurdas que sejam.

— E não se preocupe — acrescenta Alina, sentando-se em frente a Slava. — Se você também desejar se vestir adequadamente, tenho certeza de que Kolya comprará roupas adequadas para você.

Kolya? É assim que ela chama o marido?

— Isso não é necessário, obrigada... — Eu começo, apenas para cair em um silêncio atordoado quando vejo Nikolai se aproximando da mesa. Assim como sua esposa, ele trocou-se para o jantar, seus jeans de grife e camisa de botão foram substituídos por um terno preto bem cortado, camisa branca impecável e gravata preta skinny – uma roupa que não destoaria num casamento da alta sociedade, ou na mesma estreia de filme que Alina planeja comparecer. E enquanto um homem de aparência comum poderia facilmente passar por bonito em um terno como esse, a beleza masculina morena de Nikolai é elevada a um grau quase insuportável. Enquanto eu observo sua aparência, minha pulsação sobe e meus pulmões se contraem, junto com as regiões inferiores do meu...

Casado, Chloe. Ele é casado.

O lembrete é como um tapa na cara, me arrancando do meu transe deslumbrado. Forçando uma respiração em meus pulmões privados de oxigênio, eu dou ao meu patrão um sorriso cuidadosamente contido, um que *não* diz que meu coração está disparado no meu peito e que estou desejando como o inferno que Alina não existisse. Especialmente porque seu olhar marcante está direcionado a mim em vez de para sua linda esposa.

— Você está atrasado — ela diz enquanto ele puxa uma cadeira e se senta ao lado dela. — Já são...

— Eu sei que horas são. — Ele não tira os olhos de mim enquanto responde a ela, seu tom friamente desdenhoso. Em seguida, seu olhar passa rapidamente para o menino ao meu lado e suas feições se contraem quando ele percebe sua aparência casual.

— Sinto muito, é minha culpa — digo antes que ele também possa repreender a criança. — Eu não sabia que precisávamos nos vestir para o jantar.

A atenção de Nikolai volta para mim. — Claro que não. — Seu olhar viaja sobre meus ombros e peito, tornando-me profundamente consciente da minha camiseta de mangas compridas e do sutiã de algodão fino por baixo que não está fazendo nada para esconder meus mamilos inexplicavelmente eretos. — Alina está certa. Preciso comprar roupas adequadas para você.

— Não, sério, isso é...

Ele levanta a palma da mão. — Regras da casa. — Sua voz é suave, mas seu rosto poderia ter sido esculpido em pedra. — Agora que você é um membro desta família, você deve obedecê-las.

— Eu ... tudo bem. — Se ele e sua esposa querem me ver com roupas elegantes no jantar e não se importam de gastar dinheiro para que isso aconteça, que seja.

Como ele disse, sua casa, suas regras.

— Bom. — Seus lábios sensuais se curvam. — Estou feliz que você seja tão complacente.

Minha respiração acelera, meu rosto aquece novamente, e eu olho para longe para esconder minha reação. Tudo o que o homem fez foi sorrir, pelo amor de Deus, e eu estou corando como uma virgem de quinze anos. E na frente de sua esposa, nada menos.

Se eu não controlar essa paixão ridícula, serei demitida antes do final da refeição.

— Você gostaria de um pouco de salada? — Alina pergunta, como se para me lembrar de sua existência, e eu volto minha atenção para ela, grata pela distração.

— Sim, por favor.

Ela graciosamente serve uma porção de salada de folhas verdes em meu prato, depois, faz o mesmo com seu marido e filho. Nesse ínterim, Nikolai estende o prato com sanduíches de caviar para mim, e eu pego um, porque estou com fome o suficiente para comer qualquer coisa que resida no pão e porque estou curiosa sobre a notória iguaria russa. Já comi esse tipo de ovas de peixe – do tipo alaranjada grande – em restaurantes de sushi algumas vezes, mas imagino que seja diferente assim, servido em uma fatia de baguete francesa com uma espessa camada de manteiga por baixo.

Com certeza, quando eu mordo, o rico sabor umami explode na minha língua. Ao contrário das ovas de peixe que experimentei, o caviar russo parece ser preservado com grandes quantidades de sal. Por si só ficaria muito salgado, mas o pão branco crocante e a manteiga adocicada combinam perfeitamente, e devoro o resto do pequeno sanduíche em duas mordidas.

Com os olhos brilhando de diversão, Nikolai me oferece o prato novamente. — Mais?

— Estou bem, obrigada. — Eu adoraria outro sanduíche de caviar – ou vinte – mas não quero parecer gulosa. Em vez disso, pego minha salada, que também é deliciosa, com um molho doce e picante que faz minhas papilas gustativas formigarem. Em seguida, experimento um pedaço de tudo na mesa, do peixe defumado a algum tipo de salada de batata e berinjela grelhada regada com molho de iogurte com pepino e endro.

Enquanto como, fico de olho no meu pupilo, que está comendo silenciosamente ao meu lado. Alina deu a Slava uma pequena porção de tudo o que os adultos estão comendo, inclusive o sanduíche de caviar, e o menino parece não ter problemas com isso. Não há demanda por frango empanado ou batata frita, nenhum sinal da esquisitice típica de uma criança de quatro anos. Até mesmo suas maneiras à mesa são as de uma criança muito mais velha, com poucas exceções de ele pegando um pedaço de comida com os dedos em vez do garfo.

— Seu filho é muito bem comportado — digo a Alina e Nikolai, e Nikolai levanta as sobrancelhas, como se estivesse ouvindo isso pela primeira vez.

— Bem comportado? Slava?

— É claro. — Eu franzo a testa para ele. — Você não acha?

— Não pensei muito nisso — diz ele, olhando para o menino, que está diligentemente espetando um pedaço de alface com seu garfo de tamanho adulto. — Suponho que ele se comporta razoavelmente bem.

Razoavelmente bem? Uma criança de quatro anos que se senta calmamente e come tudo o que é servido sem reclamar ou interromper a conversa de um adulto?

Que manuseia utensílios como um profissional? Talvez isso seja coisa da Europa, mas eu certamente nunca vi isso na América.

Além disso, por que meu patrão não deu muita atenção ao comportamento de seu filho? Os pais não deveriam se preocupar com coisas assim?

— Você já conviveu com outras crianças da idade dele? — Eu pergunto a Nikolai em um palpite, e o surpreendo, sua boca se achatando por um segundo.

— Não — diz ele secamente. — Nunca.

Alina lhe lança um olhar indecifrável e se vira para mim. — Não sei se meu irmão lhe contou isso — diz ela em tom moderado —, mas só soubemos da existência de Slava há oito meses.

Eu engasgo com um tomate do picles que acabei de morder e começo a ter um ataque de tosse, o suco picante vinagrete tendo descido pelo modo errado. — Espere, o quê? — Eu suspiro quando consigo falar.

Oito meses atrás?

E ela acabou de chamar Nikolai de *irmão*?

— Vejo que isso é novidade para você — diz Alina, entregando-me um copo d'água, que eu bebo com gratidão. — Kolya — ela olha para Nikolai, que está com uma expressão dura e fechada — não falou muito sobre nós, falou?

— Hum, não. — coloco o copo na mesa e tusso novamente para limpar a rouquidão da minha voz. — Não mesmo — Meu novo patrão não disse muito, mas fiz todos os tipos de suposições, e algumas erradas.

Alina é irmã de Nikolai, não sua esposa. O que significa que o menino não é filho dela.

Eles não sabiam que ele existia até oito meses atrás.

Deus, isso explica muito. Não é de admirar que pai e filho ajam como se fossem estranhos um para o outro – eles *são*, para todos os efeitos. E eu estava certa quando percebi uma falta de intimidade amorosa entre Nikolai e Alina.

Eles não são amantes.

Eles são irmãos.

Olhando para os dois agora, não entendo como não percebi a semelhança – ou melhor, por que a semelhança que percebi não me deu uma pista sobre seu relacionamento familiar. As feições de Alina são uma versão mais suave e delicada do homem sentado na minha frente, e embora seus olhos verdes não tenham os tons âmbar profundos do olhar deslumbrante de Nikolai, o formato de seus olhos e sobrancelhas é o mesmo.

Eles são clara e inequivocamente irmãos.

O que significa que Nikolai não é casado.

Ou, pelo menos, não casado com Alina.

— Onde está a mãe de Slava? — Eu pergunto, procurando um tom casual. — Ela...

— Ela está morta. — A voz de Nikolai é fria o suficiente para causar congelamento, assim como o olhar que ele dirige para Alina. Voltando-se para me encarar, ele diz uniformemente: — Nós tivemos um caso de uma noite cinco anos atrás, e ela não me disse que ficou grávida. Eu não tinha ideia de que tinha um filho até que ela morreu em um acidente de carro, oito meses atrás, e uma amiga dela encontrou um diário onde ela dizia eu ser o pai.

— Oh, isso é... — Eu engulo. — Isso deve ter sido muito difícil. Para você, e especialmente para Slava. — Eu olho para o menino ao meu lado, que ainda está comendo calmamente, como se ele não se importasse com o mundo. Mas esse não é o caso, eu sei disso agora. O filho de Nikolai sobreviveu a uma das maiores tragédias que podem acontecer a uma criança e, por mais bem ajustado que pareça, não tenho dúvidas de que a perda de sua mãe deixou cicatrizes profundas em sua psique.

Eu sou adulta e estou tendo problemas para lidar com minha dor. Não consigo imaginar como é para um garotinho.

— Foi — Alina concorda suavemente. — Na verdade, meu irmão...

— É o bastante. — O tom de Nikolai ainda está perfeitamente controlado, mas posso ver a tensão em sua mandíbula e ombros. O assunto é desagradável para ele, e não é de se admirar. Não consigo imaginar como deve ser descobrir que você tem um filho que nunca conheceu, saber que perdeu os primeiros anos de sua vida.

Tenho um milhão de perguntas que quero fazer, mas posso dizer que agora não é o momento de saciar minha curiosidade. Em vez disso, pego mais comida e passo os próximos minutos elogiando o chef – que, ao que parece, é realmente o russo bronco e parecido com um urso.

— Pavel e sua esposa, Lyudmila, vieram conosco de Moscou — explica Alina enquanto o próprio homem-urso aparece da cozinha, carregando uma grande travessa de costeletas de cordeiro rodeada de batatas assadas com cogumelos. Com um grunhido, ele coloca a comida na mesa, pega alguns pratos de aperitivos vazios e desaparece de volta à cozinha enquanto Alina continua. — Lyudmila está doente hoje, então, Pavel está fazendo todo o trabalho. Normalmente, ele cozinha e limpa a maior parte, enquanto ela serve a comida. Seu trabalho principal, porém, é cuidar de Slava.

— Eles são as únicas duas pessoas que moram aqui, além de sua família? — pergunto, aceitando uma costeleta de cordeiro e uma colher de batata com cogumelos quando ela estende o prato para mim depois de dar uma porção de tamanho decente para Slava – que novamente come sem problemas.

— Eles são as únicas pessoas que residem na casa conosco — responde Nikolai. — Os guardas têm um bunker separado no lado norte da propriedade.

Meu coração salta. — Guardas?

— Temos alguns homens protegendo o complexo — diz Alina. — Já que estamos tão isolados aqui e tudo mais.

Eu faço o meu melhor para esconder minha reação. — Sim, claro, isso faz sentido. — Exceto que não. Na verdade, o local remoto deve torná-lo mais seguro.

Pelo que pude ver no mapa, apenas uma estrada leva ao topo da montanha, e já há um portão de aparência impenetrável lá, sem mencionar aquele muro de metal ridiculamente alto.

Somente pessoas com inimigos poderosos e perigosos achariam necessário contratar guardas além de todas essas medidas.

Máfia russa.

As palavras sussurram em minha mente novamente, e meu batimento cardíaco se intensifica. Baixando meu olhar para o meu prato, corto minha costeleta de cordeiro, fazendo o meu melhor para manter minha mão firme, apesar do turbilhão ansioso de meus pensamentos.

Estou em perigo aqui? Troquei uma situação ruim por outra ainda pior? Devo...

— Conte-nos mais sobre você, Chloe.

A voz profunda de Nikolai corta minha contemplação nervosa, e eu olho para cima para encontrar seus olhos de tigre em mim, seus lábios curvados em um sorriso sardônico. Mais uma vez, tenho a sensação desconcertante de que ele está vendo direto na minha cabeça, que sabe exatamente o que estou pensando e temendo.

Afastando a sensação perturbadora, eu sorrio de volta. — O que você gostaria de saber?

— Sua carteira de motorista diz que você mora em Boston. Você cresceu lá?

Eu assinto, espetando um pedaço de costeleta de cordeiro. — Minha mãe nos mudou para lá da

Califórnia quando eu era um bebê e cresci na área de Boston. — mordo a carne macia e perfeitamente temperada e, novamente, tenho que dar parabéns a Pavel – é a melhor costeleta de cordeiro que eu já comi. As batatas com cogumelos também são fantásticas, todas com alho e manteiga, tão boas que eu poderia comer meio quilo de uma vez.

— E quanto ao seu pai? — Alina pergunta quando estou na metade da costeleta de cordeiro. — Onde ele está?

— Eu não sei — eu digo, limpando meus lábios com um guardanapo. — Minha mãe nunca me disse quem ele é.

— Por que não? — A voz de Nikolai fica mais nítida. — Por que ela não te contou?

Eu pisco, surpresa, até que me ocorre o que ele deve estar pensando.

— Oh, ela não escondeu a gravidez dele. Ele sabia que ela estava grávida e decidiu não participar disso. — Ou, pelo menos, foi o que eu consegui tirar dela com base nas poucas dicas que minha mãe deu ao longo dos anos. Por alguma razão, ela odiava esse assunto, tanto que sempre que eu pressionava por respostas, ela ia para a cama com enxaqueca.

O tom de Nikolai suaviza um pouco. — Entendo.

— Acho que ele não estava pronto para esse tipo de responsabilidade — digo, sentindo a necessidade de explicar. — Minha mãe tinha apenas dezessete anos quando me teve, então, acho que ele era muito jovem também.

— Você está adivinhando? — Alina levanta suas sobrancelhas perfeitamente arqueadas. — Sua mãe nem te disse a idade dele?

— Ela não gostava de falar sobre isso. Foi um momento difícil em sua vida. — Minha voz sufoca quando outra onda de tristeza me atinge, meu peito aperta com uma dor tão intensa que mal posso respirar.

Eu sinto falta da minha mãe. Eu sinto tanto a falta dela que dói. Embora eu tenha visto seu corpo com meus próprios olhos, uma parte de mim ainda não consegue acreditar que ela está morta, não consegue processar o fato de que uma mulher tão bonita e vibrante se foi para sempre deste mundo.

— Você está bem, Chloe? — Alina pergunta baixinho, e eu aceno, piscando rapidamente para conter as lágrimas ardendo em meus olhos. — Tem certeza? — ela pressiona, seu olhar verde cheio de pena, e em um flash de intuição, eu percebo que ela sabe – e também Nikolai, que está me olhando com uma expressão ilegível.

De alguma forma, os dois sabem que minha mãe está morta.

Uma onda de adrenalina afasta a dor enquanto minha mente dá um salto. Não há dúvidas agora: eles me investigaram antes de nossa entrevista. Foi assim que Nikolai soube da minha falta de postagens nas redes sociais e porque Alina está me olhando dessa maneira.

Eles sabem todo tipo de coisa sobre mim, incluindo o fato de que menti para eles por omissão.

Pensando rápido, engulo visivelmente e olho para o meu prato.

— Minha mãe... — deixo minha voz falhar de propósito. — Ela morreu há um mês. — Permitindo que as lágrimas inundem meus olhos, eu olho para cima, encontrando o olhar de Nikolai. — Esse é outro motivo pelo qual decidi fazer essa viagem. Eu precisava de algum tempo para processar as coisas.

Seus olhos brilham em um tom mais escuro de ouro.

— Minhas mais profundas condolências por sua perda.

— Obrigada. — Limpo a umidade em minhas bochechas. — Lamento não ter mencionado isso antes. Não é algo que eu me sinta confortável mencionando casualmente em uma entrevista. — Especialmente porque minha mãe foi morta e os homens que fizeram isso estão atrás de mim. Eu realmente espero que Nikolai não saiba *disso*.

Mas, também, ele não teria me contratado se soubesse. Não é o tipo de coisa que você deseja em sua família.

— Sinto muito por sua perda — diz Alina, uma expressão genuína de simpatia em seu rosto. — Deve ter sido difícil para você perder sua única família. Você tem algum outro parente? Avós, tias, primos?

— Não. Minha mãe foi adotada em um orfanato no Camboja por um casal missionário americano. Eles morreram em um acidente de carro quando ela tinha dez anos, e nenhum membro da família a quis, então, ela cresceu em um orfanato.

— Então, você está sozinha agora — murmura Nikolai, e eu aceno com a cabeça, a dor apertada no meu peito voltando.

Ao crescer, eu nunca me importei com a falta de uma família extensa. Mamãe me deu todo o amor e apoio que eu poderia desejar. Mas agora que ela se foi, agora que não somos mais nós duas contra o mundo, estou dolorosamente ciente de que não tenho ninguém em quem confiar.

Os amigos que fiz na escola e na faculdade estão ocupados com suas próprias vidas infinitamente menos fodidas.

Percebendo que estou vagando perigosamente perto da autopiedade, eu puxo meu olhar para longe do olhar investigativo de Nikolai e volto minha atenção para a criança ao meu lado. Ele terminou suas batatas e agora está trabalhando diligentemente em sua costeleta de cordeiro; seu rostinho, a própria imagem da concentração enquanto ele luta para cortar um pedaço de carne do tamanho de uma mordida usando um garfo e uma faca que alguém deixou em seu prato. Não é uma faca de pão sem graça, percebo com um sobressalto.

Uma faca de carne afiada de verdade.

— Aqui, querido, me deixe ajudá-lo — digo, agarrando antes que ele possa cortar seus dedos. — Isto é...

— Algo que ele precisa aprender a lidar — Nikolai diz, estendendo a mão sobre a mesa para pegar a faca de mim. Seus dedos roçam os meus enquanto ele agarra o cabo, e eu sinto isso como um choque elétrico, o calor de sua pele acendendo uma fornalha dentro de mim. Minhas entranhas se contraem, minha respiração acelera, e tudo o que posso fazer é não puxar minha mão para trás como se tivesse queimado.

Pelo menos ele não é casado, uma vozinha insidiosa sussurra em minha cabeça, e eu a calo como vingança.

Casado ou não, ele ainda é meu patrão e, portanto, estritamente proibido.

Mordendo meu lábio, eu o vejo devolver a faca para a criança, que retoma sua perigosa tarefa.

— Você não está preocupado que ele se corte? — Não consigo evitar o julgamento da minha voz enquanto olho para os dedinhos em volta de uma arma potencialmente letal. Slava está manuseando a faca com um grau razoável de habilidade e destreza, mas ele ainda é muito jovem para lidar com algo tão afiado.

— Se isso acontecer, saberá usar melhor da próxima vez — diz Nikolai. — A vida não vem com uma trava de segurança.

— Mas ele tem apenas *quatro* anos.

— Quatro e oito meses — diz Alina, quando o menino consegue cortar um pedaço de costeleta de cordeiro e, parecendo satisfeito consigo mesmo, o enfia na boca. — O aniversário dele é em novembro.

Estou tentada a continuar discutindo com eles, mas é meu primeiro dia e já forcei os limites mais do que seria aconselhável. Então, mantenho minha boca fechada e me concentro na minha comida para evitar olhar para a criança segurando uma faca ao meu lado... ou seu pai insensível, mas perigosamente atraente.

Infelizmente, o dito pai fica olhando para mim. Cada vez que levanto meu olhar do prato, encontro seus olhos hipnotizantes em mim e meu batimento cardíaco pula, minha mão formigando com a lembrança de como era ter seus dedos roçando os meus.

Isto é mau.

Péssimo.

Por que ele está me olhando assim?

Ele não pode se sentir atraído por mim também... pode?

1 0

NIKOLAI

SE HAVIA ALGUMA DÚVIDA EM MINHA MENTE DE QUE VOU gostar de desvendar o mistério que é Chloe, ela já se foi quando Pavel trouxe a sobremesa. Tudo sobre ela me fascina, desde a mistura de verdades e mentiras saindo tão facilmente de seus lábios até a maneira como ela devora delicada e educadamente comida o suficiente para alimentar dois jogadores da NFL. E por baixo do meu fascínio está uma atração primordial mais poderosa do que qualquer coisa que já experimentei. Nunca quis tanto uma mulher e com tão pouca provocação. Ela não está flertando, não está fazendo nada para chamar minha atenção, mas desde o momento em que sentei em frente a ela, fiquei duro, a visão de seus lábios macios fechando em torno de um garfo me deixando excitado mais do que o show de strip mais erótico em Moscou.

Mesmo falar sobre Ksenia e a maneira como ela me

fodeu com Slava não conseguiu esfriar o fogo queimando dentro de mim.

— Deve ser a coisa mais deliciosa que já comi — Chloe diz depois de provar uma garfada da sobremesa Napoleão, e murmuro minha concordância, embora mal possa sentir o gosto do bolo folhado de várias camadas. Minha mente está ocupada em como será o gosto e a sensação *dela* quando eu a levar para a cama.

Tenho a sensação de que a nova tutora do meu filho será a coisa mais deliciosa que *eu* já tive.

— Não faça isso, Kolya — Alina diz baixinho em russo quando Chloe se vira para Slava e começa a lhe ensinar a palavra em inglês para *bolo*. — Por favor, eu imploro, deixe-a em paz.

Eu olho para minha irmã com irritação. — Eu não vou forçá-la. — Esse não é o meu modo de agir e, além disso, depois de ver a garota me dar uma olhada furtiva na última hora, tenho ainda mais certeza de que essa atração corre nos dois lados.

Ela será minha. É só uma questão de tempo.

— Estou começando a achar que você pode ser pior do que ele — diz Alina em voz baixa. — Pelo menos ele tentou justificar isso com desculpas idiotas. Mas você nem tenta, não é? Você apenas faz o que quiser, independentemente de quem se machuque no processo.

— Isso mesmo. — Eu dou a ela um sorriso duro. — E você fará bem em se lembrar disso.

Se minha irmã acha que me comparar com nosso pai vai mudar alguma coisa, ela não poderia estar mais errada. Eu sei que sou como ele. Sempre fui – e é por isso que nunca tive a intenção de ter filhos.

Nossa pequena troca em russo chama a atenção de Chloe, e seus olhos encontram os meus enquanto ela olha para mim. Imediatamente, ela desvia o olhar, mas não antes de eu ver sua garganta lisa se mover em um engolir nervoso enquanto sua língua sai para umedecer o lábio inferior.

Oh, sim, ela está atraída por mim. Atraída e preocupada com esse fato.

Afasto minha sobremesa comida pela metade e pego minha xícara de chá para tomar um longo gole. Capturando seu olhar novamente, eu coloco a xícara na mesa e dou a ela um sorriso lento e deliberado.

— Então, o que você achou da sua primeira refeição russa, Chloe?

— Fantástica. — Sua voz está um pouco sem fôlego. — Pavel é um cozinheiro maravilhoso.

Eu deixei meu sorriso se aprofundar. — Ele é, não? — Ele é ainda mais hábil em outras coisas, como facas, mas não vou dizer isso a ela. Ela já está somando dois e dois e chegando a quatro. Pude ver como ela reagiu quando mencionei os guardas. Ela suspeita que não somos apenas uma família rica, e isso a deixa quase tão nervosa quanto sua atração por mim.

Eu me pergunto se é a cautela natural de um civil abrigado, ou se há algo a mais nisso... como quaisquer segredos que ela está tentando esconder.

A coisa mais inteligente, a coisa mais prudente, seria descobrir esses segredos antes de contratá-la, mas isso levaria tempo, e eu não queria arriscar que ela escapulisse e desaparecesse. Além disso, depois de observá-la durante a refeição, estou ainda mais convencido de que ela não representa uma ameaça física para minha família. A maneira como ela arrebatou a faca de Slava traiu não apenas sua superproteção ao menino, mas também sua falta de habilidade com a lâmina. Ela segurou a faca como alguém que nunca a usou como arma, seja da variedade ofensiva ou defensiva, e eu duvido que isso fosse uma atuação — não quando seu medo por Slava era inteiramente real.

Ela acha que meu filho, um Molotov, precisa ser protegido de algo tão inócuo como uma lâmina afiada.

O aperto inexplicável em meu peito volta, e eu preciso de todas as minhas forças para não olhar para o garoto. Se eu fizer isso, só vai piorar. Em vez disso, mantenho meu foco em Chloe e na forma como seus cílios baixam em resposta ao meu sorriso, seu peito subindo e descendo em um ritmo mais rápido. Seus mamilos estão duros de novo, noto com uma satisfação selvagem; qualquer sutiã que ela esteja usando sob a blusa, se houver, é bastante revelador.

Mal posso esperar para vê-la em um belo vestido de grife, com os ombros delgados à mostra. Algo furtivo e de cor creme, para destacar o tom quente de sua pele. Ela vai colocá-lo para mim antes do jantar, e eu vou passar a refeição inteira fantasiando como vou arrancá-lo mais tarde naquela noite — não que eu precise dela vestida de alguma maneira particular para que essas fantasias se manifestem em minha mente.

A camiseta e jeans baratos que ela está vestindo funcionam muito bem para esse propósito.

— Você deve se sentir à vontade para ir para a cama, Chloe — diz Alina quando Pavel traz uma bandeja com aperitivos, ajuda Slava a se levantar da cadeira e o leva para cima para prepará-lo para dormir. — Não se sinta obrigada a ficar aqui conosco. Tenho certeza de que você está cansada depois de um dia tão longo.

— E tenho certeza de que ela pode ficar para uma bebida — digo antes que Chloe possa fazer mais do que dar a Alina um sorriso agradecido. De jeito nenhum vou deixar a garota escapar tão rápido. — Na verdade — eu continuo, dando à minha irmã um olhar severo —, *você* não disse estar cansada? Talvez você devesse se juntar a Pavel na leitura de uma história de ninar para Slava e ir para a cama cedo.

Alina quer discutir comigo, eu posso ver, mas até ela sabe que não é uma boa ideia forçar a barra ainda mais agora. Ela se tornou mais ousada desde que saímos de Moscou, mais livre com sua língua afiada. Ela pensa que porque eu temporariamente entreguei as rédeas aos nossos irmãos, eu abrandei, mas ela não poderia estar mais errada.

A besta dentro de mim está viva e bem... e focada em uma nova e doce presa.

— Tudo bem — diz ela depois de um momento tenso. — Nesse caso, boa noite. Aprecie a sua bebida.

Ela se levanta e Chloe segue seu exemplo. — Acho que vou...

— Sente-se — eu digo com um gesto de comando, e a garota afunda de volta, piscando como uma corça assustada enquanto Alina se afasta com um último olhar furioso em minha direção.

Eu espero até que ela vá embora antes de agraciar minha presa com um sorriso.

— Então me diga, Chloe... — Eu pego as garrafas na bandeja. — Você prefere conhaque, brandy ou whiskey como aperitivo?

CHLOE

Eu fico olhando para Nikolai, meu coração batendo forte. Estou interpretando mal a situação ou ele a planejou para que ficássemos sozinhos à mesa?

— Eu... realmente não bebo — digo, minha garganta seca. O olhar em seus olhos ricamente coloridos novamente me faz sentir como um camundongo preso por um gato muito grande – exceto que nenhum camundongo sentiria tal atração por um felino predador.

Eu quero tocá-lo quase tanto quanto quero fugir.

Ele arqueia as sobrancelhas escuras.

— Sem álcool nunca? Acho isso difícil de acreditar.

— Isso não foi o que eu quis dizer. É apenas, você sabe, geralmente cerveja ou vinho em uma festa... — Minha voz falha quando ele levanta uma das garrafas de cristal e derrama dois dedos de um líquido cor de âmbar em um copo de whiskey, em seguida, desliza-o em minha direção.

— Experimente isso. É um dos melhores conhaques do mundo.

Hesitante, levanto o copo e cheiro seu conteúdo. Na verdade, eu nunca tomei conhaque. Vodka, várias vezes, sim. Tequila, em algumas ocasiões memoráveis, com certeza. Mas não conhaque – e a julgar pelos fortes vapores de licor atingindo minhas narinas, não é algo que eu deva beber perto de Nikolai esta noite ou em qualquer outra noite.

Não quando estou tão confusa sobre o que está acontecendo entre nós.

Ele também se serve de um copo.

— À nossa nova parceria. — Ele levanta a bebida em um brinde, e eu não tenho escolha a não ser bater meu copo contra o dele. Trazendo aos meus lábios, eu tomo um gole – e começo a ter um ataque de tosse, meus olhos lacrimejando quando minha garganta e peito pegam fogo.

Droga, essa coisa é *forte*.

Nikolai me observa, diversão sombria brilhando em seu olhar.

— Você realmente não é de beber muito — diz ele quando finalmente recupero o fôlego. — Tente de novo, mas mais devagar desta vez. Deixe descansar na boca por alguns segundos antes de engoli-lo. Absorva o sabor, a textura... a queimação.

É uma má ideia, eu sei, mas sigo suas instruções, dou outro gole e seguro um pouco antes de deixá-lo descer pela minha garganta. Ainda queima meu esôfago, mas não tanto quanto da primeira vez, e na esteira da sensação de fogo, um calor agradável se espalha por meus membros.

— Melhor? — Ele pergunta suavemente, e eu assinto, incapaz de desviar meu olhar do seu, hipnótico. Talvez seja o álcool já mexendo com minhas inibições, ou o fato de que estamos sozinhos, mas isso parece estranhamente com um encontro... como se houvesse uma sensação de intimidade crescendo entre nós. Quero estender o braço por cima da mesa e traçar a curva sensual de seus lábios, colocar minha mão em cima de sua palma larga e sentir sua força e calor.

Eu quero que ele me beije, e se eu não estou julgando mal o calor fervente em seus olhos, isso pode ser o que ele quer também.

— Por que você me pediu para ficar para uma bebida?

Eu quero tomar de volta as palavras assim que elas saíram da minha boca, mas é tarde demais. Um sorriso sardônico aparece em seu rosto, e ele inclina a cabeça para o lado, girando indolentemente o conhaque dentro do copo.

— Por que você acha?

— Eu não... — Molho os lábios. — Não sei.

— Mas se você tivesse que arriscar um palpite?

Meu batimento cardíaco acelera. Não há como eu dizer o que estou pensando. Se eu estiver errada, isso será muito ruim para mim. Na verdade, não vejo como isso poderia ser bom para mim. Se eu estiver certa e ele estiver atraído por mim, isso só vai piorar a situação. E se eu imaginei...

— Não pense demais, *zaychik*. — Sua voz é enganosamente gentil. — Não é um dos seus exames escolares.

Certo. E eu preferia que fosse – porque, então, a única coisa com que eu teria que me preocupar seria uma nota baixa. As apostas são infinitamente maiores aqui. Se errar, se o chatear, posso perder o emprego e, com ele, qualquer esperança de segurança.

Lá fora, além dos limites desta propriedade, estão monstros me caçando, e aqui está um homem que pode ser tão perigoso... e não apenas porque ele parece gostar de jogar esse joguinho sádico comigo.

— O que isso significa? — pergunto com cautela. — Zay-alguma coisa?

— Zaychik? — A escuridão cintila em seu sorriso. — Significa *pequena lebre*. Uma espécie de carinho russo.

Meu rosto aquece, meu pulso assumindo um ritmo irregular. As chances de estar errada estão diminuindo a cada momento, e isso me deixa ainda mais nervosa. Não sou virgem, mas nunca namorei ninguém nem remotamente como este homem. Meus namorados na faculdade eram exatamente isso – rapazes que começaram como meus amigos – e não tenho ideia de como lidar com esse estranho perigosamente magnético, que também é meu chefe.

E que pode estar na máfia.

É o último pensamento que traz a clareza necessária para o emaranhado contraditório de emoções em minha mente.

Acalmando meus nervos à flor da pele, eu me levanto.

— Obrigada pelo jantar e pela bebida. Se você não se importa, vou para a cama agora. Alina está certa, foi um longo dia.

Por dois longos batimentos cardíacos, ele não diz nada, apenas me olha com aquele sorriso zombeteiro, e minha ansiedade aumenta, meu estômago dá nós. Mas ele pousa o copo e diz baixinho: — Durma bem, Chloe. Vejo você amanhã de manhã.

E, assim, estou livre, e em partes iguais aliviada e desapontada.

NIKOLAI

Eu me reviro por duas horas, tentando adormecer, mas nada acontece. Finalmente, desisto e fico ali deitado, olhando para o teto escuro, meus músculos tensos e meu pau duro e dolorido, apesar do alívio que me dei com meu punho.

O que há nessa garota que está me afetando? Sua aparência? O mistério que ela representa? Fiz tudo o que pude para deixá-la ir esta noite, recuar e permitir que ela fosse para a cama em vez de estender a mão sobre a mesa para puxá-la para mim.

O que ela teria feito se eu agisse por impulso?

Ela teria enrijecido, gritado... ou teria se derretido contra mim, seus olhos castanhos ficando suaves e nebulosos, seus lábios se abrindo para o meu beijo?

Xingando baixinho, eu me levanto, visto um roupão e vou até o meu computador. É o final da manhã em Moscou, então, posso muito bem conversar com meus irmãos sobre alguns negócios.

Qualquer coisa é melhor do que pensar em Chloe e na dor frustrante em minhas bolas.

Konstantin não atende minha vídeochamada, então, tento Valery. Meu irmão mais novo responde imediatamente, seu rosto tão suave e inexpressivo como sempre. Apesar da diferença de quatro anos entre nós, parecemos o suficiente para sermos confundidos como gêmeos – e muitas vezes somos, junto com nosso irmão mais velho, Konstantin, e nosso primo, Roman.

Os genes Molotov são uma coisa potente e tóxica.

— Já está com saudades de nós? — O tom de Valery não revela nada de suas emoções – se ele tiver alguma, é claro. É possível que meu irmão sinta tão pouco quanto mostra. Eu nunca o vi perder a paciência, mesmo quando criança, e certamente nunca o vi chorar. Mas, também, eu estive em um colégio interno durante a maior parte de sua infância, não posso reivindicar ser um especialista em Valery.

Não somos próximos, meus irmãos e eu; nosso pai havia garantido isso.

— Você conseguiu a aprovação da fábrica? — pergunto em vez de dar uma resposta. — Ou ainda está pendente?

Valery me dá um olhar fixo. — Está na mesa do presidente enquanto falamos. Ele prometeu me devolver amanhã.

— Bom. — É um negócio no qual trabalhei por vários meses antes de deixar Moscou e quero ter certeza de que será aprovado. — E a conta de crédito fiscal?

— Progredindo como esperado. — Meu irmão inclina a cabeça. — Por que a ligação tarde da noite? Tudo isso poderia ter esperado até amanhã.

Eu encolho os ombros. — Só estou tendo problemas para dormir.

O olhar de Valery se aguça. — Tem algo a ver com Slava?

— Não. — Pelo menos não da maneira que ele pensa. — Onde está Konstantin? — Quero que sua equipe faça um mergulho ainda mais profundo em Chloe Emmons, com um foco específico no mês passado.

Preciso saber o que ela fez e para onde foi enquanto estava fora da rede.

— Berlim — responde Valery. — Adquirindo mais servidores.

— De novo?

É a sua vez de encolher os ombros. Na minha ausência, meus irmãos dividiram as responsabilidades de acordo com seus interesses e pontos fortes, com a tecnologia caindo diretamente no domínio de Konstantin. Não que nunca tivesse sido diferente; mesmo quando estávamos na escola primária, nosso irmão mais velho dava de dez a zero entre os principais programadores do país. A principal diferença agora é que Valery fica fora dos negócios de Konstantin, deixando-o fazer o que quiser, ao passo que quando eu chefiava a organização familiar, supervisionava tudo, inclusive as aventuras dark web de Konstantin.

— Tudo bem — digo. — Vou entrar em contato com ele lá. Agora, me conte o resto.

E Valery o faz. No momento em que encerramos a ligação, sinto que estou de volta ao circuito – ou, pelo menos, o tanto quanto eu posso estar vivendo a meio mundo de distância. Muitos dos nossos negócios acontecem pessoalmente, em festas de galas, óperas e restaurantes sofisticados frequentados por corretores de energia do Leste Europeu. Você não pode subornar sutilmente um político por e-mail, não pode intimidar um fornecedor para que lhe dê um desconto pelo Skype. É tudo sobre o tête-à-tête com as pessoas certas, estar no lugar certo na hora certa – e não deixar rastros, digitais ou de outro tipo, se você tiver que cruzar um limite para fazer as coisas.

Desligando meu laptop, tiro o roupão e vou até a janela, onde uma meia-lua escondida parcialmente atrás de uma nuvem fornece iluminação suficiente para distinguir o topo das árvores na encosta da montanha. Ainda estou tenso, todos os músculos do meu corpo estão tensos. A ligação me distraiu, como esperava, mas agora que acabou, estou pensando em Chloe de novo. Desejando-a novamente.

Caralho.

Talvez eu não devesse ter deixado ela sair da mesa. Gostei de seu nervosismo, a cautela em seus lindos olhos castanhos. Ela me lembrava uma lebre selvagem, pronta para fugir ao primeiro sinal de perigo, e eu queria persegui-la, se o fizesse.

Mas eu não o fiz. Eu deixei-a ir. Ela parecia cansada, e não o tipo de cansaço por alguém dormir mal por uma ou duas noites. Era uma exaustão profunda e total. Suas roupas estavam soltas, como se ela tivesse perdido peso recentemente, e seus traços delicados eram mais nítidos do que nas fotos, seus olhos rodeados por sombras profundas. O que quer que tenha acontecido com ela a levou à beira de um colapso, e naquele momento, quando ela se levantou de sua cadeira, tão frágil e corajosa, eu senti uma estranha necessidade de confortá-la... protegê-la de quaisquer demônios que haviam gravado sinais de tensão em seu rosto.

Não, isso é idiota. Eu mal conheço a garota. Eu não queria forçá-la ao ponto de ruptura, isso é tudo.

Caminhando até o meu armário, coloco short e tênis de corrida e saio do quarto. Talvez seja bom que eu a deixe em paz esta noite. Amanhã, irei entrar em contato com Konstantin e iniciar o processo de descobrir seus segredos. Nesse ínterim, não faz mal deixá-la descansar, se orientar... aclimatar-se com a ideia de que eu a quero.

Não importa o que meu pau pense, não há pressa.

Afinal, ela está aqui agora e não vai a lugar nenhum.

13

CHLOE

— *Não!*

Eu caio de quatro, ofegante, meu corpo inteiro tremendo e coberto de suor. Está escuro e estou nua, e não tenho ideia de onde estou ou o que está acontecendo. Então, registro a sensação do piso de madeira sob minhas palmas e o luar fraco entrando pela janela do tamanho da parede, e tudo se encaixa.

Estou no meu quarto na propriedade Molotov e nada do que vi é real.

Foi outro pesadelo.

Estremecendo, eu fico de joelhos – o que imediatamente protesto. Devo tê-los machucado quando me joguei da cama.

Braço esguio e moreno escuro em uma poça de sangue... Arma em uma mão enluvada ... Enorme caminhonete avançando em minha direção...

Uma nova onda de adrenalina me põe de pé, apesar da dor. Respirando fundo, procuro no escuro um interruptor. Minha mão pousa na cama e eu tateio meu caminho até a mesa de cabeceira.

A lâmpada de cabeceira acende ao meu toque, iluminando o quarto com um brilho dourado suave. Meus joelhos dobram de alívio e eu afundo no colchão, deixando a luz afastar os pedaços remanescentes do pesadelo.

Foi apenas um sonho.

Eu estou segura.

Eles não podem me pegar aqui.

Depois de alguns minutos, me sinto firme o suficiente para ficar de pé e vou até o banheiro para lavar o suor que banha a minha pele. Antes de fazer isso, apago a lâmpada, pois fiquei sem roupas limpas para dormir, mas não conseguia descobrir como lidar com as cortinas da janela. Provavelmente há um botão escondido em algum lugar, mas eu estava cansada demais para encontrá-lo ontem à noite. Assim que cheguei ao meu quarto, tirei minhas roupas, lavei minha camisa e calcinha à mão na pia para ter algo limpo para vestir pela manhã e desmaiei no segundo em que minha cabeça bateu no travesseiro.

Mesmo as preocupações com o meu patrão perturbadoramente atraente não conseguiram me manter acordada.

Agora, porém, enquanto estou no chuveiro, minha mente se volta para ele, e meu batimento cardíaco acelera, minha respiração dispara com uma mistura de ansiedade e excitação.

Nikolai me quer.

Eu acho.

Pode ser.

Eu poderia estar errada.

Ou… não.

O calor se acumula na minha barriga, meus seios se contraem enquanto imagino seu olhar sombrio e intenso e repasso as coisas que ele disse… e como ele as disse. Não, não estou errada. Pelo menos não sobre sua atração por mim. É possível que ele estivesse apenas brincando comigo e não tenha nenhuma intenção de agir de acordo com essa atração, mas acho que não.

Acho que ele pretende me foder, e não tenho ideia de como me sinto sobre isso.

Na verdade, isso é mentira. Minha mente pode estar dividida, mas meu corpo é muito direto em seus sentimentos. O calor dentro de mim se intensifica, uma tensão dolorida acumulando-se profundamente dentro do meu núcleo enquanto imagino como seria se ele subisse ao meu quarto neste exato momento e batesse na minha porta… então, não obtendo resposta, abrisse e entrasse.

Se ele estivesse sentado na cama, esperando, quando eu saísse nua do banheiro.

Meus olhos se fecham, minhas mãos seguram meus seios, em seguida, deslizando pelo meu corpo enquanto o imagino se levantando e caminhando em minha direção… estendendo a mão para me tocar. Meus dedos escorregam entre minhas coxas, onde estou escorregadia e dolorida, e imagino que seja sua mão, sua boca cruelmente sensual lá embaixo. Minha respiração engata quando a dor se transforma em uma pulsação aquecida, os músculos das minhas pernas tremendo com a tensão crescente, e com uma súbita explosão de sensação, eu gozo, meus dedos dos pés se encolhendo nos ladrilhos molhados enquanto me inclino contra a parede de vidro da cabine, ofegando por ar.

Atordoada, abro meus olhos e puxo minha mão, meu coração disparando loucamente no meu peito.

Não posso acreditar no que aconteceu. Eu nunca fui capaz de ter um orgasmo dessa maneira antes, apenas com meus dedos. Normalmente, eu preciso de um mínimo de quinze minutos com meu vibrador – ou meia hora, se um cara se esforçar lá embaixo – e, mesmo assim, é uma grande dúvida, dependendo do quão estressada ou cansada eu esteja. A excitação é uma coisa muito mental para mim, e é por isso que nunca fui em encontros casuais.

Preciso conhecer um homem para ter intimidade com ele.

Eu tenho que gostar e confiar nele.

Ou, pelo menos, foi o que eu sempre pensei. Não tenho ideia se gosto de Nikolai e, certamente, não confio nele.

Então, por que o simples pensamento dele me leva à beira do orgasmo?

Por que me sinto atraída por um homem que me faz sentir como uma presa caçada?

A luz sobre meu rosto me tira de um sono profundo, e eu gemo, rolando para escapar disso. Mas está em toda parte, brilhante e quente, e me dou conta de que deve ser de manhã, mesmo que não pareça.

Forçando a abrir minhas pálpebras pesadas, sento-me e esfrego meu rosto. Embora eu tenha voltado a dormir depois da minha sessão improvisada de masturbação, ainda me sinto cansada, como se tivesse dormido apenas algumas horas em vez das nove ou dez que devo ter realmente cochilado. Não tenho ideia que horas são agora, mas tenho certeza de que fui para a cama antes das dez.

Devem ser todas aquelas semanas sem dormir acumuladas.

Balançando minhas pernas para o chão, eu aprecio a vista deslumbrante pela janela. Apesar da luz forte do sol, traços de névoa envolvem os picos das montanhas distantes, e a coisa toda parece algo saído de um cartão postal. Estou tentada a sentar e desfrutar por um minuto, mas me levanto e vou até o banheiro me lavar. É minha primeira manhã no trabalho e não quero causar uma má impressão chegando tarde. Não que eu saiba o que é "tarde", não discutimos meu horário de trabalho ou a programação de Slava ontem.

Estou limpa do meu banho noturno, então, minha rotina matinal leva apenas alguns minutos. A camisa e a calcinha que lavei à mão ainda estão um pouco úmidas, mas eu as visto assim mesmo e faço uma nota mental para falar com Pavel ou alguém sobre a situação da lavanderia o mais rápido possível. Além disso, sobre minhas horas.

Eu preciso entender quais são as expectativas de Nikolai, para que eu possa atendê-las e superá-las.

Meu pulso começa a acelerar com o pensamento nele, e me concentro em prender meu cabelo em um coque para me distrair das borboletas cada vez mais ativas em meu estômago. Fui para a cama com o cabelo molhado, então, ele está todo arrepiado e, de qualquer modo, é mais profissional manter meu cabelo longe do rosto.

Voltando para o quarto, arrumo a cama, coloco meu tênis e endireito os ombros.

Eu posso fazer isso.

Tenho que fazer isso, não importa como meu novo chefe me faça sentir.

14

CHLOE

NÃO VEJO NINGUÉM NA SALA DE JANTAR OU NA SALA DE estar lá embaixo, então, ando até encontrar a cozinha. Entrando, vejo uma mulher curvilínea com cabelo loiro descolorido cortado em um corte curto e cheio. Com um vestido rosa e branco florido, ela está inclinada sobre uma pia, lavando um prato, então, limpo minha garganta para avisá-la da minha presença.

— Oi — digo com um sorriso quando ela se vira, secando as mãos em uma toalha. — Você deve ser Lyudmila.

Ela me encara e balança a cabeça.

— Lyudmila, sim. Você professor Slava? — Seu sotaque russo é ainda mais forte do que o do marido, e seu rosto redondo e rosado me lembra uma boneca matryoshka pintada, uma daquelas que tem outras bonecas dentro, como camadas de cebola. Suponho que ela está em seus trinta e tantos anos, embora sua pele seja tão macia que ela poderia facilmente passar por dez anos mais jovem.

— Sim, oi. Eu sou Chloe. — Aproximando-me, estendo minha mão. — Prazer em conhecê-la.

Ela aperta meus dedos com cautela e dá uma breve sacudida em minha mão enquanto pergunto: — Você sabe onde Slava está, e se ele já tomou café da manhã?

Ela pisca sem compreender, então, repito a pergunta, tendo o cuidado de pronunciar cada palavra.

— Ah, sim, Slava. — Ela aponta para a grande janela à minha esquerda, que acaba dando para a frente da casa, onde estacionei meu carro. Só que o carro não está lá. Eu franzo a testa, e percebo que Pavel deve ter estacionado de novo ontem, quando trouxe minha mala.

Terei que perguntar a ele onde está, junto com as chaves do meu carro. Acho que ele nunca me devolveu.

Antes que eu possa fazer a pergunta para Lyudmila, vejo meu jovem aluno. Ele está correndo pelo quintal, com Pavel em seus calcanhares. O homem-urso está carregando um peixe enorme no anzol e o menino tem um sorriso igualmente grande no rosto. Os dois devem ter pescado de manhã cedo.

Dou uma olhada rápida no relógio do micro-ondas e estremeço.

Não, não é de manhã cedo. Mais para o meio da manhã.

São quase dez.

Meu estômago ronca, como se fosse uma deixa, e um sorriso divide o rosto redondo de Lyudmila. —

Comer? — Ela pergunta, e eu aceno, sorrindo de volta sem graça.

Pelo menos meu estômago fala uma linguagem universal.

— Tudo bem se eu pegar alguma coisa? — pergunto, gesticulando para a geladeira, mas Lyudmila se agita até lá e pega um prato do que parece ser crepe recheado.

— Bom? — ela pergunta, e eu aceno com gratidão. Não sou exigente com comida, e se aqueles crepes forem parecidos com a deliciosa comida russa que comi ontem à noite, estarei no paraíso.

— Obrigada — respondo, caminhando para pegar o prato dela, mas ela o coloca no micro-ondas e aponta para o balcão atrás da pia.

— Vai. Senta. Eu cuidar você.

Agradeço novamente e sento-me em um dos bancos do bar atrás do balcão. Não quero ser um fardo, mas com a barreira do idioma, meu protesto educado pode ser mal-interpretado como recusa ou desagrado.

— Chá? Café? — ela pergunta.

— Café, por favor. Com leite e açúcar, se você tiver.

Ela fica ocupada fazendo isso, e eu olho ao redor da cozinha. É tão moderna quanto o resto da casa, com armários brancos brilhantes, bancadas de quartzo cinza e eletrodomésticos de aço inoxidável preto. Parte da grande ilha da cozinha no meio é ocupada por uma longa fileira de ervas em vasos e uma prateleira de vinhos com uma variedade de garrafas pendurada habilmente acima delas.

O micro-ondas apita depois de um minuto, e Lyudmila traz o prato de crepes para mim, junto com um prato limpo, utensílios e um pote de mel.

— Uau, obrigada — digo, enquanto ela coloca um dos crepes para mim, rega mel sobre ele e, em seguida, faz mímica para eu cortar e comer. — Isso parece incrível.

Eu corto um pedaço do crepe e examino seu conteúdo. Parece queijo ricota com passas e, quando coloco o garfo na boca, sinto o doce e o salgado – e é ainda mais delicioso do que esperava. Meu estômago ronca de novo, mais alto, e Lyudmila sorri com o som.

— Você gostar?

— Oh, sim, obrigada. Isso é tão bom — murmuro, minha boca já cheia com a segunda mordida, e Lyudmila acena com a cabeça, satisfeita.

— Bom. Você comer. Magra demais. — Ela move as mãos no ar, como se medisse o tamanho da minha cintura, e faz o universal *tsk-tsk*, em desaprovação. — Muito magra.

Eu rio desconfortavelmente e me dedico à comida enquanto ela volta a lavar a louça. É engraçado, sua crítica direta à minha figura, mas também é verdade. Sempre fui magra, mas depois de um mês de refeições esporádicas, fiquei magra demais, os músculos do meu corpo derretendo junto com a pouca gordura que eu tinha. Mesmo o bumbum que eu uma vez considerei muito proeminente, mal está lá agora; provavelmente terei que fazer um milhão de agachamentos para recuperá-lo.

O que eu farei, quando tudo isso acabar.

Se isso acabar.

Não, não 'se'. Eu me recuso a pensar dessa forma. Cheguei até aqui, iludindo meus perseguidores contra todas as probabilidades, e, agora, as coisas estão melhorando. Pela primeira vez desde que esse pesadelo começou, eu dormi a noite toda, estou com a barriga cheia e em um lugar onde eles não podem me emboscar. E em seis dias, terei meu primeiro pagamento e, com ele, mais opções, incluindo sair daqui, se é isso que preciso fazer para estar segura.

Se a escuridão que senti em Nikolai for algo mais do que um produto da minha imaginação.

Nesta cozinha iluminada pelo sol, meus medos sobre a máfia parecem exagerados, irracionais, assim como minha conclusão de que ele me quer. Como Lyudmila apontou, eu dificilmente estou no meu melhor, e tenho certeza de que um homem tão rico e lindo quanto meu patrão está acostumado com belezas de classe mundial. Quanto mais penso sobre isso, mais parece que minha atração por ele pode ter me levado a interpretar mal a situação na noite passada. O apelido, as perguntas investigativas, o tom baixo e sedutor de sua voz – tudo poderia ser um caso de diferenças culturais. Não sei muito sobre os homens russos, mas é possível que sejam sempre assim com as mulheres – assim como é possível que russos ricos estejam acostumados a ter guardas devido aos altos níveis de corrupção e crime em seu país.

Sim, provavelmente é isso. Com todo o estresse do

mês passado, deixei minha imaginação correr solta. Por que uma família da máfia se estabeleceria aqui, neste deserto remoto? Nova York, com certeza; Boston, muito provavelmente. Mas Idaho? Isso não faz sentido.

Balançando a cabeça com a minha tolice, eu limpo o resto dos crepes e bebo o café que Lyudmila fez. Então, sentindo-me otimista e esperançosa pela primeira vez em semanas, eu me levanto, levo os pratos para a pia – onde Lyudmila os toma da minha mão apesar de meus protestos – e saio para encontrar meu aluno.

Eu posso fazer isso.

Eu realmente posso.

Na verdade, estou ansiosa por isso.

Estou virando a esquina para a sala de estar, andando rápido, quando esbarro em um corpo grande e rígido. O impacto tira o ar dos meus pulmões e quase me faz voar, mas antes que eu possa cair, mãos fortes se fecham em volta dos meus braços, me puxando contra o dito corpo.

Atordoada, completamente sem fôlego, eu olho para o meu captor – e meu batimento cardíaco sobe à estratosfera quando encontro o olhar brilhante de tigre de Nikolai.

— Bom dia, zaychik — ele murmura, sua bela boca curvada em um sorriso zombeteiro. — Para onde você está indo com tanta pressa?

15

CHLOE

Cada célula do meu corpo se inflama com o calor, meu batimento pulsando impossivelmente mais alto. Minha parte inferior do corpo está nivelada contra a dele, minhas coxas pressionadas contra as colunas duras de suas pernas e meu estômago moldado contra sua virilha. Posso sentir o cheiro de sua colônia, algo sutil e complexo, com notas de cedro e bergamota e, por baixo, o almíscar limpo da pele masculina quente. E põe quente nisso. Mesmo com nós dois completamente vestidos, posso sentir seu calor animal – e, para meu choque, o membro duro pressionando minha barriga.

— Você está bem? — ele murmura, e eu percebo que estou olhando para ele atordoada, como um coelho preso em uma armadilha. O que é mais ou menos como me sinto. Seus longos dedos circundam completamente meus braços, seu aperto é inquebrável. E ele é enorme.

Até este momento, eu não tinha percebido o quão alto e musculoso ele é. Tenho estatura mediana para uma mulher, mas ele me sobrepõe em todos os sentidos – e a julgar pela espessura da protuberância pressionada contra mim, ele é grande em todos os lugares.

Minha pele esquenta mais mil graus, e minhas entranhas se contraem com uma dor repentina e vazia.

— Eu estou... estou bem. — Só que eu pareço tudo menos bem, minha voz embargada traindo minha agitação. Não consigo pensar, não consigo processar nada, exceto o fato de que sua ereção está pressionada contra mim e, por qualquer motivo, ele não me solta.

Ele está me segurando contra ele como se *nunca* fosse me soltar, seu olhar ficando mais atento a cada segundo. Lentamente, como se atraído por um ímã, seus olhos descem para os meus lábios e...

— Kolya. — A voz de Alina está tensa. — Konstantin quer falar com você.

Nikolai enrijece e levanta a cabeça, seus dedos apertando meus braços a ponto de doer. Um suspiro involuntário escapa da minha garganta e ele afrouxa seu aperto, mas ainda não me solta.

— Diga a ele que ligo de volta — diz ele à irmã. Seu tom é frio e uniforme, como se estivéssemos todos sentados em uma mesa em vez de ele me segurando como se estivéssemos prestes a dançar o tango. Meu rosto, por outro lado, está queimando de vergonha.

Eu nem consigo imaginar o que Alina está pensando agora.

— Ele quer falar com você imediatamente — ela insiste. — Ele entrará em uma reunião em alguns minutos e estará ocupado depois.

Nikolai murmura o que parece ser um palavrão russo e finalmente me solta. Abalada, eu tropeço para trás com as pernas instáveis e viro o rosto para Alina, que está observando seu irmão se afastar com um olhar estreito. Então, seu olhar se volta para mim e seus lábios carnudos e vermelhos se contraem.

— Eu esbarrei contra ele — deixo escapar antes que ela possa me acusar de qualquer coisa. — Foi um acidente. Eu teria caído, mas ele...

— Não há 'acidentes' para meu irmão. — Seus olhos são como jade mergulhado em gelo. — Você faria bem em se lembrar disso, Chloe.

E com isso, ela se afasta, me deixando mais abalada do que antes.

***

Depois de alguns minutos, me recomponho o suficiente para retomar minha busca por Slava – desta vez, em um ritmo de caminhada muito mais calmo. Quando chego ao seu quarto, no entanto, ele não está lá, então, eu desço as escadas para procurá-lo.

Não o vejo ou Pavel em nenhuma das áreas comuns; volto para a cozinha, na esperança de encontrar Lyudmila lá. Mas ela também se foi.

Talvez eles estejam todos lá fora?

Abrindo a porta da frente, saio para a luz do sol brilhante. É um dia lindo e sem nuvens, a brisa com cheiro de floresta fria e refrescante no meu rosto. Ninguém está à vista, mas eu saio, de qualquer maneira, respirando fundo o ar fresco da montanha para me acalmar ainda mais.

Não há razão para surtar.

Nada aconteceu.

Nikolai me pegou quando eu iria cair, só isso.

Exceto... algo poderia ter acontecido se Alina não tivesse interrompido. Tenho noventa por cento de certeza de que Nikolai estava prestes a me beijar. E eu, definitivamente, não imaginei a protuberância dura pressionada contra mim.

Ele me quer.

Não há mais dúvidas sobre isso.

Eu respiro fundo novamente, mas meu coração continua a retumbar, minhas palmas suam loucamente. Limpando-as no meu jeans, ando ao redor da casa, apreciando a vista da montanha em um esforço para acalmar meus pensamentos acelerados.

Está bem. Está tudo bem. Só porque Nikolai está atraído por mim, não significa que algo vai acontecer entre nós. Tenho certeza de que ele percebe como a coisa toda é inadequada. Não importa o que Alina disse, foi um acidente, nós esbarramos um no outro. Eu não sei por que ela insinuaria o contrário. Talvez ela pense que eu provoquei a situação? Mas não. Parecia quase como se ela estivesse me alertando para me afastar dele, como se...

O som de vozes chama minha atenção e, quando viro a esquina, vejo Pavel e Slava. Eles estão parados ao lado de um toco de árvore a cerca de quinze metros de distância, com o grande peixe colocado em cima dele. Quando me aproximo, vejo o homem-urso cortá-lo pela metade e entregar a faca de aparência afiada para Slava.

Que diabos? Ele está esperando que a criança termine o trabalho?

Está. E Slava sabe. Quando chego lá, o menino está escavando as entranhas dos peixes com as mãozinhas e jogando-as em um saco plástico que Pavel está segurando para ajudar.

Está bem então. Eu acho que eles sabem o que estão fazendo. Eu mesma limpei peixes algumas vezes – minha colega de quarto do primeiro ano, um entusiasta de pesca e caça, me ensinou como – então, não fico enojada, mas é perturbador ver uma criança de quatro anos fazendo isso.

Eles *realmente* não se preocupam com ele com facas.

Parando na frente do toco, coloco meu sorriso mais brilhante.

— Bom dia. Se importa se eu me juntar a vocês?

O menino sorri para mim e recita algo em russo. Pavel, no entanto, não parece nada satisfeito em me ver.

— Estamos quase terminando — ele rosna com sua voz com forte sotaque. — Você pode esperar em casa, se quiser.

— Oh, não, estou bem aqui. Precisa de ajuda com isso? — aponto em direção ao peixe.

Pavel me encara. — Você sabe como remover escamas?

— Sei. — Na verdade, prefiro não fazer isso, para não sujar minhas únicas roupas limpas, mas quero continuar ensinando Slava, e a melhor maneira de fazer isso é passar um tempo com ele, envolvido em quaisquer atividades que ele esteja fazendo.

Em minha experiência, as crianças aprendem melhor fora da sala de aula – assim como a maioria dos adultos.

— Aqui, então. — Pavel empurra uma faca de descalcificação para mim. — Mostre à criança como fazer.

A julgar pelo sorriso malicioso em seu rosto duro como pedra, ele acha que estou blefando – e é por isso que me dá grande prazer pegar a faca dele e dizer docemente: — Tudo bem.

Tomando cuidado para não respingar em minha camisa, começo a trabalhar, explicando ao menino o tempo todo o que estou fazendo e como. Digo-lhe como se chama cada parte do peixe e faço-o repetir as palavras, depois, deixo-o tentar ele próprio a descalcificação. Ele é tão bom nisso quanto em fatiar, e eu percebo que ele já fez isso antes.

Quando Pavel me disse para mostrar a ele, estava apenas me testando.

Escondendo meu aborrecimento, deixo Slava terminar o trabalho e coloco o peixe limpo de volta no balde. Pavel o carrega para dentro de casa, e Slava e eu o seguimos. O homem-urso vai direto para a cozinha – provavelmente para preparar o peixe para o almoço – e eu digo a ele que estou levando Slava para cima para se trocar. Ao contrário de mim, o menino tem respingos de peixe por toda a camisa.

Pavel resmunga algo afirmativo antes de desaparecer na cozinha, e eu conduzo Slava até o banheiro mais próximo. Nós dois lavamos bem as mãos e, em seguida, levo Slava até seu quarto.

Para minha surpresa, Lyudmila está lá quando entramos, previsivelmente colocando uma camisa limpa e jeans para Slava na cama.

— Obrigada — digo com um sorriso. — Ele precisa urgentemente se trocar.

Ela sorri de volta e diz algo para Slava em russo. Ele vai até ela e ela o ajuda a tirar as roupas sujas. Viro as costas com muito tato – o menino tem idade suficiente para ser tímido na frente de estranhos. Quando parece que eles acabaram, me viro e encontro Lyudmila ajudando-o com a fivela do cinto.

— Tudo bem — ela anuncia depois de um momento, dando um passo para trás. — Você ensinar agora.

Eu sorrio para ela. — Obrigada, vou sim. — Ao vê-la recolher as roupas sujas de Slava, pergunto: — Há uma máquina de lavar em algum lugar da casa? Eu preciso lavar roupa.

Ela franze a testa, sem entender.

— Lavanderia. — aponto para a pilha de roupas em

suas mãos. — Sabe, lavar roupas? — Esfrego meus punhos, imitando alguém lavando roupa com as mãos.

Seu rosto clareia. — Ah, sim. Vir comigo.

— Eu já volto — digo a Slava e sigo Lyudmila escada abaixo. Ela me leva passando pela cozinha e por um corredor para um cômodo sem janelas do tamanho do meu quarto. Existem duas lavadoras e secadoras sofisticadas – acho que funcionam várias cargas ao mesmo tempo – junto com uma tábua de passar, um varal para roupas, cestos de roupa suja e outras conveniências.

— Isso, sim? — Ela aponta para as máquinas e eu aceno com a cabeça, agradecendo a ela. Voltando para o meu quarto, recolho todas as minhas roupas e as trago para baixo. Lyudmila já se foi, então, começo a carregar a máquina. Em meia hora, descerei novamente para botar as roupas na secadora e, na hora do jantar, tudo estará limpo.

As coisas realmente estão melhorando, apesar da situação com meu patrão.

Minha frequência cardíaca acelera com o pensamento, as borboletas no meu estômago rugindo de volta à vida. Slava e Pavel forneceram uma distração muito necessária, mas agora que estou longe deles, não posso deixar de pensar no que aconteceu. Minha mente percorre tudo, indefinidamente, até que as borboletas se transformam em vespas.

Eu senti a ereção de Nikolai contra mim.

Ele parecia que estava prestes a me beijar.

Ele não me soltou quando sua irmã apareceu.

É essa última parte que mais me assusta, porque significa que eu estava errada. Ele pretende agir baseado nessa atração. Se Alina não tivesse insistido para que ele atendesse a ligação, ele teria me beijado e talvez mais. Talvez neste exato momento, estaríamos na cama juntos, com seu corpo poderoso levando-me a...

Eu paro a fantasia antes que ela possa progredir. Já me sinto excessivamente quente; meus seios, cheios e apertados; meu sexo pulsando com uma dor espiral. Deve ser algum resultado estranho da minha sessão de masturbação improvisada na noite passada; essa é a única explicação para o porquê de eu ter adquirido repentinamente a libido de uma adolescente.

Respirando lenta e profundamente para me acalmar, termino de colocar a roupa suja. A situação é, sem dúvida, complicada. Um caso com meu patrão seria imprudente em muitos níveis, mas não tenho certeza de minha capacidade de resistir a ele. Se eu fico em chamas apenas pensando nele, como seria se ele me tocasse? Me beijasse?

Meu autocontrole evaporaria como a água numa chaleira?

Há apenas uma solução à minha frente, apenas uma coisa que posso fazer para evitar esse desastre.

Tenho que evitá-lo – ou, pelo menos, evitar ficar sozinha com ele – pelos próximos seis dias.

Assim resolvido, coloco a máquina para funcionar e me viro – apenas para congelar no lugar.

Parado na porta, olhos dourados brilhando e boca

curvada em um sorriso devastador, está o próprio diabo que ocupa meus pensamentos.

— Aí está você — ele diz suavemente, e enquanto eu observo, paralisada pelo choque, ele entra na lavanderia e fecha a porta.

16

CHLOE

— Eu estava procurando por você — Nikolai continua, aproximando-se com passos suaves de pantera. — Pavel disse que você estava lá em cima com Slava.

Eu engulo em seco quando ele para na minha frente.

— Sim, eu só vim aqui por um momento para lavar um pouco de roupa. Espero que esteja tudo bem. — Apesar de meus melhores esforços, minha voz vacila, e tudo que posso fazer é recuar em um esforço para colocar mais espaço entre nós. Não que ele esteja muito perto – há, pelo menos, um metro de distância entre nós – mas agora que conheço o cheiro de sua colônia, posso pegar as notas sutis de cedro e bergamota no ar, e minha memória preenche o resto, com o calor que vem de sua pele para os contornos rígidos de seu corpo pressionando contra mim. E aquela protuberância grande e espessa... Meus joelhos vacilam, e quase balanço em direção a ele, mas me contenho no último momento, enrijecendo minhas pernas e coluna.

Um calor feral invade seu olhar, e eu sei que ele percebeu minha reação. Minhas bochechas queimam e meu coração bate mais rápido, espinhos quentes como gelo correndo pela minha pele.

Por que ele está aqui?

Por que ele estava procurando por mim?

Por que ele fechou aquela porta?

— Sim, claro, isso não é um problema. — Sua voz é suave e profunda, aquele calor perturbador ainda em seus olhos. — Você está morando aqui agora, então, pense nisso como sua casa.

— Eu irei, obrigada. — Droga, agora eu pareço rouca e sem fôlego. Me recompondo com esforço, dou a ele meu melhor sorriso de funcionária-modelo. — Na verdade, eu ia te perguntar uma coisa. Eu tenho um horário de trabalho? Quero dizer, há algum horário específico em que você gostaria que eu trabalhasse com Slava? Idealmente, gostaria de ensiná-lo ao longo do dia, em vez de ter aulas formais, mas se você preferir o contrário, sou flexível.

Pronto, está melhor. Na verdade, consegui firmar minha voz e soar semi-profissional. Esperançosamente, isso o lembrará de que estou aqui para ensinar seu filho, não derreter com seu olhar ardente como – bem, provavelmente como toda mulher heterossexual que ele já conheceu.

Outro sorriso perversamente sensual toca seus lábios.

— Depende de você, zaychik. Seu aluno, seus métodos. Tudo o que quero são os resultados. A única coisa que peço é que você se junte à nossa família na hora das refeições, para que Pavel e Lyudmila não tenham trabalho extra cozinhando e limpando.

— Sim, claro. A que horas é o café da manhã e o almoço? — Agora me sinto mal por ter feito Lyudmila me dar aqueles crepes; tão tarde quando acordei, poderia ter esperado até a próxima refeição programada.

— Normalmente tomamos café da manhã às oito e almoçamos às doze e trinta. Está bom para você?

— Com certeza. — Se há algo que aprendi no mês passado, é que comida, a qualquer hora, em qualquer lugar, de qualquer variedade, funciona para mim.

Um estômago cheio é algo que nunca vou considerar garantido novamente.

— Bom. Então, vejo você no almoço hoje. — Ele se vira para ir embora e eu exalo um suspiro trêmulo, novamente aliviada e perversamente desapontada – apenas para meu coração parar de bater quando ele para e me encara novamente.

— Quase esqueci — ele diz, os olhos brilhando. — Suas roupas novas serão entregues esta tarde. Pavel vai levá-las para o seu quarto, e eu agradeceria se você usasse um dos vestidos no jantar.

— Ah, claro. Irei. — Um dos vestidos? Quantos ele comprou? E como ele tem a entrega tão rápida? Estou morrendo de vontade de perguntar, mas não quero prolongar este encontro desesperador.

Ainda estou ciente dessa porta fechada.

— Ótimo. Avise-me se algo não couber. — Seu olhar viaja pelo meu corpo, e os espinhos quentes como gelo voltam, minha respiração ficando superficial enquanto meus mamilos apertam no meu sutiã. *Outro sutiã de algodão fino que pouco esconde minha reação.* Meu rosto queima com o calor de mil sóis, e quando seus olhos encontram os meus novamente, sinto a mudança na atmosfera, sinto o ar assumindo aquela perigosa carga elétrica.

Com a boca seca, dou meio passo para trás, embora o que eu realmente queira é me inclinar na direção dele. A atração é tão forte que é como uma força física – e a julgar pela forma como sua mandíbula flexiona enquanto ele observa meu afastamento, não sou só eu experimentando isso.

Corra, Chloe. Fuja.

A voz de mamãe está mais baixa desta vez, menos urgente, mas limpa um pouco da névoa em meu cérebro. Reunindo os fragmentos fulminantes de minha força de vontade, dou mais um passo para trás e digo o mais uniformemente que consigo: — Obrigada. Aviso, sim.

Suas narinas dilatam, e novamente tenho a sensação de estar na presença de algo perigoso... algo sombrio e selvagem que se esconde sob o verniz urbano de Nikolai.

— Tudo bem — diz ele suavemente. — Boa sorte com sua roupa, zaychik. Eu te vejo em breve.

E abrindo a porta, ele sai.

17

NIKOLAI

EU ME SEGURO POR QUINZE MINUTOS DEPOIS DE CHEGAR ao meu escritório. Verifico meu e-mail, pago algumas faturas, respondo a um de meus contadores. Então, xingando baixinho, aumento o som do meu laptop e abro a câmera do quarto do meu filho.

Como esperado, Chloe está lá, tendo terminado sua tarefa na lavanderia. Com avidez, observo enquanto ela brinca de carros e caminhões com Slava, falando com ele o tempo todo como se ele pudesse entendê-la. De vez em quando, ela aponta para algo como uma roda e faz Slava repetir a palavra em inglês depois dela, mas na maioria das vezes, ela apenas fala – e Slava a escuta extasiado, tão fascinado por suas expressões faciais e gestos quanto eu.

Em um ponto, ele ri da maneira como sua caminhonete ultrapassa o carro dela, e ela sorri e bagunça seu cabelo, seus dedos finos deslizando casualmente por suas mechas sedosas. Meu peito aperta dolorosamente, minha luxúria por ela misturada com ciúme intenso. Eu nem sei qual deles eu invejo mais – Slava, por sentir seu toque, ou Chloe, por ganhar o afeto do meu filho. Tudo que sei é que quero estar lá, desfrutando de seu sorriso radiante, ouvindo a risada do meu filho pessoalmente em vez de através da câmera.

Caralho.

Isso é patético.

O que eu estou fazendo?

Eu me movimento para fechar o feed, mas paro no último segundo, passando o cursor sobre o X. Ela abriu um livro e está lendo para Slava agora; sua voz, um sussurro suave e ligeiramente rouco que me faz querer irromper no quarto do meu filho, pegá-la e levá-la para a cama. Eu quero ouvir aquela voz gemer meu nome enquanto entro em seu calor úmido e apertado, ouvindo-a pedir e implorar enquanto eu a levo até o limite uma e outra vez antes de finalmente conceder a ela a doce misericordiosa liberação.

Eu quero atormentá-la quase tanto quanto quero transar com ela, fazê-la pagar por me fazer sentir assim.

Cerrando os dentes com tanta força que arrisco uma dor de dente, fecho a tela e me ponho de pé. Apesar da grande noite sem dormir que tive, estou transbordando de energia inquieta. Preciso de outra corrida dura, ou talvez uma sessão de luta com Pavel.

Lanço um olhar para o relógio acima da porta do meu escritório.

Menos de uma hora antes do almoço.

Provavelmente Pavel está ocupado preparando comida, e se eu fizer o tipo de corrida longa e dura de que preciso, não terei a chance de tomar banho e me trocar antes da hora de me juntar a todos na mesa.

Exalando um suspiro de frustração, sento e abro minha caixa de entrada novamente. É muito cedo para esperar alguma coisa de Konstantin – eu só pedi a ele para fazer uma pesquisa aprofundada sobre o mês desaparecido de Chloe esta manhã – mas, ainda assim, verifico o e-mail.

Nada.

Puta que pariu. Eu realmente preciso de uma distração. Meus dedos estão coçando para abrir o feed da câmera novamente e vê-la interagir com meu filho. Mas se eu fizer isso, essa inquietação só vai piorar, minha fome por ela, mais intensa. Depois de segurá-la esta manhã, sei como ela é pressionada contra mim, como ela cheira doce e limpa, como flores silvestres em uma manhã fresca de primavera. Precisei de todas as minhas forças para soltá-la, mesmo com Alina ali, e quando a encontrei sozinha na lavanderia, todos os instintos primitivos e sombrios insistiram que eu a tomasse, que a deixasse nua e a colocasse sobre uma máquina de lavar, reivindicando-a no local.

E eu teria feito exatamente isso se ela tivesse se aproximado.

Se ela tivesse feito qualquer coisa que não ter recuado, eu estaria profundamente dentro dela, em vez de ficar sentado aqui, lutando comigo mesmo como um idiota.

Não, que se foda.

Eu fico de pé.

Eu preciso de uma luta dura e sangrenta, e como Pavel não está disponível, os guardas terão que servir.

Arkash e Burev estão patrulhando o complexo quando chego ao abrigo dos guardas, mas Ivanko, Kirilov e Gurenko estão sentados ao redor de uma fogueira na frente com alguns de nossos contratados americanos. Como os bárbaros que são, eles estão assando um cervo inteiro no espeto e trocando seus insultos habituais.

Ivanko me vê primeiro.

— Patrão. — Pegando sua M16, ele pula de pé. — Algo errado?

Kirilov e Gurenko também já estão de pé, com as armas prontas, como nos nossos dias na Crimeia.

— Calma, rapazes. — Sorrindo sombriamente, tiro minha camisa e a coloco sobre um galho de árvore próximo. — Está tudo certo. — Ou estará em breve.

Três contra um é exatamente o tipo de probabilidade que eu esperava.

18

CHLOE

PARA MEU ALÍVIO, ALMOÇAR COM OS MOLOTOVS É MUITO mais casual do que jantar. Bem, Alina ainda está vestida como se estivesse em um coquetel de luxo, mas Nikolai está vestindo jeans escuro com uma camisa polo branca, e ninguém repreende Slava por seu short e camiseta quando nos sentamos à mesa – que está novamente abarrotada com todos os tipos de saladas, frios e acompanhamentos de dar água na boca.

Todos os russos comem como czares ou apenas esta família? Se isso acontece com todas as refeições, não tenho ideia de como eles não são gordos. Ainda estou satisfeita, tendo tomado café da manhã apenas algumas horas atrás, mas de jeito nenhum eu não vou me empanturrar com essa pasta.

Tudo parece tão bom.

— Como foi sua primeira noite conosco, Chloe? — Alina pergunta quando todos nós colocamos nossos pratos. — Você dormiu bem?

Eu sorrio para ela, aliviada tanto pela pergunta inócua quanto pelo tom amigável. Eu estava com medo de que ela ainda pudesse estar com raiva de mim depois do incidente desta manhã.

— Dormi muito bem, obrigada. — E é verdade, pesadelo à parte, foi o melhor sono que tive nas últimas semanas.

— Isso é bom — diz Alina, cortando o que parece ser um ovo apimentado extravagante. — Pensei ter ouvido algo do seu quarto por volta das três, mas deve ter sido meu irmão voltando de uma de suas corridas no meio da noite. — Ela lança um olhar de soslaio para Nikolai, e eu me ocupo com a comida no meu prato, grata pela explicação.

Devo ter gritado na noite passada. Isso, ou Alina me ouviu cair da cama.

— Eu saí para correr — diz Nikolai —, então, deve ter sido isso. — Quando eu olho para cima, no entanto, seu olhar está focado em mim, me estudando com uma expressão ilegível.

Ele suspeita de algo?

Deus, espero que *ele* não tenha me ouvido gritar ou cair.

Lutando contra a vontade de me contorcer na minha cadeira, eu abaixo meu olhar – e congelo, olhando para suas mãos. Ele está segurando uma faca em uma e um garfo na outra, ao estilo europeu, mas não é isso que chama minha atenção.

São os nós dos dedos. Eles estão vermelhos e inchados, como se ele tivesse brigado.

Minha pulsação acelera quando eu olho para longe, então, dou outra olhada em suas mãos.

Sim. Eu não imaginei isso. Os nós dos dedos de Nikolai estão uma bagunça. Em geral, suas mãos grandes e masculinas parecem ter visto muita ação, com calosidades nas pontas dos polegares e cicatrizes desbotadas em alguns lugares. Mesmo suas unhas curtas e bem cuidadas não conseguem esconder a verdade.

Essas não são as mãos de um playboy rico. Elas pertencem a um homem intimamente familiarizado com o trabalho manual pesado ou com a violência.

As suspeitas que eu praticamente suprimi voltam e, desta vez, não posso fingir que são infundadas. Algo sobre os Molotovs me enerva. Quem são eles? Por que eles estão aqui? Posso ver uma família estrangeira rica passando algumas semanas em um lugar como este como uma "desintoxicação na natureza", mas realmente se mudar para cá? Alguém tão glamoroso como Alina pertence a Paris, Milão ou Nova York, não um canto de Idaho onde há mais ursos do que pessoas. O mesmo vale para Nikolai, com seus modos suaves e cosmopolitas e insistência em trajes de *Downton Abbey* no jantar.

Meus novos patrões são o epítome do jet set – pelo menos se alguém ignorar as mãos inchadas de brigas de rua de Nikolai.

Eu me forço a desviar o olhar daqueles nós dos dedos que parecem raivosos e me concentrar na criança ao meu lado, que está novamente comendo calma e silenciosamente. Desconcertantemente, eu percebo. Qual criança de quatro ou cinco anos não brinca pelo menos um pouco com a comida? Ou exige atenção de um adulto de vez em quando? Eu sei que o menino pode sorrir, rir e brincar como qualquer outra criança de sua idade, então, por que ele se transforma em um robô do tamanho de uma criança na hora das refeições?

Sentindo meu olhar sobre ele, Slava ergue os olhos, seus grandes olhos verde-dourados impressionantemente solenes. Eu sorrio para ele brilhantemente, mas ele não sorri de volta. Ele apenas volta a se concentrar em seu prato e recomeça a comer. Eu também como, mas continuo a observá-lo, meu senso de certo e errado se intensificando a cada segundo. Há algo estranho no comportamento do meu aluno, algo profundamente preocupante. Talvez o menino esteja mais traumatizado com a morte de sua mãe do que parece na superfície, ou talvez algo mais esteja acontecendo... algo muito pior.

Eu roubo outro olhar para os nós dos dedos de Nikolai, um pensamento horrível deslizando em minha mente.

Para meu alívio infinito, os ferimentos parecem recentes, como se ele tivesse acabado de bater em algo ou alguém no chão. Já que Slava esteve comigo a manhã toda, ele não poderia ter sido esse alguém. Além disso, apenas um impacto de grande força poderia ter causado esses tipos de contusões, e não há nada sobre a maneira como o filho de Nikolai está sentado ou se movendo que indique que ele foi espancado tão severamente – ou sequer espancado.

Seja o que for que meu patrão seja culpado, não é abuso infantil, graças a Deus. Não sei o que faria se fosse esse o caso. Não, risque isso. Eu sei. Eu ligaria para o Serviço de Proteção à Criança e fugiria, me arriscando com os assassinos da minha mãe.

O que me lembra: ainda não estou com as chaves do carro.

Estou prestes a perguntar a Nikolai sobre elas, quando Alina sorri para mim e pergunta: — Você sempre quis ser professora, Chloe?

Eu assinto, largando meu garfo. — Sim, muito. Sempre adorei as crianças e o ensino. Mesmo quando criança, eu costumava brincar com crianças mais novas do que eu, para que pudesse me colocar no papel de professora. — sorrio, balançando minha cabeça. — Acho que só gostava de vê-las me admirando. Acariciava meu ego ou coisa assim.

Enquanto falo, estou ciente dos olhos de Nikolai em mim, atentos e inabaláveis. O olhar de um predador, cheio de fome e paciência infinita. Minha pele queima sob seu peso, e ponho todo o meu esforço para manter meu olhar em Alina e pegar meu garfo como se nada estivesse acontecendo.

Ela pergunta sobre minha escolha de faculdade em seguida, e eu digo a ela como tive a sorte de conseguir uma bolsa integral.

— Eu nunca pensei em me inscrever em uma escola tão cara — digo entre mordidas do delicioso peixe defumado e uma salada de beterraba com sabor rico. Ajuda se eu me concentrar na comida em vez de no homem olhando para mim. — Minha mãe trabalhava como garçonete e o dinheiro era curto desde que me lembro. Eu iria para uma faculdade comunitária e, depois, transferiria para uma estadual, usando uma combinação de bolsas de estudo, empréstimos e trabalho de meio período para pagar minha entrada. Mas, assim que comecei meu último ano do Ensino Médio, recebi um convite para me inscrever nesse programa especial de bolsa de estudos em Middlebury. Era para filhos de pais solteiros de baixa renda e cobria cem por cento das mensalidades, hospedagem e alimentação, além de fornecer uma ajuda de custo para livros e despesas diversas. Naturalmente, eu me inscrevi, e de alguma forma entrei.

— Por que de alguma forma? — Nikolai pergunta. — Você não era uma boa aluna?

Não tenho escolha a não ser encontrar seu olhar penetrante.

— Eu era, mas havia alunos em minhas circunstâncias que eram muito mais qualificados e não conseguiram. — Como minha amiga Tanisha, que tirou uma nota perfeita no SATs e se formou como oradora da turma. Contei a ela sobre a bolsa de estudos e ela se inscreveu no programa também, mas foi imediatamente rejeitada. Até hoje, eu me pergunto por que eles escolheram a mim e não a ela; se era uma questão de sobreviver à adversidade, Tanisha tinha uma história "melhor", com sua mãe parcialmente deficiente criando não um, mas três filhos sozinha; um deles – o irmão mais novo de Tanisha – com necessidades especiais.

— Talvez eles tenham visto algo em você — Nikolai diz, seus olhos traçando cada centímetro do meu rosto. — Algo que os intrigou.

Eu encolho os ombros, tentando ignorar o calor correndo sob minha pele.

— Poderia ser. O mais provável, porém, foi apenas pura sorte. — Deve ter sido, porque alguns meses depois, Tanisha recebeu cartas de aceitação de todas as universidades para as quais ela se inscreveu, incluindo Harvard, que ela acabou frequentando graças a um generoso pacote de ajuda financeira. Não tão generosa quanto a bolsa de estudos que recebi – ela se formou com setenta mil dólares em empréstimos estudantis – mas boa o suficiente para que eu parasse de me sentir culpada por pegar o lugar que deveria ter sido dela.

Por ser uma pessoa legal, ela nunca agiu de maneira diferente, além de ficar feliz por mim, mas eu sei o quanto a rejeição do comitê de bolsa de estudos a devastou.

— Eu não acho que foi pura sorte — Nikolai disse suavemente. — Acho que você está subestimando seu apelo.

Oh, Deus. Minha frequência cardíaca aumenta, meu rosto queima impossivelmente mais enquanto Alina enrijece, seu olhar saltando entre mim e seu irmão. Não há como confundir o que ele quis dizer, sem descartá-lo como um elogio casual sobre minhas habilidades escolares, e ela sabe disso tão bem quanto eu.

Mesmo assim, eu tento. Fingindo que é tudo uma piada, eu sorrio amplamente.

— É muito gentil da sua parte dizer isso. E quanto a vocês dois? Onde vocês estudaram?

Pronto. Mudança de assunto. Estou orgulhosa de mim mesma até perceber que, se, por algum motivo, qualquer um dos irmãos *não* foi para a faculdade, minha pergunta poderia ofendê-los.

Felizmente, Alina nem pestanejou.

— Eu fui para Columbia e Kolya terminou Princeton. — Ela está composta novamente, sua atitude amigável e educada. — Nosso pai queria que fizéssemos uma faculdade na América; ele achava que fornecia as melhores oportunidades.

— É por isso que você fala inglês tão bem? — pergunto, e ela acena com a cabeça.

— Isso, e nós dois frequentamos o internato aqui também.

— Oh, isso explica a falta de sotaque. Eu estive me perguntando como vocês dois conseguiram não tê-lo.

— Também tivemos tutores americanos na Rússia — diz Nikolai, com um meio-sorriso zombeteiro nos lábios. Claramente, ele sabe que estou tentando dissipar a tensão e acha meus esforços divertidos. — Não se esqueça disso, Alinchik.

Sua irmã endurece novamente por algum motivo, e eu me ocupo limpando o resto do meu prato. Não tenho ideia em qual mina terrestre pisei, mas sei que é melhor não continuar com esse tópico. Quando termino minha comida, olho para Slava e percebo que ele também terminou.

— Gostaria de um pouco mais? — pergunto, sorrindo enquanto aponto para seu prato vazio.

Ele pisca para mim e Alina diz algo em russo, provavelmente traduzindo minha pergunta.

Ele balança a cabeça e eu sorrio para ele novamente antes de olhar para os outros adultos à mesa. Para meu alívio, eles parecem ter acabado também, com Nikolai apenas sentado, me observando, e Alina limpando graciosamente seus lábios com um guardanapo. Milagrosamente, seu batom vermelho não deixa rastros no pano branco – embora eu provavelmente não deva ficar surpresa, já que a cor brilhante sobreviveu a toda a refeição sem manchar ou desbotar.

Um dia desses vou pedir a ela que compartilhe seus segredos de beleza comigo. Tenho a sensação de que a irmã de Nikolai sabe mais sobre maquiagem e roupas do que dez influenciadores do YouTube juntos.

Estou prestes a pedir licença a mim e a Slava para que possamos retomar nossas aulas quando Pavel e Lyudmila entram. Ele está carregando uma bandeja com lindas xícaras, um pote de mel e um bule de vidro cheio de chá preto. Ele o coloca na mesa enquanto Lyudmila tira os pratos.

— Nada para mim, obrigada — digo quando ele coloca uma xícara na minha frente. — Eu não bebo chá.

Ele me lança um olhar sugerindo que eu sou um pouco melhor do que um animal selvagem, então, leva minha xícara para longe e derrama chá para todos os outros, inclusive meu aluno. A delicada porcelana parece ridícula em suas mãos enormes, mas ele lida com a tarefa habilmente, fazendo-me pensar se ele trabalhou em algum restaurante sofisticado antes de ingressar na família Molotov.

— Obrigada pela refeição maravilhosa. Tudo estava delicioso — digo quando ele passa por mim, mas ele apenas grunhe em resposta, empilhando os pratos que sua esposa não conseguiu em uma pirâmide cuidadosamente organizada no topo da bandeja antes de carregá-los embora. Só quando ele sai é que me lembro de algo importante.

Eu me viro para Nikolai, meu rosto aquecendo novamente quando encontro seu olhar de tigre.

— Eu sempre me esqueço de perguntar... Pavel estacionou meu carro em algum lugar? Eu não o vi na frente da casa. Além disso, acho que nunca recuperei as chaves.

— Mesmo? Isso é estranho. — Adicionando uma colher de mel ao chá, Nikolai mexe o líquido. — Vou perguntar a ele sobre isso. — Ele entrega o pote de mel para Slava, que acrescenta várias colheradas em *sua* xícara – o menino deve ter uma queda por doces.

— Isso seria ótimo, obrigada — respondo, pegando meu copo de água pura – o único líquido além do café que eu gosto de beber. — E quanto ao carro? Existe uma garagem ou algo próximo?

— Na parte de trás da casa, logo abaixo do terraço

— Alina responde no lugar de seu irmão. — Pavel deve ter mudado para lá.

— Ok, ótimo. — sorrio, inexplicavelmente aliviada. — Eu estava meio com medo de que vocês decidissem que era uma monstruosidade e o empurraram na ravina.

Alina ri da minha piada, mas Nikolai apenas sorri e bebe seu chá adoçado com mel, me olhando com uma expressão inescrutável.

19

CHLOE

O RESTO DA TARDE VOA. ASSIM QUE O ALMOÇO ACABA, eu encontro a garagem – a entrada fica nos fundos da casa, logo depois da lavanderia – e verifico se meu carro está realmente lá, parecendo ainda mais velho e enferrujado ao lado dos elegantes SUVs e conversíveis. Então, como o tempo está lindo – pouco mais de 21°C e ensolarado –, levo Slava para uma caminhada na parte arborizada da propriedade, em vez de ensiná-lo em seu quarto. Seguimos através de um prado repleto de flores silvestres, descemos até um pequeno lago que encontramos cerca de oitocentos metros a oeste e perseguimos uma dúzia de esquilos até as árvores. Bem, Slava os persegue, rindo loucamente; eu apenas o observo com um sorriso.

Ele é um menino totalmente diferente aqui do que na sala de jantar com sua família.

Enquanto caminhamos pela floresta, ele tagarela em

russo e eu respondo em inglês sempre que consigo adivinhar o que ele está dizendo. Eu também me certifico de ensinar a ele palavras em inglês para tudo que encontramos e faço o meu melhor para aprender as palavras em russo que ele me ensina.

— *Belochka* — ele diz, apontando para um esquilo, apenas para cair na gargalhada quando massacro a palavra na minha tentativa de repeti-la. Ele, por outro lado, pronuncia palavras inglesas perfeitamente quase desde a primeira tentativa; suspeito que ele esteja assistindo desenhos animados em inglês ou tenha um ouvido absoluto.

Crianças com inclinação musical tendem a dominar sotaques mais rápido do que seus colegas.

— Você gosta de música? — pergunto quando estamos voltando para casa. Eu cantarolo algumas notas para demonstrar. — Ou cantar? — faço a minha melhor interpretação de *Baby Shark*, o que o faz cair na gargalhada.

Caso haja alguma dúvida, *não* tenho inclinação musical.

Ao nos aproximarmos da casa, Pavel sai para nos cumprimentar com uma expressão feroz no rosto.

— Onde você estava? São quase cinco horas e ele ainda não comeu seu lanche.

— Oh, nós estávamos...

— E suas roupas foram entregues. Elas estão no seu quarto. — Olhando para os sapatos sujos de Slava com desaprovação, ele pega o menino e o carrega para dentro de casa, murmurando algo em russo.

Envergonhada, eu tiro meu tênis enlameado e os sigo. Eu provavelmente deveria ter mencionado sobre nossa caminhada aos cuidadores de Slava, ou, pelo menos, manter um controle melhor do tempo. Eu levei algumas maçãs para Slava mastigar se ele ficasse com fome – eu as peguei da cozinha antes de sair – mas acho que não é uma refeição tão completa quanto a bandeja de queijo e frutas que Pavel trouxe ontem.

Quando chego ao meu quarto, lavo as mãos e conserto meu coque; um monte de fios finos escaparam e estão emoldurando meu rosto em um halo bagunçado. Em seguida, vou para o meu armário para verificar a entrega.

Puta merda.

O closet – noventa e cinco por cento vazio depois que desfiz minha mala – está cheio de cabo a rabo. E não são apenas os vestidos elegantes que meus patrões exigem para o jantar. Há jeans e calças de ioga, tops e camisetas e suéteres, vestidos de verão casuais e saias lápis elegantes, meias, pijamas e chapéus. E roupas íntimas de todos os tipos, de tangas e calcinhas confortáveis de algodão a sutiãs esportivos e sutiãs push-up rendados, todos estranhamente do meu tamanho. Há até casacos – muitos modelos, desde jaquetas leves para a chuva e casacos de lã elegantes a parkas fofas que resistiriam ao clima ártico.

É um armário para todas as estações e ocasiões e, a julgar pelas marcas, tudo é novo.

Atordoada, viro uma etiqueta pendurada em um suéter branco de aparência macia.

$395.

Que porra é essa?

Pego uma etiqueta da parka mais próxima, uma bonita azul com um capuz forrado de pele.

€ 3,499. Feito na Itália.

— Você gosta?

Eu me sobressalto e me viro para encarar Alina, que está parada na entrada do armário.

— Desculpe, não tive a intenção de assustar você — diz ela, jogando o cabelo preto brilhante por cima do ombro. Ela já mudou para outro vestido deslumbrante, uma peça vermelha até o tornozelo com uma fenda na altura da coxa que mostra uma parte de uma perna longa e tonificada. Ela também atualizou a maquiagem, estendendo o delineador para enfatizar a qualidade felina de seus olhos inclinados para as pontas. — Eu bati, mas ninguém respondeu — ela continua —, então, imaginei que você estava explorando suas coisas novas.

— Eu estava... estou. — olho por cima do ombro para os cabides e prateleiras embalados. — Isso é... tudo para mim?

— É claro. Para quem mais seria? Não preciso de mais nada, com certeza. — Caminhando para ficar ao meu lado, ela puxa um longo vestido amarelo e o segura no meu peito, em seguida, pendura e tira um rosa claro.

— Mas é demais — digo enquanto ela segura o vestido rosa contra mim, apenas para rejeitá-lo também. — Eu não preciso de tudo isso. Alguns vestidos para o jantar, claro, mas o resto...

— Esse é meu irmão para você. Nikolai não faz meias-medidas. — Ela folheou o resto dos vestidos com velocidade prática e puxou um, de pêssego cintilante. *Versace*, diz a etiqueta, e não há preço à vista – provavelmente porque o valor seria assustador. Segurando-o contra mim, Alina dá um aceno satisfeito. — Experimente este. — Ela o coloca em meus braços.

— Agora?

Ela arqueia as sobrancelhas. — Posso me virar se você for tímida. — Combinando ação com palavras, ela me dá as costas.

Suprimindo um suspiro exasperado, rapidamente tiro minhas roupas e coloco o vestido – que de alguma forma se encaixa perfeitamente, o chiffon pêssego salpicado de ouro caindo sobre meu corpo com uma elegância deslumbrante. A saia tipo 'A' cai graciosamente até meus pés, e o corpete de corte quadrado tem um sutiã embutido que levanta meus modestos bojos B, dando-me uma sugestão de decote. As alças largas escondem meus ombros, mas meus braços e a parte superior das minhas costas ficam nus, expondo as crostas de onde os cacos de vidro perfuraram minha pele.

Droga. Eu esperava evitar mostrá-los até que estivessem curados.

— Pronta? — Alina parece impaciente.

— Só um segundo. — Eu torço meu braço nas minhas costas, tentando fechar o zíper totalmente. — Na verdade, você poderia...?

— É claro. — Ela fecha e dá um passo para trás para

me dar uma olhada. Instantaneamente, seu olhar se dirige às crostas. — O que foi isso? — Ela pergunta, uma pequena carranca vincando sua sobrancelha lisa.

— Não é nada. — Eu faço uma careta, como se estivesse envergonhada por minha falta de jeito. — Eu tropecei e caí em um vidro quebrado.

A explicação deve satisfazê-la porque ela deixa para lá e retoma sua inspeção. — Muito bom — ela finalmente declara. — Mas esse coque tem que sair.

— Oh, não, tudo bem...

— Venha. — Agarrando minha mão, ela me arrasta para fora do armário, para o banheiro, onde me faz ficar na frente do espelho. — Vê? Você precisa deixar seu cabelo solto. Além disso, a maquiagem é necessária.

Eu fico olhando para o meu reflexo no espelho, coque bagunçado, olheiras e tudo. Ela está certa. Um vestido tão glamoroso assim merece o trabalho. Infelizmente, eu só tenho um tubo de brilho labial comigo, tendo destruído a maioria dos itens na minha bolsa de maquiagem quando eu estava limpando meu dormitório após a formatura. Achei que iria às compras com mamãe quando chegasse em casa. Ela amava esse tipo de coisa, e nós sempre...

Eu paro essa linha de pensamento e inalo para limpar a constrição dolorosa em meu peito.

— Eu posso soltar meu cabelo, mas eu realmente não tenho...

— Sim, você tem. — Ela abre uma das gavetas ao lado da pia, revelando uma seleção de tubos e frascos

que deixariam um maquiador profissional orgulhoso.
— Eu me certifiquei de que Nikolai pegasse todo o necessário — explica ela.

— Você o ajudou a comprar tudo isso?

— Quem mais? — Ela sorri, revelando aquele pequeno espaço perfeitamente imperfeito entre seus dentes brancos e retos. — Nenhum dos meus irmãos sabe usar máscara para cílios.

Meus ouvidos despertam. — Irmãos?

Ela acena com a cabeça, alcançando a gaveta. — Somos quatro. Eu sou a mais nova e a única garota. — Ela abre uma embalagem de base e agarra minha mão, virando-a com a palma para cima. Manchando uma faixa de cor de bronze na parte interna do meu pulso, ela olha criticamente, então, abre uma um pouco mais dourada e a testa.

— Onde estão seus outros irmãos? — pergunto, observando seu trabalho, fascinada. Achei que seria bom receber uma aula dela um dia, e aqui estamos. Sempre tive problemas para encontrar a base certa; a maioria das marcas de drogarias oferece tons que são muito claros, muito escuros ou muito acinzentados. Mas a segunda cor que Alina tenta combina com a minha pele perfeitamente – ela definitivamente sabe o que está fazendo.

— Os dois estão em Moscou — ela responde, tampando a embalagem. — Bem, neste momento, Konstantin está em uma viagem de negócios em Berlim, mas você sabe o que quero dizer. — Ela coloca a embalagem no balcão na minha frente, junto com máscara, delineador e um monte de outras coisas, incluindo uma esponja em forma de ovo que ela molha na torneira. Encontrando meu olhar no espelho, ela pergunta: — Você se importa se eu te maquiar? Ou você prefere fazer você mesma?

— Não, por favor, vá em frente. — Estou mais do que ansiosa para que ela continue. Lição de beleza à parte, esta é uma chance para eu aprender mais sobre meus misteriosos patrões sem a presença sombria e magnética de Nikolai embaralhando meu cérebro.

— Tudo bem então, lave o rosto e venha.

Eu faço o que ela diz enquanto ela varre toda a maquiagem que colocou em uma pequena caixa prata. Depois de secar meu rosto e hidratar com um creme facial de aparência chique que encontro em outra gaveta, ela me leva de volta para o quarto, onde me coloca na frente da janela do chão ao teto – luz natural é melhor, ela explica. Colocando o estojo de maquiagem na mesinha de cabeceira ali perto, ela se posiciona na minha frente e, baixando a cabeça com olhar de intensa concentração, começa a aplicar base com a esponja úmida.

— Sempre dê tapinhas, não esfregue — ela explica, focando nas minhas bochechas. — A cor espalha melhor dessa maneira.

— É bom saber, obrigada. — Espero até que ela termine meu queixo antes de perguntar: — Então, o que fez você e Nikolai decidirem vir para cá? Eu imagino que deve ser uma grande mudança em relação a Moscou.

Ela faz uma pausa, seus olhos encontrando os meus. — Oh, é sim. Moscou é... um mundo totalmente diferente. — Seus lábios vermelhos se inclinam sem humor. — Nem sempre é um mundo bom.

— Oh?

Ela retoma espalhando cuidadosamente. — É quieto aqui. Calmo. E a natureza é linda. Nikolai queria isso para seu filho.

— Então, você está aqui pelo Slava?

— Meu irmão está. — Ela franze a testa, estudando meu rosto, e usa a ponta da esponja para adicionar um pouco de base sob meus olhos. As olheiras devem estar a incomodando. — Eu... eu só precisava de uma pausa — ela continua enquanto segue para a ponta do meu nariz — Espairecer um pouco, se você preferir.

— Da vida em Moscou?

— Algo parecido. Feche seus olhos.

Eu obedeço, silenciosamente digerindo o que aprendi enquanto ela passa a sombra nas minhas pálpebras e aplica máscara nos meus cílios. Faz sentido que eles estivessem aqui pelo menino – a época de sua mudança para este complexo bate com o fato de Nikolai saber da existência de seu filho. E suponho que se você está procurando uma natureza tranquila e calma, não há melhor do que este lugar.

Ainda assim, algo não cheira bem. Tenho certeza de que há lugares selvagens intocados pela civilização na Rússia e em outros países próximos. Por que se mudar para o outro lado do mundo se natureza bonita é tudo o que você procura? A diferença de fuso horário por si só deve dificultar o contato com a família ou conduzir qualquer tipo de negócio – presumindo que *haja* um negócio.

Espero até que Alina termine de traçar meus lábios com um lápis antes de abrir meus olhos para perguntar: — O que seus irmãos fazem no trabalho?

— Oh, isso e aquilo. — Ela aplica o batom com cuidado, me faz fechar os lábios em um lenço de papel para tirar o excesso da cor e repete o processo mais duas vezes. Finalmente satisfeita, ela guarda o batom e pega uma pequena embalagem de blush e um pincel de maquiagem de cabo longo. — Nossa família possui um monte de empresas em vários setores: energia, tecnologia, imobiliário, farmacêutico — diz ela, passando o pincel nas maçãs do meu rosto com movimentos rápidos e experientes. — Nikolai supervisiona tudo... ou o fazia até recentemente. Quando soubemos sobre Slava, ele passou a maior parte das responsabilidades para Valery e Konstantin, para que ele pudesse se mudar para cá e passar um tempo com seu filho.

Eu fico olhando para ela sem acreditar. Ela está falando sobre o mesmo Nikolai? O pai frio e distante que mal interage com o filho? Não consigo imaginá-lo saindo de uma reunião de negócios mais cedo para ficar com Slava, muito menos deixando o cargo de chefe de algum grande conglomerado.

Eu devo estar esquecendo alguma coisa. Isso ou Slava é uma desculpa conveniente para algo obscuro.

— E você? — pergunto quando ela se afasta e examina seu trabalho com um olhar crítico. — Você também está envolvida com os negócios da família?

Ela ri, um som leve e vibrante. — Oh, isso não é para mim. — Dando meio passo à frente, ela alisa minha sobrancelha esquerda com o polegar. — Nada mal — declara ela. — Agora, só precisamos arrumar seu cabelo. Venha. — Apertando minha mão, ela me arrasta de volta para o banheiro, onde tira uma coleção inteira de produtos de cabelo de outra gaveta enquanto eu fico boquiaberta com meu reflexo no espelho.

Eu nunca, nunca me vi assim antes, nem mesmo quando mamãe gastou cinquenta pratas para fazer minha maquiagem profissionalmente para o meu baile de formatura.

A garota no espelho está mais do que bonita; sua pele, lisa e brilhante; seus olhos castanhos grandes e misteriosos acima de maçãs do rosto delicadamente contornados e lábios macios e carnudos da cor de rosa escuro.

Eu não pareço com Alina, com seus lábios vermelhos brilhantes e maquiagem dramática de gatinho. Na verdade, não pareço estar usando maquiagem. Em vez disso, é como se eu tivesse feito um Photoshop, todas as minhas imperfeições borradas e suavizadas.

— Uau. — levanto minha mão para tocar meu rosto. — Isto é...

Alina dá um tapa na minha mão. — Não toque, você vai bagunçar tudo. Em geral, quanto menos você tocar em seu rosto, melhor. Você tem uma pele bonita e lisa, mas será ainda melhor se mantiver suas mãos longe dela. O óleo e a sujeira em nossos dedos obstruem os poros, fazendo com que pareçam maiores com o tempo.

— Certo. — Castigada, mantenho minhas mãos ao lado do corpo enquanto ela começa a trabalhar no meu cabelo, primeiro liberando-o do coque, depois, borrifando-o com água e aplicando vários produtos de modelagem para projetar ondas em meus fios normalmente arrepiados.

— Pronto, tudo certo — ela diz depois de alguns minutos. — Agora, você precisa de sapatos e estará pronta.

Oh, droga. — Eu não acho que tenho qualquer... — começo, mas ela já está saindo do banheiro.

Eu a sigo e a vejo ir direto para o meu armário. Um segundo depois, ela surge com uma caixa de sapatos. *Jimmy Choo*, proclama o logotipo na caixa. Colocando-o no chão, ela pega um par de saltos dourados de tiras e os entrega para mim. — Tente estes.

Eles compraram sapatos para mim também? Impedindo meu cérebro de fazer as contas sobre a fortuna não tão pequena que deve ter sido gasta no meu guarda-roupa, eu coloco os saltos – como o vestido, eles se encaixam perfeitamente – e caminho até o espelho de corpo inteiro pendurado ao lado, no armário.

— Como são? — Alina pergunta, vindo ficar ao meu lado. Para minha surpresa, ela agora está apenas alguns centímetros mais alta do que eu; aqueles saltos altos que ela sempre usa me enganaram, fazendo-me pensar que ela tinha a altura de uma modelo.

Eu experimentalmente mudo meu peso de um pé para o outro. — Surpreendentemente confortáveis. — Não tão confortáveis quanto meu tênis, obviamente, mas posso ficar em pé e andar com eles melhor do que com qualquer sapato elegante que usei antes. Da mesma forma, o vestido cor de pêssego não belisca ou arranha em lugar nenhum; todas as costuras são lisas e macias contra a minha pele, o forro interno sedoso, agradavelmente fresco.

Não admira que Alina seja capaz de se vestir como uma rainha o tempo todo. Se todas as roupas dela são dessa qualidade, parecer glamorosa não é nem de perto um inconveniente tão grande quanto eu imaginava.

— Você só precisa de mais uma coisa — diz ela, sorrindo para o meu reflexo. — Fique aqui. Eu volto já. — Ela sai correndo do quarto e eu fico na frente do espelho, maravilhada com a forma como o vestido cintilante cobre meu corpo muito magro, dando a ilusão de curvas saudáveis.

Nunca serei tão bonita quanto Alina, mas sou definitivamente a melhor versão de mim mesma.

Ela volta um minuto depois com uma pequena caixa de joias na mão. Colocando-a na mesa de cabeceira, ela abre e tira um par de brincos de diamante e um pingente em forma de coração em uma fina corrente de ouro.

— Obrigada, mas eu não poderia — digo enquanto ela vem em minha direção, segurando as joias. — Isso parece muito caro.

— Não se preocupe. É apenas uma pequena bugiganga. — Ignorando meus protestos, ela pendura a corrente de ouro em volta do meu pescoço e a trava no lugar, em seguida, insere os brincos de diamante em minhas orelhas. — Pronto, agora a roupa está completa.

Ela dá um passo para trás e eu me viro para o espelho novamente.

Ela está certa. A joia adicionou aquele toque final de polimento, o diamante em forma de coração brilhando uns centímetros acima do leve toque de decote criado pelo corpete do vestido. Pareço igualmente elegante e sexy, como uma princesa moderna prestes a ir a um baile.

Se mamãe me visse assim, ela ficaria muito orgulhosa. Ela me fez tirar um milhão de fotos em dezenas de poses diferentes e configurou as melhores como seu protetor de tela e plano de fundo do telefone, para que pudesse mostrá-las aos colegas de trabalho no restaurante. Ela...

Pisco para tirar a ardência dos meus olhos e me viro para encarar Alina.

— Obrigada — digo, minha voz apenas ligeiramente tensa. — Sou muito grata.

— O prazer é meu. — Seus olhos verdes brilham

quando ela me dá uma última olhada. — Vamos descer para jantar. Mal posso esperar que Nikolai veja você assim.

E antes que eu possa me perguntar o que ela quis dizer, ela sai do quarto, me deixando sem escolha a não ser segui-la.

NIKOLAI

— QUE PORRA VOCÊ PENSA QUE ESTÁ FAZENDO? — Minha voz é baixa e agradável, minha expressão neutra quando me dirijo à minha irmã em russo. Na minha frente, Chloe está com a cabeça inclinada em direção a Slava, falando com ele sobre a comida em seu prato como se ele pudesse entendê-la, e tudo em que consigo pensar é o quanto quero estender o braço e arrancar aquele pingente da garganta fina e lisa – logo depois de estrangular a pessoa que deu a ela.

— Você me pediu para ajudá-la a se vestir. — O tom de Alina combina com o meu, mesmo com a diversão fria brilhando em seus olhos. — Você não gostou dos resultados?

— Onde você conseguiu isso? — Eu baixo minha voz ainda mais enquanto Slava olha para nós com curiosidade. Ao contrário de sua professora americana, ele entende exatamente o que estamos dizendo, se não o contexto de tudo isso. — Eu pensei que estava perdido.

— O colar favorito de mamãe? Dificilmente. — O sorriso de Alina é tão brilhante quanto o diamante brilhando no peito de Chloe. — Ela me deu para guardar. Um pouco antes de... você sabe. — Ela espera minha resposta. Não conseguindo nada, ela bate os cílios com uma inocência exagerada. — Você não gosta? Achei que era perfeito para este vestido – e para o seu lindo brinquedo novo.

Meus molares se comprimem, mas meu comportamento externo permanece calmo. Agora entendo que jogo Alina está fazendo, e não pretendo deixá-la vencer. — Você está certa. *É* perfeito, e ela também. Obrigado por ser tão útil.

Sem esperar pela reação dela, eu volto minha atenção para Chloe, ignorando a raiva incandescente correndo em minhas veias cada vez que a pedra brilhante chama minha atenção. Esse pingente é tudo que fui capaz de ver desde que Chloe veio até a mesa, então, agora eu vejo sua aparência real – e quando faço isso, a fúria ardente dentro de mim se transforma em luxúria escaldante.

Ela é linda. Não, mais do que isso. Ela é de tirar o fôlego, uma pintura de uma deusa grega ganhando vida. Como na foto que vi antes, seu cabelo cai sobre os ombros delgados em uma cascata de ondas marrons raiadas de sol, e sua pele lisa brilha com uma misteriosa luz interior. O que quer que minha irmã tenha feito, aumentou o brilho que me cativou desde o início, enfatizando a beleza brilhante e terna de Chloe.

O tipo de beleza que quase implora por um toque devastador.

Meu olhar trilha de seu rosto para suas clavículas frágeis, então, pulando com determinação sobre o pingente, para a sugestão de sombra entre seus seios, tentadoramente empurrados para cima pelo corpete apertado de seu vestido. Com clareza vívida, eu imagino como seus mamilos eretos se sentirão quando eu espalhar aqueles pequenos e deliciosos globos, como eles terão o gosto quando eu os chupar. Ela vai gemer, com a cabeça arqueando para trás e os braços delgados subindo...

Eu paro, a fantasia evaporando enquanto olho para as crostas vermelho-escuras em seu bíceps esquerdo.

Que porra é essa?

Parecem feridas de algo pontiagudo, profundas.

— Ela disse que caiu em um vidro quebrado — Alina murmura em russo, tão estranhamente sintonizada comigo como sempre. — Interessante, não?

É, de fato. Embora seja teoricamente possível cair em um vidro quebrado e acabar com feridas de perfuração, é muito mais provável que um seja um corte limpo – e não vejo nenhuma marca desse tipo em seu braço.

— Eu me pergunto se ela foi esfaqueada ou atingida por algum estilhaço — Alina continua, novamente ecoando meus pensamentos. — O que você acha? Minha aposta é neste último.

Eu me forço a parecer desinteressado, entediado com o assunto. — Acho que ela caiu em algum vidro quebrado. — Não contei à minha irmã sobre o relatório adicional que encomendei à equipe de Konstantin e não estou planejando fazê-lo.

Chloe é meu mistério a desvendar, meu quebra-cabeça a resolver.

Meu lindo brinquedo para brincar.

Seus olhos encontram os meus, e ela rapidamente desvia o olhar, sua mão apertando o garfo enquanto seu pequeno peito sobe e desce em um ritmo mais rápido. Eu sorrio sombriamente, olhando para ela. Eu a perturbo, a deixo nervosa, e não é apenas a tensão sexual que aquece o ar entre nós. Percebi a maneira como ela olhou para os meus dedos machucados durante o almoço, vi as perguntas em seus olhos.

Minha zaychik é inteligente o suficiente para desconfiar de mim.

Ela sabe, no fundo, que tipo de homem eu sou.

Eu a estudo durante toda a refeição, deleitando meus olhos nela enquanto ela se banqueteia com os frutos do trabalho de cozinha de Pavel. Ela ainda é discreta e sutil sobre isso, mas pelo menos três porções cheias de *plov*, a especialidade de pilaf de arroz georgiano de Pavel, desaparecem de seu prato rapidamente, seguidas por uma porção de todas as saladas e acompanhamentos na mesa, junto com um prato inteiro de kebab de cordeiro, o prato principal desta noite.

Seu apetite desproporcional ao mesmo tempo me diverte e me perturba porque revela algo importante.

Isso me diz que ela conheceu uma fome real e verdadeira no passado recente.

A constatação aumenta minha frustração, assim como as marcas em seu braço. Konstantin ainda não apresentou o relatório, e isso está me deixando louco. Eu quero saber o que aconteceu com ela. Eu *preciso* saber disso. Está rapidamente se tornando uma obsessão – e ela também. Esta tarde, quando ela fez uma caminhada com Slava, me peguei escalando paredes porque não conseguia vê-la através das câmeras. Quero saber o que ela está fazendo a cada momento de cada dia, e não importa o quanto eu tente me distrair, ela é tudo em que consigo pensar.

Quando a refeição chega ao fim, penso em fazer com que ela fique para um aperitivo comigo, mas quando a vejo cobrindo um bocejo, decido não fazer isso. A habilidade de Alina com a maquiagem escondeu os sinais externos da exaustão de Chloe, mas ela ainda está frágil, ainda é quebrável... demais para todas as coisas obscuras e sujas que quero fazer com ela. Além disso, não posso ter certeza do meu autocontrole esta noite.

O desejo queimando minhas veias parece muito poderoso, muito selvagem para uma sedução suave.

Logo, eu prometo a mim mesmo enquanto a vejo sair da sala de jantar e desaparecer escada acima.

Em breve, irei descobrir o que motiva Chloe Emmons, e apaziguar essa fome.

São quase duas da manhã quando admito a derrota e me levanto para correr. Depois de mal dormir na noite passada e trabalhar muito da minha energia inquieta lutando com os guardas, eu deveria estar morto para o mundo. Em vez disso, fiquei acordado por horas, meu corpo queimando com o desejo não realizado e minha mente cheia de pensamentos inquietos. Cada vez que eu chegava perto de cair no sono, via a porra do pingente pendurado acima de mim, e a raiva inundava minhas veias, me acordando de repente.

Minha irmã sabia o que estava fazendo quando pendurou aquela bugiganga no pescoço bonito de Chloe.

O céu noturno está claro quando eu saio de casa, a luz da meia-lua iluminando meu caminho enquanto eu começo a correr pela calçada. Não que eu precise – tenho excelente visão noturna. Conforme a floresta fica mais densa ao meu redor, eu acelero até estar correndo pela estrada que leva ao portão. No meio do caminho, faço uma curva fechada à direita e entro na floresta, meus tênis esmagando folhas e galhos enquanto ziguezagueio por entre as árvores. É mais escuro aqui, mais perigoso, com o terreno irregular e galhos caídos, mas o desafio é o que estou procurando. Correr assim me força a me concentrar, a me esforçar tanto mental quanto fisicamente. Ao mesmo tempo, algo na floresta noturna me acalma. O farfalhar silencioso de criaturas selvagens nos arbustos, o pio de uma coruja acima da minha cabeça, o cheiro argiloso de vegetação em decomposição – tudo faz parte da experiência, parte do que me atrai a este lugar.

Corro até meus pulmões queimarem e meus músculos parecerem chumbo, até o suor escorrer pelo meu rosto em riachos. Quando minhas pernas ameaçam ceder, eu volto e corro montanha acima, ultrapassando o ponto de exaustão, as limitações do meu corpo e as memórias invadindo minha mente. Corro até não conseguir pensar em mais nada, muito menos imaginar o pingente em forma de coração no peito de Chloe.

Finalmente, eu paro e ando o resto do caminho, deixando-me esfriar. No momento em que entro na casa escura e silenciosa, minha respiração se acalma e minhas pernas estão começando a parecer endurecidas. Tirando meu tênis sujo, tranco a porta da frente e subo as escadas, o peso da privação de sono me derrubando como uma camada de tijolos. Mal posso esperar para cair na minha cama e...

Um grito sufocado me interrompe.

Eu congelo no topo da escada, todos os meus sentidos em alerta máximo enquanto examino o corredor escuro.

Um momento depois, ouço novamente.

Um grito abafado, vindo do quarto de Chloe.

A adrenalina explode pelo meu corpo. Não paro

para pensar, eu apenas ajo. Silenciosamente, eu caminho pelo corredor, todos os músculos do meu corpo prontos para a batalha. Se alguém invadiu, se a estiver machucando... O mero pensamento disso pinta minha visão de vermelho. Apenas uma vida inteira de treinamento me impede de chutar a porta e entrar correndo. Em vez disso, paro a um metro de seu quarto e pressiono a palma da mão contra a parede, procurando uma pequena saliência. Quando a encontro, empurro para dentro e, com um assobio silencioso, um pequeno quadrado da parede desliza, revelando um dos miniarsenais que escondi pela casa.

Movendo-me silenciosamente, chego ao nicho e pego uma Glock 17 carregada, em seguida, me aproximo da porta de Chloe.

Tudo está quieto de novo, mas eu não deixo isso me enganar.

Algo não está certo. Eu sei isso. Eu sinto.

Clicando na trava de segurança com o polegar direito, giro cuidadosamente a maçaneta com a mão esquerda e abro um pouco a porta.

Outro grito ecoa, seguido por um soluço sufocado.

Caralho.

Eu empurro a porta e entro, preparado para a batalha.

Só que ninguém me ataca.

Não há balas voando, nenhum tipo de movimento.

O luar fraco não revela ninguém no quarto escuro além de mim e um pequeno pacote debaixo das cobertas da cama – um pacote que estremece de repente, emitindo outro daqueles gritos abafados.

É claro.

Eu abaixo a arma, o pior da tensão drenando de meus músculos. Deve ser isso que Alina ouviu ontem à noite. Não admira que Chloe tenha ficado tão desconfortável quando minha irmã tocou no assunto.

Ela tem pesadelos. Os maus.

Eu deveria sair agora que sei que ela está segura, mas permaneço enraizado no lugar, olhando para aquele monte de cobertas enquanto meu batimento cardíaco ganha um ritmo forte e acelerado. *Ela está aqui, dormindo a apenas alguns metros de distância.* A adrenalina em minhas veias se transforma em uma necessidade aguda e quente, uma fome tão forte e potente que tremo com o esforço de contê-la. Quero sentir sua pele macia e quente sob meus dedos, cheirar seu aroma fresco e doce de flores silvestres... me afundar profundamente em seu calor úmido e apertado... Minha pulsação ruge em meus ouvidos, meu corpo está tão duro que dói, e minhas pernas se movem contra a minha vontade, levando-me para frente.

Não. Caralho, não.

Eu paro a meio metro da cama, a mandíbula cerrada.

Afaste-se agora, caralho.

Por algum milagre, meus pés obedecem.

Um passo.

Outro.

Um terceiro.

Estou a meio caminho da porta quando o embrulho na cama sacode novamente e começa a se debater violentamente, enchendo o ar com gritos de partir o coração.

21

CHLOE

— *Não!*

Meus pés escorregam no sangue enquanto eu avanço para frente, caindo de joelhos sobre o corpo de mamãe. Seu rosto bonito e expressivo está caído, seus suaves olhos castanhos, vidrados e cegos. Seu roupão rosa, meu presente de Natal do ano passado, aberto em cima, revelando seu seio esquerdo, e seu braço direito está jogado para o lado, o sangue do corte vertical profundo em seu antebraço acumulando-se nos ladrilhos brancos limpos, escorrendo na argamassa imaculadamente mantida. Seu braço esquerdo está pressionado contra o lado do corpo, mas há sangue lá também. Tanto sangue...

— Mãe! — Eu pressiono meus dedos gelados em seu pescoço. Não consigo sentir o pulso ou talvez simplesmente não saiba onde encontrá-lo. *Porque há um pulso. Tem que haver. Ela não faria isso. Agora não. De novo não.* Estou ao mesmo tempo frenética e entorpecida, meus pensamentos disparando na velocidade da luz, mesmo quando me ajoelho ali, rígida e gelada. *Sangue. Tanto sangue no chão da cozinha.* Minha cabeça pula no piloto automático, meus olhos procurando por um rolo de toalhas de papel no balcão. Mamãe vai ficar muito chateada com as manchas na argamassa. Eu preciso limpar isso, preciso...

Ligar para o 911. Isso é o que eu preciso fazer.

Eu me levanto, batendo freneticamente nos bolsos enquanto meu olhar salta ao redor da cozinha.

Meu telefone. Onde está a porra do meu telefone?

Espere, minha bolsa.

Eu deixei no carro?

Eu giro em direção à porta da frente, respirando em suspiros rasos. *Chaves.* O carro precisa das chaves. *Onde coloquei minhas malditas chaves?* Meu olhar cai sobre uma mesinha perto da entrada, e corro em direção a ela, o coração batendo tão rápido que me deixa doente.

Chaves. Carro. Bolsa. Telefone.

Eu posso fazer isso.

Apenas um passo de cada vez.

Meus dedos se fecham em torno do meu chaveiro peludo e estou prestes a agarrar a maçaneta da porta quando ouço.

O estrondo baixo e profundo de vozes masculinas no quarto de mamãe.

Eu me transformo em pedra, todos os músculos do meu corpo travando com força.

Homens. Aqui no apartamento. Onde mamãe está deitada em uma poça de sangue.

— ... era para estar aqui — um deles está dizendo, sua voz ficando mais alta a cada segundo.

Sem pensar, pulo para o nicho da parede do corredor que serve como nosso armário de casacos. Meu pé esquerdo pousa em uma pilha de botas, meu tornozelo se torce de forma agonizante, mas eu mordo o grito e puxo os casacos de inverno em volta de mim como um escudo.

— Verifique o telefone novamente. Talvez haja trânsito. — A voz do outro homem parece mais próxima, assim como seus passos pesados.

Oh, Deus, oh, Deus, oh, Deus.

Eu coloco as duas mãos sobre a boca, as chaves que estou segurando cavam dolorosamente em meu queixo enquanto fico imóvel, sem ousar respirar.

Os passos param ao lado do meu esconderijo e, através das camadas volumosas de casacos, eu os vejo.

Altos.

Corpos bem desenvolvidos.

Máscaras pretas.

Uma arma na mão enluvada.

Espinhos de terror correm para cima e para baixo em minha espinha, minha visão com manchas escuras por falta de ar.

Não desmaie, Chloe. Fique parada e não desmaie.

Como se estivesse ouvindo meus pensamentos, o homem mais próximo de mim gira para enfrentar meu esconderijo e arranca sua máscara, revelando a cabeça de um tubarão. Mostrando seus dentes de faca em um sorriso macabro, ele aponta a arma para mim.

— *Não!*

Eu recuo violentamente, apenas para ficar emaranhada nos casacos. Eles estão em cima de mim, me sufocando, me mantendo cativa. Eu me debato com desespero crescente, apelos roucos e soluços de pânico saindo da minha garganta enquanto o dedo enluvado preto aperta o gatilho e...

— Shhh, está tudo bem, zaychik. Você está a salvo. — Os casacos se contraem ao meu redor, só que desta vez o peso deles é reconfortante, como ser envolvida em um abraço. Eles cheiram bem também, uma mistura intrigante de cedro, bergamota e suor terroso masculino. Eu inalo profundamente, meu terror diminuindo enquanto a cabeça do tubarão e a arma retrocedem em uma névoa nebulosa e a consciência de outras sensações goteja.

Cordialidade. Músculos definidos e rígidos sob minhas palmas. Uma voz profunda e grave murmurando palavras calmantes em meu ouvido enquanto braços poderosos me seguram com força, protegendo-me, mantendo-me a salvo dos horrores que pairam além da névoa.

Meus soluços se acalmam, minha respiração irregular desacelerando enquanto o pesadelo libera seu controle sobre mim. E foi um pesadelo. Agora que meu cérebro está começando a funcionar, sei que não existe cabeça de tubarão no corpo humano. Minha mente adormecida conjurou isso, embelezando a memória, assim como agora está embelezando...

Espere, isso não parece um sonho.

Eu fico rígida, um pico de adrenalina varrendo a névoa persistente e trazendo a percepção de que um homem grande, quente, de peito nu e muito real está me balançando em seu colo. Meu rosto está enterrado na curva de seu pescoço, minhas mãos segurando os músculos rígidos de seus ombros enquanto suas palmas grandes e calosas acariciam suavemente minhas costas. Ele murmura palavras de conforto em uma mistura de inglês e russo, e sua voz suave e profunda é terrivelmente familiar, assim como seu sedutor perfume masculino.

Não pode ser.

Não é possível.

E ainda...

— Nikolai? — Eu sussurro, sentindo como se estivesse implodindo por dentro – e quando eu levanto minha cabeça de seu ombro e abro meus olhos, o luar fraco entrando pela janela ilumina as linhas totalmente esculpidas de seu rosto, me dando a resposta.

22

CHLOE

UMA MÃO GRANDE E QUENTE SE INSTALA NA MINHA nuca, massageando a tensão que permeia cada músculo do meu corpo.

— Você está bem, zaychik? — Ele murmura, o luar pálido refletindo em seus olhos enquanto sua outra mão acaricia meu braço para cima e para baixo. — O sonho ruim se foi?

Não consigo encontrar palavras para responder. O choque é como um milhão de pequenas agulhas picando minha pele, meu termostato interno mudando de quente para frio e vice-versa.

Nikolai e eu estamos na cama.

Juntos.

Ele está me segurando no colo.

O termostato liga-se ao máximo, queimando, aumentando meu pulso e enviando uma lança estonteante de calor direto para o meu núcleo. Estamos quase nus – minha blusa de pijama e short são finos, e ele deve estar usando apenas short ou cueca porque posso sentir suas coxas nuas contra as minhas. Sua pele é áspera pelo pelo, os músculos das pernas tão duros que parecem pedra.

E essa não é a única dureza feito pedra que estou sentindo.

O mundo inteiro parece desaparecer, substituído pela consciência absoluta de nossa posição íntima e da força magnética sombria que nos puxou um em direção ao outro desde o início. Meu coração bate violentamente em minhas costelas, cada batida reverberando em meus ouvidos enquanto minha respiração falha em meus lábios entreabertos. Seu rosto está a poucos centímetros do meu, seus braços poderosos me envolvendo, me segurando em um abraço que é em partes iguais protetor e restritivo.

— Chloe, zaychik... — Uma nota tensa entra em sua voz profunda. — Você está bem?

Bem? Estou queimando, morrendo com a tempestade de necessidade dentro de mim. Ele está tão perto que posso sentir o calor de seu hálito, cheirar uma pitada de pasta de dente com menta misturada com as notas sensuais de sua colônia e os tons salgados do suor masculino limpo e saudável. Seus olhos brilham com o luar salpicado de sombras, seu cabelo preto se mesclando com a noite, e tenho o pensamento surreal de que ele é feito de escuridão... que, como uma criatura do submundo, ele existe fora do alcance da luz.

A trepidação me envolve, misturando-se ao calor queimando em minhas veias, intensificando-o de uma forma peculiar e perturbadora. Meus mamilos endurecem, meus músculos internos se contraem em uma dor crescente e vazia, e meu corpo age em um impulso de longa fervura, meus dedos apertando os músculos rígidos de seus ombros enquanto meus lábios pressionam contra os dele.

Por um breve momento, nada acontece, e tenho o pensamento horrível de que julguei mal a situação, que a atração é unilateral, afinal. Mas, então, um som baixo e áspero ressoa em sua garganta, e ele me beija de volta com uma fome selvagem, seus braços se apertam para formar uma gaiola de ferro ao meu redor. Seus lábios devoram os meus, sua língua apunhalando profundamente, me provando, me invadindo em uma imitação flagrante do ato sexual, e minha mente fica completamente em branco, todos os pensamentos e medos evaporando sob o açoite brutal do desejo.

Eu nunca conheci um beijo tão cru e carnal, nunca senti uma excitação tão intensa que doesse. Minha pele queima, meu coração bate como um punho contra minha caixa torácica e meu núcleo pulsa com uma necessidade desesperada e crescente. Ele me faz deitar, me prendendo sob seu peso, e tudo que posso fazer é gemer impotente em sua boca enquanto minhas unhas cravam em seus ombros e minhas pernas envolvem seus quadris, moendo meu clitóris latejante contra a protuberância dura de sua ereção.

Um gemido áspero escapa de sua garganta, e ele passa a mão pelo meu corpo, seu toque deixando um rastro de fogo em seu caminho. Rudemente, ele puxa minha blusa, e sua palma calejada fecha sobre meu seio esquerdo, apertando-o com uma pressão faminta enquanto seus lábios esmagam os meus, seu beijo me consumindo, roubando cada exalação de meus pulmões. Sem fôlego, tonta, eu me esforço contra ele, minhas mãos deslizando para agarrar seus cabelos sedosos. A sensação de sua palma quente em meu mamilo é meio alívio, meio irritação; isso acalma o desejo febril por seu toque enquanto intensifica o rápido aumento da tensão. Como uma mola carregada, as bobinas de pressão ficam cada vez mais apertadas em meu núcleo, cada movimento de esmagamento de meus quadris me trazendo para mais perto da borda, para o alívio que estou procurando tão desesperadamente.

Eu vou gozar. A certeza disso varre através de mim um batimento cardíaco antes do clímax. Minhas costas se curvam, minhas pernas apertam em torno de sua bunda musculosa, e um grito sufocado explode da minha garganta enquanto o prazer aquecido dispara pelo meu corpo. A liberação é tão poderosa que limpa todo pensamento, toda razão, e é só quando volto a mim e abro meus olhos que percebo que ele está parado em cima de mim, sua cabeça voltada para a porta e seu corpo poderoso quase vibrando de tensão.

Uma fração de segundo depois, eu percebo o porquê.

— Chloe, é você? Você está... — Alina congela na porta, sua figura vestida com um negligé delineada pela luz fluindo do corredor.

Uma luz que ela deve ter acendido quando nos ouviu.

Ou mais especificamente, *me* ouviu.

Um rubor queima meu rosto e pescoço quando percebo exatamente o que ela ouviu – e o que está vendo.

Eu, na cama com seu irmão seminu no meio da noite, a blusa do meu pijama suspensa até as axilas.

Não há como interpretar isso como um acidente, sem confundir com outra coisa senão o que é.

— Desculpe. — O tom de Alina fica frio. — A porta estava aberta. Eu não queria me intrometer.

Ela desaparece no corredor, e Nikolai murmura algo que soa como uma maldição russa. Rolando para longe de mim com um movimento explosivo, ele caminha até a porta totalmente aberta e a fecha, mergulhando-nos de volta na escuridão.

Eu me arrasto para uma posição sentada, puxando para baixo minha regata quando ouço seus passos voltando. *Merda. Merda. Merda. O que eu estou fazendo?* Minha mão bate freneticamente ao longo da mesa de cabeceira em busca do interruptor do abajur, e a luz acende no momento em que o colchão afunda sob seu peso.

Por alguns segundos, nós apenas nos encaramos, e eu registro todos os tipos de detalhes de derretimento de calcinhas, como a forma como seu cabelo preto liso foi despenteado pelos meus dedos e como seus lábios sensuais estão vermelhos e inchados, brilhando com nossos beijos ásperos. Os meus devem ter a mesma aparência porque posso senti-los úmidos e latejantes, desejando mais de seu toque e sabor aditivos. Ele está vestindo apenas um short de corrida, e seu peito e ombros são todos músculos magros, seu abdômen, bem definido. Ao contrário de suas pernas poderosas como troncos, que são salpicadas de cabelos escuros e crespos, seu torso é liso; sua pele, levemente bronzeada marcada apenas por uma cicatriz pálida e enrugada em seu ombro esquerdo.

Minha frequência cardíaca aumenta.

Ferimento à bala.

Eu nunca vi um, mas tenho certeza de que estou certa. É isso ou uma broca passou por seu ombro.

O brilho persistente do orgasmo se dissipa conforme o medo nascido de um pensamento mais claro se infiltra. Quem é ele, este homem lindo que parece estar tão intimamente familiarizado com o perigo?

Por que ele está no meu quarto, na minha cama?

Lentamente, eu me afasto, sem tirar meus olhos dos dele. O ferimento à bala, os nós dos dedos machucados, o muro ao redor do complexo e os guardas... Há uma história aqui, e não é boa. A violência, de alguma maneira, parece fazer parte da vida do meu novo patrão, e não quero nada com isso, não importa o quanto meu corpo anseie que terminemos o que começamos.

O que *eu* comecei, beijando-o tão impensadamente, tão descaradamente.

Com meu afastamento, seus olhos de tigre se

estreitam e eu sinto sua frustração, a fúria fervente de um predador testemunhando a fuga inevitável de sua presa. Exceto que não é inevitável em nosso caso – com seu tamanho e força superiores, ele pode me impedir a qualquer momento, e o fato de que ele permanece parado, apesar da tensão evidente em seus músculos poderosos, é mais do que um pouco reconfortante.

Ele deve perceber o que estou pensando porque sua expressão se suaviza, sua postura assumindo uma vibração relaxada, quase preguiçosa.

— Não se preocupe, zaychik. Não vou te atacar. — Sua voz é suave, seu tom, gentilmente zombeteiro. — Se você não quer isso, é só dizer. Não tenho o hábito de dormir com quem não quer... ou com qualquer pessoa que finja isso.

Meu rosto parece como se alguém estivesse queimando carvão sob minha pele. Ele, sem dúvida, está se referindo ao meu orgasmo improvisado, algo que ainda não me permiti pensar. Porque, por mais desavergonhado que meu comportamento esta noite tenha sido, nada se compara a transar com ele como uma cadela no cio – e gozar.

— Eu não estou... — Paro, percebendo que estava prestes a lançar-me em negações infantis. — Você está certo — eu digo em um tom mais equilibrado. — Peço desculpas. Eu não deveria ter beijado você. Isso foi completamente inapropriado e...

— Vai acontecer de novo. — Seus olhos são como joias de âmbar na luz quente lançada pela lâmpada. — Você vai me beijar e nós vamos foder, e você vai gozar de novo e de novo. Você gozará em meus dedos e na minha língua, e com meu pau enterrado bem fundo em sua boceta úmida e apertada. Você gozará enquanto eu foder sua garganta e seu cu. Você vai gozar tanto que vai esquecer como é não gozar – e ainda vai implorar por mais.

Eu fico olhando para ele, minha garganta seca e minha calcinha encharcada. Meu clitóris pulsa em sintonia com suas palavras faladas suavemente, meu coração martelando como um pica-pau, mesmo enquanto meus pulmões lutam para respirar. Eu nunca vi um homem falar comigo dessa maneira, nunca soube que uma conversa suja poderia simultaneamente me excitar e me fazer queimar de vergonha.

— Isso não é... eu não sou... — Puxo por oxigênio. — Não vai acontecer.

— Oh, mas vai, zaychik. Você sabe por quê?

Eu balanço minha cabeça, não confiando em mim mesma para falar.

— Porque isso é inevitável. Desde o momento em que te vi, soube que seria assim... quente, selvagem e cru, completamente incontrolável. E você também sabe disso. É por isso que mal consegue olhar para mim na hora das refeições, porque ficar sozinha comigo te deixa tão assustada. — Ele se inclina, os olhos brilhando. — Você me quer, Chloe... e acredite, eu também te quero.

Eu procuro algo para dizer, mas nada vem à mente. Onde os pensamentos deveriam estar é uma grande lacuna em branco. Ao mesmo tempo, meu corpo vibra com a consciência elétrica, cada terminação nervosa visceralmente consciente de sua proximidade e do calor sinistro naqueles olhos leoninos e hipnóticos. Isso está tão além do meu domínio de experiência que não tenho nenhum manual para isso, nenhuma pista de como reagir, muito menos agir. Ele é meu patrão, o pai do meu aluno, e mesmo que não fosse, ainda haveria aquela aura de perigo, de violência, que ele usa como um halo letal. A única solução sensata é encerrar isso, negar que eu o quero, mas não consigo expressar a mentira óbvia.

Ele espera que eu fale, e quando eu não falo, seus lábios se inclinam em um meio-sorriso zombeteiro.

— Pense nisso, zaychik — ele admoesta suavemente, os músculos de seu corpo poderoso ondulando enquanto ele se levanta. — Pense em como será bom quando você vier até mim.

No momento em que eu finalmente formulo uma resposta, ele se vai, deixando um leve traço de bergamota e cedro em meus lençóis – e uma confusão total em minha mente e corpo.

23

NIKOLAI

É PRECISO TODO O AUTOCONTROLE QUE CULTIVEI AO longo dos anos para entrar no meu quarto e fechar a porta atrás de mim. Luxúria, sombria e potente, pulsa através de mim, exigindo que eu volte para Chloe e continue de onde paramos.

Em vez disso, vou para o meu banheiro. Tirando meu short encharcado de suor, ligo o chuveiro e ajusto a temperatura para frio. Então, me coloco sob o jato, deixando o frio da água esfriar o fogo que assola meu sangue.

Caralho, cedo demais.

Eu poderia tê-la pressionado mais, eu sei, mas teria sido muito cedo. Ela não está pronta para isso, para mim. O pesadelo a fez baixar a guarda, mas a interrupção prematura da minha irmã a lembrou de todos os motivos pelos quais ela não deveria me querer, todos os motivos pelos quais ela acha que isso é errado. Seu corpo pode me querer, mas sua mente está lutando contra a atração. Isso a assusta, a intensidade do que ferve entre nós, e não posso culpá-la.

Quase me assusta.

Há algo diferente no meu desejo pela garota, algo ao mesmo tempo terno e violento... uma possessividade que vai além da simples luxúria. Quando eu achei que ela estivesse em apuros, tudo que eu conseguia pensar era em chegar até ela, protegê-la, destruir qualquer um que a tivesse machucado. E quando ela começou a se debater no meio de seu pesadelo, a necessidade de confortá-la foi muito poderosa para negar. Eu mantive a presença de espírito apenas o suficiente para deixar a arma no corredor, e então eu estava lá, segurando-a enquanto ela tremia e soluçava, seu terror óbvio me rasgando, me enchendo de frustração e fúria impotente.

Ela foi traumatizada, magoada por alguém ou algo, e eu não sei quem ou o quê.

Eu não sei e preciso saber.

Eu preciso disso, então, posso protegê-la.

Eu preciso disso porque, na minha mente, ela já é minha.

Eu ainda estou sob o jato de água fria, uma percepção sombria passando por mim.

Alina tem razão em temer por Chloe.

Sou um perigo para ela, embora não pelo motivo que minha irmã imagina. Ela acha que eu quero a garota como um brinquedo de foda descartável, um brinquedo casual, mas ela está errada. Por mais que eu queira me enterrar no corpinho apertado de Chloe, quero entrar ainda mais em sua mente. Quero saber cada pensamento por trás daqueles olhos castanhos, para expor todos os seus desejos e necessidades... cada cicatriz e ferida. Quero cavar fundo em sua psique, e não apenas por causa dos segredos que ela está escondendo.

Eu não quero apenas desvendar o mistério que ela representa.

Eu quero *desvendá-la*.

Eu quero desmontá-la e entender o que a faz funcionar.

Eu quero isso para que eu possa fazê-la funcionar apenas por mim, para que ela possa ser apenas minha.

Eu a quero do jeito que meu pai deve ter desejado minha mãe alguma vez... uma vida atrás, antes de seu amor se transformar em ódio.

Por um longo segundo, de estômago embrulhado, penso em fazer a coisa certa. Considero me afastar, ou melhor, deixar Chloe ir. A primeira coisa amanhã, eu poderia dar a ela dois meses de pagamento, sem amarras, e mandá-la embora... vê-la sair daqui em seu Toyota degradado.

Considero a ideia, e já a descarto.

Pode ser muito cedo para Chloe ocupar minha cama, mas é muito tarde para eu fazer a coisa certa.

Era tarde demais no momento em que coloquei os olhos nela... talvez até no momento em que nasci.

Eu quis dizer o que disse a ela esta noite.

Isso *é* inevitável. Sinto a certeza disso profundamente em meus ossos.

Ela virá até mim, atraída pela mesma necessidade soturna e primitiva que se contorce sob minha pele.

Ela se entregará a mim e isso selará seu destino.

Desligando a água fria, saio e me enxugo com a toalha, em seguida, vou silenciosamente para o meu quarto. As luzes embutidas na cabeceira da cama estão acesas, lançando um brilho suave nos lençóis de seda branca, mas a cama não parece acolhedora. Não do jeito que sua cama se sentia, com seu corpo pequeno e quente nela. Não do jeito que ela se sentia, se contorcendo contra mim, sem pedir, mas tirando seu prazer de mim, seus lábios como mel e pecado, seu gosto como inocência e escuridão combinados.

Meu pau endurece novamente, uma onda de luxúria ardente afastando o frio persistente do chuveiro. Sentando na cama, abro a gaveta da mesinha de cabeceira e vejo um par de chaves em um chaveiro rosa peludo – as que Pavel me deu na noite passada, logo depois que ele estacionou novamente o carro de Chloe.

Cuidadosa e reverentemente, eu pego e levo ao meu nariz. As próprias chaves cheiram a metal, mas a pelagem rosa contém um leve traço de flores silvestres e primavera, a doçura fresca e delicada dela. Eu inalo profundamente, absorvendo cada nota, cada nuance.

Então, coloco as chaves de volta na gaveta e fecho-a.

24

CHLOE

GEMENDO, ROLO DE COSTAS E COLOCO UM BRAÇO SOBRE meus olhos para protegê-los da luz do sol. Levei horas para adormecer depois que Nikolai foi embora, e me sinto um desastre total. Tudo que eu quero fazer é bloquear a luz do sol estúpida e...

Espere, luz do sol?

Eu me endireito, semicerrando os olhos para a luz brilhante que entra pela janela.

Droga.

Estou atrasada para o café da manhã?

Lanço um olhar frenético ao redor da sala, mas não há relógio. Há, no entanto, a TV pendurada no teto, e eu localizo um controle remoto em cima da minha mesa de cabeceira. Eu o agarro e pressiono o botão liga/desliga, esperando que não seja uma daquelas configurações complicadas de home theater que requer um diploma de ciência da computação para funcionar.

A TV é ligada, convenientemente sintonizada em um canal de notícias, e eu exalo um suspiro de alívio.

7h48

Se eu me apressar, descerei a tempo.

Corro para o banheiro e acelero minha rotina matinal, em seguida, vou direto para o meu armário. A TV ainda está ligada, o apresentador falando monotonamente sobre as próximas eleições enquanto eu pego um dos meus novos jeans e uma camisa de mangas compridas de aparência macia, outra nova compra. De acordo com a faixa azul informativa na parte inferior da tela da TV, a temperatura está em torno de dez graus nesta manhã, significativamente mais fria do que ontem. Além disso, não faz mal cobrir aquelas crostas que ainda estão se curando no meu braço – eu vi Nikolai olhando para elas na noite passada.

Saio do armário completamente vestida às 7h55 e, me lembrando no último minuto, pego a caixa de joias com o pingente e os brincos e coloco no bolso, para devolver para Alina. O programa de notícias agora está exibindo um clipe dos debates das primárias presidenciais da noite anterior, nos quais um dos líderes, um popular senador da Califórnia, está dizimando seus oponentes com uma enxurrada de fatos e números bem formulados. Eu realmente não sigo a política – minha mãe pensava que todos os políticos eram a escória da terra, e as opiniões dela passaram para mim – mas esse cara, Tom Bransford, é proeminente o suficiente para que eu saiba quem ele é.

Aos 55 anos, ele é um dos candidatos mais jovens na corrida presidencial e é tão bonito e carismático que foi comparado a John F. Kennedy. Não que ele tenha algo de meu patrão.

Se Nikolai se candidatasse à presidência, toda a população feminina dos Estados Unidos precisaria trocar de calcinha após cada debate.

A hora na tela muda para 7h56 e eu desligo a TV. Talvez esta noite eu tenha a chance de assistir algo, de preferência uma comédia leve e engraçada. Nada romântico, entretanto – eu preciso tirar minha mente de Nikolai e da situação confusa entre nós, não ser lembrada disso.

Eu não quero outra noite sem dormir, onde meu corpo dói de excitação e meus pensamentos giram em uma bobina pornográfica, repetindo suas promessas sujas e as imagens sombrias e acaloradas que elas evocam.

Para minha surpresa, Nikolai não está na mesa quando chego lá às 7h59 em ponto. Sua irmã sim, porém, e Slava também. A criança me dá um sorriso brilhante que contrasta com o sorriso muito mais frio de Alina, e eu sorrio de volta para os dois, embora o pensamento do que Alina viu na noite passada me faça querer fugir e nunca mais mostrar meu rosto nesta casa.

— Bom dia — digo, sentando-me ao lado de Slava.

É tentador evitar o olhar de Alina, mas estou determinada a não ceder ao meu constrangimento.

E daí se ela me pegou beijando seu irmão? Não é como se eu fosse uma governanta na época vitoriana que foi vista acariciando o senhor da mansão.

— Bom dia. — O tom de Alina é neutro, sua expressão cuidadosamente controlada. — Nikolai está em uma ligação, então, ele não vai se juntar a nós para o café da manhã.

— Oh, tudo bem. — Novamente experimento aquela estranha mistura de decepção e alívio, como se um teste difícil para o qual estive estudando tivesse sido remarcado. Embora eu tenha tentado não pensar em Nikolai esta manhã, devo ter estado inconscientemente trabalhando minha mente para vê-lo aqui, porque me sinto vazia, apesar de aliviar a tensão em meus ombros.

Deslizando minha mão no bolso, tiro a caixinha de joias e entrego a Alina. — Obrigada por me emprestar isso ontem à noite.

Seus longos cílios negros descem quando ela a pega de mim. — Sem problemas. Um pouco de *grechka*? — ela pergunta, gesticulando para um pote de grãos de cor escura posto ao lado dela. O café da manhã aqui parece ser muito mais simples, com apenas um pote de mel e algumas travessas de frutas vermelhas, nozes e frutas cortadas acompanhando o prato principal.

Assentindo com gratidão, entrego minha tigela a Alina. — Eu adoraria, obrigada. — Estou muito feliz por ela estar agindo normalmente. Esperançosamente, isso vai continuar.

Quando ela me devolve a tigela, experimento uma colher do grão que ela chamou de "grechka". É surpreendentemente saboroso, com um sabor rico de grãos. Imitando o que Alina está fazendo, coloco frutas frescas e nozes em minha tigela e rego tudo com mel.

— É trigo sarraceno torrado — ela explica enquanto eu mexo com a colher. — Em casa, geralmente é comido como um acompanhamento, muitas vezes misturado com algumas variações de cenouras, cogumelos e cebolas fritas na frigideira. Mas eu gosto assim, mais parecido com mingau de aveia.

— Eu acho que é mais gostoso do que mingau de aveia.

Alina acena com a cabeça, servindo a Slava com sua porção do grão. — É por isso que gosto no café da manhã. — Ela cobre a tigela de Slava com frutas vermelhas, nozes e uma generosa garoa de mel e a coloca na frente do menino, que imediatamente enfia a colher. Em vez de comer, no entanto, ele começa a perseguir um mirtilo ao redor da tigela enquanto faz barulho de motor sob sua sua respiração.

Eu sorrio, percebendo que finalmente estou vendo-o brincar com a comida como uma criança normal. Captando seu olhar, eu pisco e começo a empilhar meus mirtilos um em cima do outro, como se estivesse construindo uma torre. Só chego ao segundo nível antes que as bagas rolem umas sobre as outras, pousando na porção do grão que fica pegajosa com o mel.

Eu faço uma careta, fingindo consternação, e Slava dá uma risadinha e começa a construir sua própria torre de frutas silvestres. Ele o faz muito melhor do que eu, já que ele usa mel como cola e embala seus mirtilos com morangos cortados.

— Muito bom — digo com uma expressão impressionada. — Você realmente é um arquiteto nato.

Ele sorri para mim e orgulhosamente pega uma colher de grechka junto com um pedaço de sua criação de torre. Enfiando na boca, ele mastiga triunfantemente enquanto eu o elogio por ser tão inteligente. Encorajado, ele constrói outra torre, e eu o faço rir de novo ao ver uma de minhas amoras perseguindo um mirtilo que fica rolando para longe da minha colher.

— Você realmente gosta de crianças, não? — Alina murmura quando Slava e eu nos cansamos do jogo e voltamos a comer. Sua expressão é decididamente mais calorosa, seu olhar verde cheio de uma melancolia peculiar quando ela olha para o sobrinho. — Não é apenas um trabalho para você.

— Claro que não. — sorrio para ela. — As crianças são fantásticas. Elas podem nos fazer ver o mundo como antes... nos fazem sentir aquela sensação de alegria e admiração que os anos que passam nos roubam. Elas são a coisa mais próxima que temos de uma máquina do tempo – ou, pelo menos, uma janela para o passado.

Seus cílios baixam novamente, escondendo o olhar, mas não há como perder a tensão repentina em sua boca. — Uma janela para o passado... — Sua voz tem uma nota estranhamente frágil. — Sim, isso é exatamente o que Slava é.

E antes que eu possa perguntar o que ela quer dizer, ela muda o assunto para o clima mais frio de hoje.

NIKOLAI

— Temos um problema — diz Konstantin em vez de uma saudação enquanto seu rosto – uma versão mais magra e ascética do meu, com óculos de aro preto empoleirado no alto do nariz de falcão – enche a tela do meu laptop.

Eu me inclino para mais perto da câmera, meu pulso acelerando com antecipação.

— O que você descobriu?

Konstantin franze a testa.

— Oh, sobre a garota? Nada ainda. Minha equipe ainda está trabalhando nisso. — Alheio à dor aguda de decepção que acabou de entregar, ele continua: — É o meu projeto nuclear. O governo tajique acabou de retirar nossas autorizações.

Eu inalo e lentamente deixo o ar sair. Em momentos como este, tenho vontade de estrangular meu irmão mais velho. — E daí? — Ele tem que saber que eu não dou a mínima para seus projetos de estimação, especialmente aqueles que beiram à ficção científica.

Então, novamente, talvez ele não saiba. Apesar de seu QI de nível gênio – ou, possivelmente, por causa dele – Konstantin pode ser notavelmente inconsciente do que está acontecendo ao seu redor, especialmente se envolve pessoas em vez de zeros e uns.

— Valery pensa que são os Leonovs — diz ele, os olhos brilhando por trás das lentes dos óculos. — Atomprom está fazendo lances contra nós, e Alexei foi flagrado almoçando com o chefe da Comissão de Energia em Dushanbe.

Caralho. É tudo o que posso fazer para esconder a explosão de raiva que me atinge.

Eu estava errado. Meu irmão está muito ciente do que está fazendo ao me envolver nisso. Se fosse qualquer um que não os Leonovs, eu *não daria* a mínima – negócios são negócios – mas de jeito nenhum vou deixar sua interferência passar.

Não depois de Slava.

— Valery... — eu começo severamente, mas Konstantin já está balançando a cabeça.

— A Comissão de Energia recusou-se a falar com ele. Alguma besteira sobre como evitar influências indevidas. Valery tem algumas ideias sobre como proceder, mas achei que deveria falar com você antes de seguirmos por esse caminho.

Eu respiro fundo novamente e forço meus ombros tensos a se soltarem.

— Você fez a coisa certa. — As táticas de persuasão

que nosso irmão mais novo gosta de usar podem chamar atenção desnecessária e, depois da façanha que os Leonovs realizaram há dois anos, já estamos em uma situação difícil com as autoridades tajiques.

É necessário um toque mais delicado, e é por isso que Konstantin me procurou com isso.

— Vou ligar para o chefe da Comissão e marcar uma reunião — digo. — Estivemos juntos no internato. Ele vai me ver.

Konstantin baixa a cabeça. — Eu vou te encontrar em Dushanbe. Quando você pode chegar lá?

— Amanhã. Partirei esta manhã. — Quanto mais cedo eu acabar com essa merda, mais cedo voltarei aqui.

Pela primeira vez desde que deixei Moscou, este retiro tranquilo no deserto me excita mais do que qualquer cidade do mundo.

26

CHLOE

No momento em que terminamos o café da manhã e eu tenho Slava comigo, nuvens cinzentas substituem o sol brilhante que me acordou e a temperatura cai ainda mais quando uma chuva fraca começa. De acordo com Alina, devemos ter tempestades ao meio-dia, então, descarto a ideia de levar meu aluno para outra caminhada.

Em vez disso, deixo Slava escolher o que quer fazer dentro de casa e me junto a ele nessa atividade – que por acaso é mais montagem de uma torre de LEGO. Isso funciona bem para mim, pois nos permite praticar algumas das palavras que ele aprendeu. Quando ele fica entediado com isso, construímos um forte com travesseiros e cobertores e brincamos de campistas e ursos, onde rosno enquanto o persigo por toda a casa, ganhando olhares vagamente desaprovadores de Lyudmila e Pavel, que estão preparando a próxima refeição na cozinha. Depois, li para ele seus gibis favoritos e brincamos com carros e caminhões, nossos veículos escolhidos correndo um contra o outro enquanto eu comento como um locutor esportivo da NASCAR.

O menino é realmente inteligente e engraçado; é um prazer ensiná-lo. No entanto, não importa o quão envolventes nossos jogos sejam, não consigo me concentrar neles, ou nele, totalmente. Uma parte da minha mente está em outro lugar, em um par diferente de olhos dourados. Depois que Nikolai saiu, fiquei acordada por horas, minha pele corou e meu coração disparou. Cada vez que fechava os olhos, ouvia sua voz profunda e suave fazendo aquelas promessas carnais, e a dor latejante entre minhas pernas voltava, deixando-me escorregadia e inchada e tão sensível que mal consegui tolerar o toque do meu short do pijama. Não foi até que eu cedi e usei meus dedos para alcançar outro orgasmo que eu fui capaz de cair no sono – e, mesmo assim, meu sono foi intermitente, cheio de sonhos sexuais nebulosos intercalados com fragmentos de pesadelos.

Mas não meus pesadelos habituais.

Nestes, havia apenas um homem com uma máscara e ele não queria me matar.

Ele queria me capturar.

Ele queria me fazer dele.

Slava e eu estamos deitados de bruços em sua cama, folheando um livro sobre o ABC, quando percebo uma sensação de formigamento entre minhas omoplatas. Lanço um olhar curioso por cima do ombro – e o calor se espalha por todo o meu corpo quando encontro o olhar de Nikolai.

Ele está encostado no batente da porta, nos observando, sua expressão cuidadosamente velada. Não tenho ideia de quanto tempo ele está parado ali, mas não me lembro de ter ouvido a porta se abrir, então, deve ter sido há um tempo.

— Vá em frente, termine o que você está fazendo — ele murmura. — Eu não quero interromper a aula.

Engolindo em seco, volto minha atenção para Slava e o livro. Ele também viu seu pai, mas sua reação é muito mais moderada. Ele fica um pouco constrangido quando retomamos à nomeação de letras e os objetos que começam com elas, mas quando chegamos a P e eu faço barulhos de *oink-oink* para acompanhar a ilustração do porquinho, ele voltou ao seu eu animado e risonho.

Incapaz de me segurar, eu dou outra olhada por cima do ombro – e meu coração falseia uma batida. Nikolai não está olhando para mim agora, mas para seu filho, e há algo suave e dolorido em seus olhos... uma espécie de desejo estranho e desesperador.

Eu pisco, e tão rápido, sua atenção muda para mim, a expressão estranha desaparecendo, substituída pelo calor escaldante familiar. Ruborizando, eu olho para longe e retomo a lição, meu pulso batendo irregularmente. Devo ter imaginado aquele olhar ou interpretado mal, de alguma forma. Não faz sentido para Nikolai ansiar por um filho que está bem na frente dele. Se ele quer ficar mais perto do menino, tudo o que precisa fazer é estender a mão para ele, sorrir para ele, conversar com ele... conhecê-lo.

Ele pode tentar *ser* realmente um pai em vez dessa figura distante de autoridade com a qual Slava parece não saber o que fazer.

Então, novamente, sempre achei fácil me relacionar com as crianças. É por isso que escolhi essa carreira. Se Nikolai teve uma exposição mínima a crianças antes de saber da existência de seu filho, talvez ele esteja apenas se sentindo perdido e incerto – por mais difícil que seja acreditar em um homem tão poderoso e seguro de si.

Por impulso, eu me viro para uma posição sentada de frente para ele.

— Você gostaria de se juntar a nós? Talvez nós dois possamos terminar de repassar as últimas letras com Slava.

Uma quietude peculiar se apodera dele. — Nós dois?

— Ou você pode fazer isso sozinho, se preferir. — Estou começando a me sentir uma tola. É muito provável que eu tenha interpretado mal a coisa toda, atribuindo pensamentos e emoções a Nikolai que refletem meu próprio pensamento desejoso. Só porque eu secretamente sonhei em conhecer meu pai e me aproximar dele não significa que todo relacionamento pai-filho precisa aderir a uma dinâmica específica ou...

— Vou me juntar a vocês. — Nikolai se afasta do batente da porta e se aproxima da cama com aqueles passos longos e graciosos que me lembram um gato selvagem.

Eu me arrasto para trás quando ele se senta no colchão ao meu lado, mas com Slava esticado entre mim e a parede, não posso ir longe. Nikolai está tão perto de mim que quase nos tocamos, e minha respiração fica presa na garganta quando seu perfume sensual de cedro e bergamota me envolve, me lembrando da noite passada. Imagens sexuais vívidas invadem minha mente e mais calor surge em mim, umedecendo minha calcinha e enviando meu coração à aceleração. Desconfortavelmente ciente do olhar arregalado de Slava em nós, tento conter minha excitação, mas o calor não se dissipa, meu pulso se recusa a se estabelecer em um ritmo mais estável.

Esta foi uma má idéia. Uma péssima ideia. Eu deveria manter distância do meu patrão, não fazer o que equivale a um convite para me aninhar em uma cama de solteiro. Quase não há espaço suficiente para mim e Slava. A única maneira de todos nós cabermos é se…

— Deite-se, zaychik — Nikolai diz suavemente, um meio sorriso perverso curvando seus lábios enquanto ele estende a mão ao meu redor para pegar o livro. — Para que eu possa me juntar a vocês apropriadamente.

O sangue fluindo para o meu rosto parece lava enquanto eu obedeço com relutância, virando-me para deitar de bruços ao lado de Slava - que parece fascinado com o que está acontecendo. Nikolai se estende ao meu lado, seu corpo grande e duro colado ao meu, e tardiamente me ocorre que Slava deveria estar no meio, servindo como um muro. Antes que eu possa sugerir, Nikolai coloca um braço pesado sobre meus ombros, prendendo-me no lugar, e coloca o livro na minha frente.

— Vá em frente — ele murmura no meu ouvido, seu hálito quente enviando arrepios pelo meu braço. — Vamos ver você trabalhar sua mágica ensinando.

Mágica? A única mágica por aqui é que estou de alguma forma intacta e não uma poça de gosma nos lençóis – que é a sensação do meu corpo quando estou deitada no que equivale a seu abraço. Meu pulso está batendo forte em minhas têmporas, minha respiração cortando meus lábios enquanto minha calcinha fica ainda mais escorregadia, e apenas a presença da criança ao nosso lado me impede de repetir o erro da noite passada, cedendo ao perigoso e hipnótico puxão que Nikolai exerce sobre mim.

Em vez disso, tento me concentrar na tarefa em questão. Limpando a garganta, leio: — T é para *trem*: *choo-choo*. Também para *trator*. — Minha voz está um pouco rouca, mas estou feliz que meu cérebro esteja funcionando o suficiente para decifrar as palavras na página. Felizmente, Slava não parece notar nada de errado enquanto eu continuo, apontando para a foto do trator com um dedo ligeiramente tremido.

Lançando olhares curiosos para seu pai, ele repete as palavras atrás de mim, sua voz baixa e moderada no início, depois, cada vez mais viva, e quando chegamos a Z, ele está rindo das listras na zebra e propositalmente pronunciando mal a palavra, tendo esquecido tudo sobre o homem grande na cama conosco.

Após sua terceira tentativa incorreta, eu finjo desapontamento e olho para Nikolai.

— Por que você não tenta dizer isso? — Eu sugiro, ignorando a forma como meu pulso dispara quando encontro seu olhar. — Talvez você tenha mais sorte.

A expressão de Nikolai não muda, mas o braço envolto sobre meus ombros enrijece ligeiramente. — Tudo bem — diz ele em um tom comedido, e olhando para o livro, ele diz com um forte sotaque russo exagerado: — Zye-bruh.

Os olhos de Slava se arregalam. Ele claramente não esperava que seu pai tivesse problemas com a palavra em inglês. Eu faço *tsk-tsk* novamente, balançando a cabeça como se estivesse desapontada com a tentativa de Nikolai, e depois de um breve momento cheio de tensão, Slava começa a rir.

— Zebra — ele corrige através das risadas, sua pronúncia tão perfeita quanto a minha. — Zebra, zebra.

— Oh, entendi. — Nikolai me olha com um brilho malicioso nos olhos. — Então... zee-*bro*?

Slava está quase morrendo de rir agora, e eu não posso deixar de sorrir também. Este é um lado do meu patrão que eu nunca vi antes e, a julgar pela reação de Slava, ele também não. Rindo, ele corrige a pronúncia de seu pai, e Nikolai a confunde novamente, fazendo com que o menino comece a rir. Finalmente, Slava consegue "ensinar" Nikolai como se faz, e nós fechamos o livro triunfantemente, tendo coberto todo o alfabeto.

Imediatamente, a tensão entre mim e Nikolai retorna, o ar crepitando com uma carga sexual. Tendo feito o possível para ignorar a sensação dele pressionado contra mim, mas sem a distração do livro, é impossível. Seu grande corpo está quente e duro ao meu lado, seu braço pesado sobre minhas omoplatas e, embora estejamos ambos totalmente vestidos, a intimidade de deitarmos juntos assim é inegável.

Para meu alívio, Nikolai remove o braço e se senta. Eu faço o mesmo, rapidamente me afastando para colocar alguma distância entre nós – um ato que ele observa com diversão sombria antes de dizer algo em russo para o filho.

O menino acena com a cabeça, ainda corado de excitação, e Nikolai se levanta.

— Vamos para o meu escritório — ele me diz. — Há algo que eu gostaria de discutir.

27

NIKOLAI

SENTO-ME À PEQUENA MESA REDONDA EM MEU escritório, e Chloe se senta à minha frente, olhando para mim com aqueles olhos castanhos bonitos e cautelosos. Suas mãos se torcem sobre a mesa enquanto ela espera que eu inicie a conversa, e eu deixo o momento se estender, curtindo seu nervosismo. Deitar ao lado dela na cama minúscula de Slava teria sido uma tortura; se não fosse por meu filho, eu não teria sido capaz de me controlar. Como está, ainda estou duro por estar ao lado dela, sentindo seu calor e respirando seu cheiro doce e fresco. Preciso de todo controle que tenho para não estender a mão e agarrá-la aqui e agora, deitando-a nesta mesma mesa.

Com esforço, eu me controlo. É muito cedo, especialmente porque estou saindo em meia hora e só voltarei dentro de alguns dias. Uma foda rápida não é o que eu procuro. Não será nem perto o suficiente.

Assim que colocar Chloe na minha cama, pretendo mantê-la lá por horas. Talvez até dias ou semanas.

Além disso, não foi por isso que a chamei ao meu escritório.

Colocando meus antebraços sobre a mesa, eu me inclino para frente.

— Sobre a noite passada...

Ela enrijece, a pulsação em seu pescoço acelerando visivelmente.

— ... era sobre sua mãe?

Ela pisca. — O quê?

— Seu pesadelo. Foi sobre a morte da sua mãe? — A pergunta tem me atormentado durante toda a manhã e, uma vez que Konstantin não apresentou o relatório, só há uma maneira de saber a resposta.

Com a palavra "morte", seu queixo balança quase imperceptivelmente. — É... sim, de certa forma, é sobre ela... — Ela engole em seco. — A morte dela.

— Eu sinto muito. — O que quer que ela esteja escondendo, sua dor não é fingida e me puxa como um anzol. — Como ela morreu?

Eu sei o que disse o relatório policial, mas quero ouvir a versão de Chloe sobre isso. Já descartei a possibilidade de que ela possa ter matado sua mãe – a garota que observei nos últimos dois dias é tanto uma assassina quanto eu, um santo – mas isso não significa que algo estranho não aconteceu. Algo que a fez ficar fora do radar e a enviou em uma viagem pelo país em um carro que deveria ter sido jogado fora uma década atrás.

As mãos de Chloe se juntam com mais força, seus olhos, com um brilho doloroso. — Foi considerado suicídio.

— E foi?

— Não sei.

Ela está mentindo. Está claro como o dia que ela não acredita em uma palavra daquele boletim de ocorrência, que há algo que ela não está me contando. Estou tentado a pressioná-la com mais força, obrigá-la a se abrir comigo, mas é muito cedo para isso também. Ela ainda não tem motivos para confiar em mim; se eu forçar a barra, o tiro sairá pela culatra.

A última coisa que quero é assustá-la, fazê-la querer correr enquanto eu estiver fora.

— Isso é difícil — digo baixinho, em vez disso. — Não admira que você tenha pesadelos.

Ela acena com a cabeça. — Tem sido meio difícil. — Cautelosamente, ela pergunta: — E quanto aos seus pais? Eles estão na Rússia?

— Eles estão mortos. — Meu tom é excessivamente áspero, mas minha família não é um assunto que eu gostaria de aprofundar.

Os olhos de Chloe se arregalam antes de se encherem de simpatia esperada. — Eu realmente sinto muito...

Eu levanto a mão para impedi-la. — Você não tem um telefone ou um laptop ou qualquer tipo de tablet, certo?

Ela parece surpresa. — Certo. Eu não trouxe nenhum comigo na viagem.

Eu me levanto e caminho até minha mesa. Abrindo uma das gavetas, pego um laptop novo, ainda lacrado em uma caixa, e o trago de volta à mesa.

— Aqui. — Eu coloco na frente dela. — Estou partindo para o Tajiquistão em — consulto meu relógio — quinze minutos. Não sei quanto tempo estarei fora, mas levará pelo menos de três a quatro dias, e quero que você me mantenha informado sobre o progresso de Slava.

— Sim, claro. — Ela também se levanta, seus olhos castanhos olhando para mim. — Você gostaria que eu lhe enviasse um e-mail diário ou...?

— Vou ligar para você. Peça a Alina para abrir uma conta para você na plataforma segura que usamos. Além disso — pego meu cartão de visita e entrego a ela —, aqui está o número do meu celular em caso de emergência.

Eu pretendo vê-la através das câmeras no quarto de Slava também, mas não vai ser o suficiente. Eu já sei disso. Preciso de mais contato com ela, preciso ouvi-la falando comigo, vê-la sorrindo para mim, não apenas meu filho. As videochamadas também não serão suficientes, mas é o melhor que posso fazer antes de sair completamente de viagem, e ainda não estou tão longe.

Não, isso terá que servir, e manter-me atualizado sobre o progresso de Slava é uma boa desculpa para essas ligações.

Meu peito aperta novamente ao pensar em meu filho, mas, desta vez, a dor é acompanhada por uma espécie de calor inquietante. Slava riu comigo, olhou para mim com outra coisa que não cautela esta manhã... e foi por causa dela, porque ela estava lá, me emprestando sua doçura, sua magia radiante.

Eu quero mais disso.

Eu quero tirar todo o seu sol, usá-lo para iluminar cada canto escuro e oco da minha alma.

Lentamente, tomando cuidado para não assustá-la, eu me aproximo e gentilmente curvo minha palma sobre sua bochecha suave como a seda. Ela me encara, imóvel, mal respirando, aqueles lábios macios e carnudos de boneca entreabertos, e minhas entranhas se apertam em uma onda violenta de necessidade, uma fome tão intensa quanto escura. Por mais que eu queira fodê-la, quero possuí-la ainda mais.

Eu quero possuí-la por dentro e por fora, acorrentá-la a mim e nunca deixá-la ir.

Algo da minha intenção deve ter se mostrado porque sua respiração engata, sua garganta move-se em um engolir nervoso. — Nikolai, eu...

— Mantenha o laptop ligado à noite — eu ordeno baixinho, e baixando a mão, dou um passo para trás antes que eu possa ceder ao turbilhão perigoso dentro de mim.

A besta, que nenhuma quantidade de refinamento pode esconder.

28

CHLOE

Com o coração acelerado, vejo pela janela do quarto de Slava quando Pavel coloca uma mala no banco de trás de um elegante SUV branco e vai para o volante. Um minuto depois, Nikolai se aproxima do carro. Vestido com um terno cinza bem cortado e camisa branca listrada, com uma bolsa para laptop pendurada em um ombro, ele parece em cada centímetro um poderoso empresário. Movendo-se com sua costumeira graça atlética, ele sobe no banco do passageiro da frente e fecha a porta.

Solto um suspiro trêmulo, meu pulso desacelerando enquanto o carro se afasta e desaparece na estrada sinuosa. Não tenho ideia de como me sinto sobre sua saída ou o que aconteceu em seu escritório. Ele estava prestes a me beijar? Se eu não tivesse dito o nome dele, ele teria…

— Chloe? — Uma voz baixa e estridente surge e eu

me viro com um sorriso, colocando todos os pensamentos sobre meu patrão em espera.

— Sim, querido?

Slava mostra uma caixa com peças de LEGO. — Castelo?

Eu sorrio. — Claro, vamos lá. — Adoro que ele tenha se lembrado da palavra e que se sinta confortável o suficiente para me chamar pelo meu nome. Ele realmente é um dos garotos mais brilhantes que já conheci, e não tenho dúvidas de que terei muito a contar a Nikolai quando ele me ligar.

Minha frequência cardíaca acelera novamente com a ideia de falar com ele em vídeo, e eu me ocupo tirando as peças de LEGO da caixa. Uma parte de mim está feliz que Nikolai se foi... que nos próximos dias, eu não terei que lutar com sua presença magnética e perigosa. Mas outra parte mais fraca de mim já está lamentando sua ausência. O céu nublado lá fora parece mais escuro, mais cinza, a casa, mais vazia e fria.

É como se algo vital tivesse desaparecido da minha vida, deixando para trás uma sensação estranhamente vazia.

Passo o resto da manhã com Slava, jogando vários jogos educativos, e depois, almoçamos na sala de jantar, só nós dois, com Lyudmila trazendo todos os pratos.

— Dor de cabeça — ela me informa quando pergunto sobre Alina. — Você se come, ok?

Eu aceno, reprimindo uma risada com a frase infeliz. Talvez a esposa de Pavel esteja aberta a algumas aulas de inglês enquanto eu estiver aqui? Terei que perguntar a ela em algum momento. Por enquanto, concentro-me em dar a Slava uma porção generosa de tudo que está na mesa e, em seguida, fazer o mesmo para mim enquanto Lyudmila desaparece na cozinha. Eu não a vejo de novo até o jantar – que Alina também pula, deixando-me para jantar sozinha com minha responsabilidade.

Eu não me importo. Na verdade, é um alívio. Apesar das roupas extravagantes que Slava e eu vestimos de acordo com as "regras da casa", o jantar parece infinitamente mais casual com apenas nós dois, a atmosfera sem toda o estresse e tensão que os irmãos Molotovs trazem com eles. Brinco com minha comida, fazendo Slava rir loucamente, e continuo ensinando-lhe palavras para vários itens alimentares, junto com frases básicas para as refeições. Em pouco tempo, ele está me pedindo em inglês para lhe passar um guardanapo e, usando muitos gestos e expressões faciais, conseguimos discutir quais alimentos ele mais gosta e quais não gosta.

Só depois que Lyudmila leva Slava para colocá-lo na cama e eu subo para o meu quarto é que percebo que preciso de Alina. É ela que deve abrir uma conta para mim na plataforma de videoconferência segura. Duvido que Nikolai vá me ligar esta noite – ele provavelmente ainda está no ar – mas ele poderia facilmente me ligar amanhã de manhã. Ou no meio da noite, quando ele pousar.

Ainda assim, não quero incomodá-la se ela não estiver se sentindo bem.

Decido começar configurando o próprio computador. É um MacBook Pro elegante e de última geração, e quando o retiro da caixa, percebo que nunca tive um laptop tão caro. É difícil acreditar que Nikolai o tinha na gaveta de sua mesa como uma caneta sobressalente.

Então, novamente, por que estou surpresa? Esta família claramente tem dinheiro para queimar.

Eu ligo o laptop e faço a nova rotina de configuração do computador. Mas quando tento acessar o Wi-Fi, não consigo – é protegido por senha. Eu preciso de Alina para isso também. Suponho que posso perguntar a Lyudmila, mas ela está colocando Slava para dormir agora, e não há garantia de que ela saberia a senha, dado o quão paranoicos os Molotovs são sobre segurança, digital e outros.

Soltando um suspiro de frustração, fecho o laptop. Sem internet, é praticamente inútil.

Acho que esta noite poderei descansar e assistir TV.

Tiro meu vestido de noite e coloco uma legging macia como manteiga e uma camiseta de algodão de mangas compridas – ambas novas aquisições – e fico confortável na cama. Ligando a TV, localizo um programa sobre a natureza e passo a próxima hora aprendendo sobre as planícies do Serengeti. A narração de David Attenborough é tão magnífica como sempre, e me encontro completamente absorvida pela história que se desenrola na tela, minha mente calma pela primeira vez em semanas. Só quando estou vendo um leão perseguir uma gazela é que meus pensamentos se voltam para os assassinos que me caçam, e minha inquietação volta.

Ainda não sei quem são esses homens ou o que queriam com minha mãe – por que a mataram e fizeram com que parecesse um suicídio. A possibilidade mais lógica é que ela os encontrou enquanto estavam assaltando o apartamento, mas, então, por que ela estava vestindo seu roupão como se estivesse relaxando em casa? E por que a polícia não percebeu sinais de entrada forçada ou coisas faltando?

Pelo menos eu suponho que eles não perceberam. Se eles fizeram e consideraram sua morte um suicídio, de qualquer maneira... bem, isso levanta todos os tipos de outras questões.

A outra possibilidade, mais provável e muito mais perturbadora, é que tenham vindo especificamente para matá-la.

Desligando a TV, eu me levanto e vou até a janela para olhar a paisagem que escurece rapidamente. Meu peito está apertado, minha mente, se agitando novamente. Tenho torturado meu cérebro desde que aconteceu, tentando pensar em motivos pelos quais alguém poderia querer matar minha mãe, e não consigo pensar em nenhum. Mamãe não era perfeita – ela podia ter a língua afiada quando cansada e era propensa a crises de depressão – mas eu nunca a vi ser deliberadamente má ou rude com ninguém. Desde que me lembro, ela trabalhou em dois ou mais empregos para nos sustentar, ficando com pouco tempo e energia para socializar e fazer amigos – ou inimigos. Pelo que eu sei, ela nem namorava, embora os homens dessem em cima dela o tempo todo.

Ela era linda... e mal tinha quarenta anos quando morreu.

Minha garganta se aperta, uma pressão pungente crescendo atrás dos meus olhos. Não apenas perdi a única pessoa no mundo que me amava incondicionalmente, mas seus assassinos estão lá fora, livres. A polícia não acreditou em uma única palavra do que eu disse a eles, os repórteres que contatei não responderam aos meus e-mails e ninguém está procurando pelos assassinos da minha mãe. Ninguém os está caçando como os animais raivosos que são.

Em vez disso, os assassinos estão me caçando.

Foda-se essa merda.

Girando no meu calcanhar, vou até a cama e pego o laptop. Eu não posso sentar e assistir TV como se meu mundo não desmoronasse há um mês. Não quando finalmente estou segura e tenho um computador no qual posso fazer pesquisas em meu lazer. Por semanas, tenho cambaleado de uma crise à outra, toda a minha energia focada na sobrevivência, na fuga, mas as coisas são diferentes agora. Estou com a barriga cheia, um lugar seguro para descansar a cabeça e – se pelo menos conseguir aquela senha do Wi-Fi – um laptop conectado à internet. Chega de entrar furtivamente em uma biblioteca em alguma cidade pequena para me aconchegar em seus lentos e antigos desktops enquanto olho por cima do meu ombro a cada minuto; chega de sair correndo de e-mails escritos apressadamente antes de fugir para o meu carro.

Aqui, na privacidade do meu quarto, posso tomar meu tempo e procurar evidências para sustentar minhas alegações, algum tipo de prova para levar à polícia.

Posso tentar resolver o mistério do assassinato de mamãe e virar o jogo de seus assassinos, fazer com que sejam eles que precisem fugir.

29

CHLOE

Não sei qual é o quarto de Alina, mas tem que ser perto do meu para ela me ouvir nas duas noites. Segurando o laptop contra o peito, bato na porta mais próxima do meu quarto e, quando não obtenho uma resposta, passo para a próxima.

Ainda sem sorte.

Tento mais três portas de quarto, além do escritório de Nikolai, com a mesma falta de resultados. O único cômodo que resta é o de Slava, e como tudo está tranquilo lá, ele já deve estar dormindo.

Suprimindo minha frustração, desço as escadas. Tenho certeza de que o quarto de Lyudmila e Pavel fica perto da lavanderia; eu ouvi suas vozes de lá quando eu estava tirando minhas roupas da secadora ontem. Felizmente, Lyudmila ainda não foi para a cama e pode fornecer a senha ou localizar Alina para mim.

Ninguém responde a essa batida também – nem Lyudmila está na cozinha ou em qualquer uma das outras áreas comuns no andar de baixo. Estou prestes a desistir e voltar para o meu quarto quando uma risada distante chega aos meus ouvidos.

Está vindo de fora.

Finalmente.

Deixando o laptop em uma mesa de centro na sala de estar, corro para a porta da frente e saio para a escuridão fria e nublada. Não está mais chovendo, mas o ar ainda mantém um frio úmido, com nuvens grossas bloqueando todos os sinais de luar. Se não fosse pela luz que se derrama pelas janelas e pelas luzes do caminho solar que revestem cada lado da calçada, estaria escuro demais para ver. Como está, ainda é mais do que um pouco assustador, e envolvo meus braços em mim mesma para parar de tremer enquanto caminho em direção à parte de trás da casa, seguindo o som de vozes.

Encontro Alina e Lyudmila sentadas em um par de pedras perto da beira do penhasco, uma pequena fogueira crepitando alegremente na frente delas. Elas estão rindo e conversando em russo – e, eu percebo quando me aproximo, compartilhando um baseado.

O cheiro de erva da maconha é inconfundível.

À minha chegada, eles se calam, Lyudmila me olhando com desânimo aberto e Alina, com sua expressão enigmática de costume. Dando uma tragada profunda, a irmã de Nikolai sopra lentamente a fumaça e estende o baseado para mim. — Quer um pouco?

Hesito antes de pegá-lo cuidadosamente dela. — Claro, obrigada. — Eu não sou estranha à maconha, tendo fumado mais do que o meu quinhão no meu primeiro ano de faculdade, mas já faz um tempo que eu não o faço.

Costumava me ajudar a relaxar, no entanto, e eu poderia usar isso esta noite.

Sento-me em uma pedra ao lado de Alina e inalo uma golfada de fumaça, apreciando o gosto acre e de grama, depois, passo o baseado para uma Lyudmila de aparência cautelosa. Alina murmura algo para ela em russo, e a outra mulher relaxa visivelmente. Dando uma tragada, passa o baseado para Alina, que dá uma tragada e passa para mim, e assim vamos em círculo, fumando em um silêncio amistoso até que só fique um tocozinho inútil.

— Eu disse a ela que você não vai nos delatar para o meu irmão. — Alina joga o toco no fogo e observa a explosão de faíscas resultante. — Ou o marido dela.

— Eles não gostam de maconha? — Minha voz está rouca e suave, minha mente agradavelmente confusa. Mesmo a perspectiva de aborrecer meu patrão não me incomoda agora, embora eu saiba que deveria. Além disso, Alina é tecnicamente minha patroa também e ela me ofereceu o baseado, então, não tenho culpa. Ou tenho? Talvez só Nikolai seja meu patrão?

É difícil pensar direito.

— Nikolai pode ser... tenso sobre certas coisas. E Pavel não esconde segredos dele. — Alina cutuca uma brasa brilhante com a ponta do sapato, e eu registro vagamente o fato de que ela está usando salto agulha e um vestido de cocktail azul que seria perfeito para a inauguração de uma galeria de arte. Sua única concessão à natureza que nos rodeia é uma pele falsa branca enrolada em seus ombros esguios – provavelmente para impedir a entrada do frio. Ela também está usando seu batom e delineador habituais.

— Lyudmila disse que você estava com dor de cabeça — digo antes que possa pensar melhor. — Você se arruma e se maquia mesmo quando está doente?

Alina ri baixinho e acende outro baseado. Dando uma tragada, ela oferece para Lyudmila, que faz o mesmo e oferece para mim. Eu começo a alcançá-lo, mas mudo de ideia. Sei por experiência que do jeito que já estou relaxada, qualquer coisa a mais só me deixará com o raciocínio lento. Não que eu já não esteja – aquela primeira tragada foi potente, tão forte quanto qualquer coisa que eu já experimentei. Além disso, havia uma razão para eu vir aqui, e não era para ficar chapada.

— Estou satisfeita, obrigada — digo, puxando minha mão para trás e, com um encolher de ombros, Lyudmila devolve o baseado para Alina.

Eu vejo as chamas crepitarem e dançarem enquanto as duas fumam e conversam em russo. Eu gostaria de falar o idioma para poder entendê-las, mas não o faço e o ritmo suave de sua fala me lembra de um riacho de montanha borbulhante, as palavras fluindo uma para a outra, desafiando a compreensão.

É assim para Slava quando eu falo? Ou para Lyudmila?

É assim que foi para minha mãe quando ela foi trazida do Camboja para a América?

Ela nunca tinha falado muito sobre seus primeiros anos; tudo que sei é que ela foi adotada pelo casal de missionários quando tinha mais ou menos a idade de Slava. Eu nunca a pressionei para obter detalhes, não querendo evocar nenhuma lembrança ruim. Achei que teríamos uma vida inteira para conversar sobre qualquer coisa, e ela me contaria eventualmente, se houvesse algo para contar.

Fui uma idiota cega.

Eu deveria ter aprendido tudo o que havia para saber sobre minha mãe quando tive a chance.

A risada de Alina chama minha atenção, e eu mudo meu olhar das chamas dançantes para seu rosto, estudando cada característica marcante. Seria fácil invejá-la, tanto por sua beleza extraordinária quanto por sua riqueza, mas, por algum motivo, não tenho a impressão de que a irmã de Nikolai esteja particularmente feliz. Mesmo agora, quando ela deve estar mais do que um pouco alta, há um tom frágil em sua risada... uma fragilidade peculiar por baixo de sua fachada lustrosa. E talvez seja o brilho da luz do fogo suavizando a perfeição de porcelana de sua pele, mas esta noite, ela parece mais jovem do que os vinte e tantos anos que eu imaginei.

Muito mais jovem.

— Quantos anos você tem? — Eu deixo escapar, de repente preocupada que eu possa ter aceitado maconha de uma adolescente. Uma fração de segundo depois, lembro que ela terminou a Columbia, então, ela deve ter pelo menos a minha idade, mas é tarde demais para retirar minha pergunta excessivamente pessoal.

Para meu alívio, Alina não parece achar isso inapropriado.

— Vinte e quatro — ela responde em um tom sonhador. — Vinte e cinco na próxima semana. — Com os olhos ligeiramente fora de foco, ela se estica e toca meu cabelo, esfregando uma mecha entre os dedos. — Alguém já mencionou que você se parece um pouco com Zoë Kravitz? — Sem esperar por uma resposta, ela passa a ponta dos dedos pelo meu queixo. — Eu posso ver por que meu irmão quer você. Tão bonita... tão doce e fresca...

Rindo sem jeito, eu afasto sua mão. — Você está tão chapada. — Posso sentir o olhar de Lyudmila sobre nós, curiosa e julgadora, e meu rosto se aquece quando reflito sobre o quanto das palavras de Alina ela entendeu – e o que ela já sabe. Essas duas parecem ser boas amigas, e eu não ficaria surpresa se pelo menos algumas de suas risadas anteriores fossem às minhas custas.

— Extremamente chapada — Alina concorda, jogando o segundo toco no fogo. — Mas isso não muda os fatos. — Apoiando os cotovelos nos joelhos, ela se inclina, a luz do fogo dançando em seus olhos enquanto diz baixinho: — Não se apaixone por ele, Chloe. Ele não é o seu cavaleiro em cavalo branco.

Eu recuo. — Eu não estou procurando por um...

— Mas você está. — Sua voz permanece suave,

mesmo quando seu olhar se afia como o fio de uma faca, toda a nebulosidade desaparecendo. — Você precisa de um cavaleiro, nobre, gentil e puro, um protetor para cuidar de você e amá-la. E meu irmão não pode ser isso para você, nem para ninguém. Os homens Molotovs não amam, eles possuem – e Nikolai não é exceção.

Eu fico olhando para ela, meu estômago fica vazio enquanto o agradável estado de não preocupação quimicamente induzida se dissipa, minha cabeça clareia mais a cada segundo. Não entendo o que ela quis dizer, não totalmente, mas não duvido que ela seja sincera, que seu aviso foi feito para me proteger.

Recuando, Alina acende um terceiro baseado e o estende em minha direção. — Mais?

— Não, obrigada. Eu, hum... — limpo minha garganta para me livrar da rouquidão residual. — Na verdade, preciso da senha do Wi-Fi. É por isso que vim aqui procurar você. Além disso, Nikolai queria que você me colocasse em sua plataforma de videoconferência – isto é, se você estiver com vontade.

Ela dá uma tragada profunda e sopra lentamente a fumaça no meu rosto. — Suponho que isso possa ser arranjado. — Entregando o baseado para Lyudmila, ela se levanta. — Vamos.

E com um andar que é apenas ligeiramente instável, ela me leva de volta para casa.

Quando chegamos à sala de estar, entrego a ela o laptop e observo, com grande espanto, enquanto ela navega até as configurações e digita a senha, seus dedos elegantes voando sobre o teclado. Se não fosse pelo forte cheiro de maconha em seu cabelo e roupas – e se eu não a tivesse testemunhado pessoalmente fumando a maioria daqueles dois baseados, além de quantos ela compartilhou com Lyudmila antes de minha chegada – eu nunca saberia que ela está chapada.

Ela é igualmente infalível com a instalação do software de videoconferência e configuração da conta, seus dedos com pontas vermelhas se movendo a uma velocidade que deixaria um hacker orgulhoso.

— Você é muito boa nisso — digo, depois que ela me entrega o laptop e explica o básico do software. — Você se formou em ciência da computação ou algo parecido?

— Deus, não. — Ela ri. — Economia e Ciências Políticas, igual a Nikolai. Konstantin é o *geek* da família; o resto de nós é proficiente, na melhor das hipóteses.

— Entendi. De qualquer forma, obrigada por isso. — fecho o laptop e o coloco debaixo do braço. — Eu estou indo para a cama. Você vai…? — Aceno na direção geral da porta da frente.

Ela acena com a cabeça, um canto de sua boca levantando em um meio-sorriso.

— Lyudmila está esperando por mim. Boa noite, Chloe. Bons sonhos.

30

CHLOE

DE VOLTA AO MEU QUARTO, TOMO UM BANHO PARA limpar a nebulosidade restante da minha mente e coloco meu pijama. Então, cheia de ansiedade, fico confortável na cama, abro o laptop e abro um navegador.

Começo procurando por notícias sobre a morte de minha mãe. Não há muito, apenas um obituário e um pequeno artigo em um jornal local relatando que uma mulher foi encontrada morta em seu apartamento em East Boston. Nenhum dos dois entra em detalhes, omitindo com tato qualquer menção a suicídio. Eu já tinha lido o artigo e o obituário quando parei em uma biblioteca em Ohio algumas semanas atrás, então, não gasto muito tempo com eles. Em vez disso, anoto o nome da repórter e procuro suas informações de contato, em seguida, faço login no meu Gmail e envio a ela um e-mail longo e detalhado, descrevendo exatamente o que aconteceu naquele dia de junho.

Talvez eu tenha mais sorte com ela do que com os outros jornalistas que contatei até agora. Nenhum deles se preocupou em responder – provavelmente me descartando como um caso mental, assim como a polícia fez. Mas aqueles eram repórteres de grandes meios de comunicação e, sem dúvida, são assediados por todos os tipos de malucos. Nos filmes, é sempre o repórter mesquinho que fica intrigado o suficiente para investigar, e talvez seja o caso aqui também.

Sempre se pode ter esperança.

Em seguida, digito o nome de mamãe no Google e vejo o que mais posso encontrar. Talvez em algum lugar haja uma menção a ela levando alguma vida secreta dupla, algo que explicaria por que alguém iria querer matá-la.

E talvez os porcos subam em uma nave espacial e voem para a lua.

Encontro exatamente o que esperava: um nada grande e gordo. A única coisa que minha pesquisa traz é o perfil de mamãe no Facebook, e eu passo a próxima meia hora lendo seus posts enquanto luto contra as lágrimas. Mamãe não gostava da ideia de colocar sua vida em exibição, então, sua contagem de amigos está na casa dos dois dígitos e suas postagens são poucas e distantes entre si. Uma foto de nós duas vestidas para ir à discoteca no meu aniversário de vinte e um, um instantâneo do buquê de flores que seus colegas de trabalho no restaurante lhe deram aos 40 anos, um vídeo meu alimentando uma girafa com alface durante nossas férias recentes em Miami – seu perfil mal toca nos destaques de nossas vidas, muito menos revela algo que eu já não soubesse.

Ainda assim, eu analiso diligentemente todos os perfis de todos os seus amigos do Facebook para a chance de que um deles seja um traficante de drogas que é estúpido o suficiente para anunciar nas redes sociais. Porque essa é a melhor teoria que posso inventar.

Mamãe testemunhou algo que ela não deveria, e é por isso que aqueles homens vieram atrás dela – assim como eles estão agora vindo atrás de mim porque eu os vi e sei que sua morte não foi um suicídio.

É certo que a evidência para esta teoria é inexistente, mas não consigo pensar em uma alternativa razoável. Bem, eu posso – um roubo que deu errado – mas há muitos problemas com essa ideia. Quer dizer, armas com silenciadores? Que ladrões carregam isso?

Quanto mais penso nisso, mais me convenço de que aqueles homens vieram para matá-la.

A grande questão é: por quê?

***

Três horas depois, eu excluo o histórico do meu navegador e limpo os cookies – apenas no caso de ter que devolver o computador inesperadamente – e fecho o laptop. Meus olhos parecem que foram esfregados com lixa por causa de todas as leituras na tela, e os efeitos suavizantes da maconha há muito se dissiparam, me deixando cansada e desanimada. Pesquisei quase tudo que pude pensar em relação à vida e morte de mamãe; vasculhei os jornais locais em busca de relatórios de outros crimes na mesma época – no caso improvável de os assassinos de mamãe serem dois serial killers trabalhando juntos – e tenho perseguido cada um de seus amigos do Facebook e colegas de restaurante com a perseverança de um troll online mais dedicado. Eu até investiguei a morte de seus pais adotivos, caso houvesse algo mais em seu acidente de carro do que me disseram, mas parece ter sido um caso simples de um motorista bêbado colidindo com eles na rodovia.

Não há nada, absolutamente nada para levar à polícia. Não admira que não tenham acreditado em mim quando entrei na delegacia naquele dia, tremendo e histérica.

Eu provavelmente deveria encerrar a noite e pensar em tudo com uma cabeça limpa amanhã, mas apesar do meu cansaço, minha mente está zumbindo com todos os tipos de perguntas inquietantes – apenas algumas das quais têm a ver com a morte de mamãe. Porque há outro mistério no qual não me permiti pensar ainda, um que pode ter muito impacto na minha segurança.

Quem exatamente é Nikolai Molotov, e o que Alina quis dizer com seu estranho aviso?

Eu olho para o travesseiro, depois, para o computador. É tarde e eu realmente deveria dormir.

Mas as chances de ser capaz de cair no sono enquanto estou assim são baixas, quase inexistentes.

Dane-se. Quem precisa dormir?

Abrindo o laptop, digito "Nikolai Molotov" no navegador e mergulho no assunto.

31

NIKOLAI

A primeira coisa que faço ao chegar ao meu hotel é ligar meu laptop, abrir o feed de vídeo do quarto de Slava e verificar se meu filho está dormindo em paz.

Está. A luz noturna em forma de carro que ele gosta que deixemos acesa ilumina suas feições adormecidas, revelando um pequeno punho enfiado sob sua bochecha docemente arredondada. Meu coração bate mais forte com a visão, uma dor agora familiar se espalhando pelo meu peito. Não entendo isso mais do que entendo minha crescente obsessão por sua tutora, mas não posso negar que está lá, tão real e concreta quanto meu ódio pela mulher que deu à luz a ele.

Ksenia e todo o clã de víboras dos Leonovs.

A raiva acende em meu estômago, e eu arranco meus pensamentos deles. Amanhã chegará em breve para lidar com sua última sabotagem; esta noite, tenho coisas mais agradáveis em que pensar.

Abrindo uma nova janela, abro o feed da webcam

do laptop de Chloe e um brilho quente se espalha por mim enquanto seu lindo rosto preenche a tela. Apesar de já ser tarde, ela está acordada, sua testa lisa franzida enquanto ela olha atentamente para o computador. Ela deve estar fazendo algo online porque posso ver seu navegador ativo e, quando analiso seu histórico de pesquisa, tenho o prazer de encontrá-la me pesquisando.

Eu esperava que ela estivesse pensando em mim, assim como estou pensando nela.

Ela não tem ideia de que eu posso ver isso, é claro. O laptop que dei a ela é de um lote especial alterado por um dos empreendimentos mais sombrios de Konstantin. Parece um Mac totalmente novo, mas vem pré-instalado com spyware indetectável que nos permite ficar de olho em todos os tipos de empresários e políticos influentes.

Muitos negócios foram concretizados graças a este software útil e aos segredos que ele revelou.

Eu a observo por alguns minutos, me divertindo com suas tentativas de ler um artigo de um jornal russo usando ferramentas gratuitas de tradução da web. Ela franze o nariz da maneira mais adorável quando confusa, e seus olhos vão de arregalados a estreitos e voltam, seus dentes frequentemente puxando seu lábio inferior. Quero morder aquele lábio carnudo e acalmá-lo com um beijo, depois, fazer o mesmo em todo o seu corpinho delicioso.

Meu pau se agita com o pensamento, e eu respiro para me distrair do calor crescendo dentro de mim.

Por mais gostoso que seja observá-la, o que quero ainda mais é conversar com ela, ouvir sua voz suave e rouca e ver seu sorriso radiante. Sinto falta daquele sorriso.

Caralho, eu sinto falta *dela*.

É ridículo, eu sei – acabei de conhecê-la esta semana e estamos separados há menos de um dia – mas é assim que as coisas são, é a inevitabilidade de tudo. O destino a trouxe para mim, e agora ela é minha, mesmo que ela ainda não saiba. Se não fosse por esta viagem, ela já estaria em meus braços, mas os Leonovs enfiaram suas patas sujas em nosso negócio e aqui estamos nós.

Respirando fundo novamente, abro o software de vídeo de Konstantin e faço a ligação.

32

CHLOE

Estou no meio de uma comparação meticulosa da tradução do artigo em russo para o Bing com a versão do Google na esperança de dar sentido a três frases particularmente confusas quando um sino suave soa e uma solicitação de videochamada aparece, com a imagem de Nikolai nela.

Minha frequência cardíaca dispara, minha respiração acelera incontrolavelmente. É como se ele fosse o proverbial demônio, convocado pelos meus pensamentos – ou pela minha pesquisa. Isso é possível? Ele, de alguma forma, sabe que estou lendo sobre ele neste exato momento?

É por isso que ele está ligando tão tarde? Para me despedir por bisbilhotar?

Não, isso é loucura. Ele provavelmente acabou de pousar, viu no aplicativo de videoconferência que estou online e decidiu fazer o check-in.

Puxando uma respiração instável, eu aliso meu cabelo com as palmas das mãos e clico em "Aceitar".

Seu lindo rosto preenche a tela, fazendo meu coração bater mais forte.

— Oi, zaychik. — Sua voz é suave e profunda, seu olhar, hipnotizante mesmo através da câmera. Em geral, a qualidade do vídeo é insana; é como um filme em HD. Posso ver tudo, desde os movimentos artísticos na pintura abstrata pendurada na parede alguns metros atrás de sua cadeira até as manchas verdes em seus olhos âmbar. Ele deve ter acabado de chegar porque ainda está com a camisa e a gravata que eu o vi sair, mas em vez de parecer cansado e amarrotado, como uma pessoa normal ficaria após um voo transatlântico, ele é a própria imagem da elegância sem esforço, cada cabelo preto brilhante no lugar.

Percebendo que estou olhando para ele como uma groupie fascinada, eu forço minhas cordas vocais a entrarem em ação.

— Oi. — Minha garganta ainda está um pouco áspera pelo fumo, mas espero que ele atribua a aspereza em minha voz à hora tardia. — Como foi seu voo?

Seus lábios sensuais se curvam em um sorriso caloroso. — Sem intercorrências. Por que você ainda está acordada? Já passa da meia-noite aí.

— Só... sem sono. — Principalmente agora que estou falando com ele. Receber essa ligação foi como tomar cinco doses de café expresso; até mesmo meu cansaço se foi, substituído por uma espécie de excitação nervosa – uma que está apenas parcialmente relacionada ao que eu estava lendo.

Como eu suspeitava, os Molotovs são podres de ricos e um grande negócio na Rússia. "Uma das famílias oligarcas mais poderosas" é uma citação traduzida pelo Google de um artigo russo, e há muitas menções de Nikolai e seus irmãos – e antes disso, de Vladimir, seu pai – na imprensa russa. Até encontrei uma foto do ano passado em que Nikolai está sentado ao lado do presidente russo em algum evento de gala em Moscou, parecendo tão tranquilo e confortável quanto em seus jantares de família.

O que eu não encontrei, para meu grande alívio, foi algo sobre os Molotovs serem mafiosos ou ter afiliações criminosas, embora talvez eu simplesmente não tenha cavado fundo o suficiente. Mesmo com a ajuda de ferramentas de tradução da web, é difícil encontrar os termos de pesquisa corretos em russo, e surpreendentemente há pouco escrito sobre a família de Nikolai em inglês – uma menção passageira na CNN de um oleoduto na Síria instalado por uma de suas empresas de petróleo, um parágrafo na Bloomberg sobre um novo medicamento contra o câncer desenvolvido por uma de suas empresas farmacêuticas, uma linha sobre Vladimir Molotov em um artigo do New York Times discutindo a enorme riqueza da Rússia. Não há entradas da Wikipedia sobre eles, nada nos tablóides. Eles nem mesmo aparecem em nenhuma lista da Forbes, embora vários bilionários russos o façam, e os Molotovs soem ainda mais ricos.

Claro que é possível que eu não conseguisse encontrar nada por causa de todas as referências ao coquetel molotov obstruindo os resultados da pesquisa. Terei que perguntar a Nikolai ou sua irmã se eles têm alguma relação com o ministro das Relações Exteriores soviético cujos explosivos caseiros têm o mesmo nome pejorativo.

Com a minha resposta, Nikolai franze a testa para a câmera, parecendo preocupado.

— Você não teve outro pesadelo, teve?

Eu balancei minha cabeça com um sorriso. — Só não fui dormir ainda.

Talvez seja a falta de alguma descoberta alarmante em minha pesquisa, ou a simples realidade de que ele não está aqui para fazer meu corpo zumbir com consciência física, mas me sinto mais calma falando com ele esta noite... mais segura. Afinal, é possível que minhas experiências ao longo do mês passado tenham destruído meus nervos, levando-me a ver perigo onde não existe, e todas as supostas bandeiras vermelhas – sua cicatriz de ferimento à bala e machucados nos nós dos dedos, os guardas e todas as medidas de segurança – explicações inócuas. Na verdade...

— Você já foi militar? — Eu pergunto impulsivamente, e mais tensão deixa meus ombros quando Nikolai balança a cabeça, um leve sorriso dançando em seus lábios enquanto ele se inclina para trás em sua cadeira.

— Minha família tem uma longa história de serviços distintos ao país, e meu pai insistia que meus irmãos e eu seguíssemos a tradição. Todos os três nos alistamos aos dezoito anos e servimos por vários anos. — Ele inclina a cabeça, me olhando pensativamente. — Você estava se perguntando sobre isso? — Ele toca seu ombro esquerdo.

— Estava — admito timidamente. Estou começando a me sentir uma idiota por deixar minha imaginação correr solta antes. — O que aconteceu? Você levou um tiro?

Ele concorda. — Um sniper atirou em minha direção. Felizmente, ele errou.

— Errou?

Seus dentes brancos brilham em um sorriso. — Eu não estou morto, estou?

— Não, graças a Deus. — Ainda assim, meu peito aperta quando eu imagino aquela cicatriz e a dor que ele deve ter sentido quando a bala rasgou sua carne. — Você demorou muito para se recuperar?

— Algumas semanas. Eu tinha apenas 20 anos na época, o que ajudou.

— Mesmo assim, não consigo imaginar que tenha sido divertido. — Incapaz de resistir à tentação, pergunto: — Você continua treinando até hoje? Tipo... luta e outras coisas?

Estou tentando ser sutil, mas ele vê através de mim de qualquer maneira.

Sorrindo maliciosamente, ele levanta as mãos, virando-as para mostrar os nós dos dedos machucados para a câmera.

— Você está perguntando sobre isso, eu suponho?

Isso é por causa da luta com alguns dos meus guardas. Eles são da minha antiga unidade, e fazemos isso de vez em quando – pelo menos quando Pavel não pode.

Eu sorrio de volta para ele, tamanho alívio que quase vou às lágrimas. Claro que seus guardas são seus amigos do exército; isso faz muito sentido e fala muito sobre sua pessoa.

— Pavel estava no exército com você também? — Posso facilmente imaginar o homem-urso em uniformes do exército, carregando um M16 e, talvez, um tanque nos ombros.

Para minha surpresa, Nikolai balança a cabeça. — Ele realmente serviu com meu pai. Ele se alistou aos quatorze anos, e eles permitiram, pois ele já tinha seu tamanho atual e parecia ter vinte e cinco.

— Oh, uau. Então, ele conhece sua família desde antes de você nascer?

— Muito antes — confirma Nikolai. — Meu pai o contratou direto do exército, e ele está com nossa família desde então.

— Lyudmila também?

— Não, eles só estão casados há cerca de dez anos. — Ele ri. — Alina quase teve um ataque quando ele apresentou Lyudmila para nós. Acho que minha irmã tinha a impressão de que Pavel era sua propriedade exclusiva.

Meus olhos se arregalam. — Ela tinha uma queda por ele?

— Não exatamente, não. Acho que ela pensava nele mais como um segundo pai. — Seu sorriso desaparece, e algo sombrio pisca em seus olhos antes de seus lábios assumirem sua curva sensual e sombria de costume – aquele sorriso cínico e sedutor que, agora estou percebendo, esconde suas verdadeiras emoções. Inclinando-se para mais perto da câmera, ele diz suavemente: — Chega sobre eles. Conte-me sobre seu dia, zaychik. O que você e Slava fizeram enquanto eu estive fora?

Certo, é por isso que ele está ligando: para obter um relatório sobre seu filho. Escondendo uma pontada irracional de decepção, visto meu papel de tutora e o informo sobre nossas atividades e o progresso de Slava. Ele ouve com atenção, interrompendo ocasionalmente para fazer perguntas de acompanhamento e, à medida que nossa conversa continua, percebo que preciso revisar outra opinião negativa que tinha dele.

Nikolai se preocupa com seu filho. Muito.

Tive um vislumbre disso esta manhã, quando Slava e eu deitamos ali na cama, e vejo agora na maneira como seu rosto se suaviza quando falo sobre o menino. Não sei por que ele se recusa a proteger seu filho de perigos tão óbvios como uma faca afiada, mas não é porque ele não o ama. Ele ama – embora, a julgar pela maneira como ele é perto de Slava, eu não ficaria surpresa se ele tivesse problemas para admitir.

Acho que Nikolai quer ficar mais perto de seu filho, mas não sabe como.

Acho... ele pode ser um bom homem, afinal.

O aviso de Alina surge em minha mente novamente, mas eu o afasto. Ela estava chapada, e há claramente uma tensão entre irmão e irmã, algum tipo de história que eu não conheço. Além disso, não sei o que ela pensa que está acontecendo entre mim e Nikolai, mas o amor não está em nenhuma parte nessa equação. Sexo, talvez – sou realista o suficiente para admitir que minha determinação de não dormir com meu chefe está se provando não ser páreo para a poderosa atração entre nós – mas o amor é um jogo totalmente diferente. Eu seria uma idiota me apaixonando por um homem como Nikolai, que, sem dúvida, está acostumado com as mulheres mais bonitas do mundo se jogando em cima dele. Se dormíssemos juntos, não significaria nada para ele – e não posso deixar que signifique nada para mim.

Melhor ainda, não devemos dormir juntos.

Assim, ninguém se machuca.

Conversamos sobre Slava por mais vinte minutos antes que a hora tardia me alcance e um bocejo escapasse no meio de uma frase. Eu sufoco imediatamente, mas Nikolai não se deixa enganar.

— Você está exausta, não? — ele murmura, me olhando com preocupação. — Você deveria ter dito algo, zaychik. Eu não tive a intenção de mantê-la acordada.

— Não, não, está tudo bem. Eu só estou... — Outro bocejo incontrolável interrompe minhas palavras, e eu cubro com as costas da minha mão antes de dar a ele um sorriso triste. — Ok, sim, é hora de dormir para mim. Como você está tão acordado? Você deve estar sofrendo com o jet lag.

As manchas verdes em seus olhos brilham mais intensamente.

— Eu não preciso dormir muito.

Claro que não. Eu não ficaria surpresa se ele fosse parte sobre-humano – isso explicaria a beleza extraordinária que ele compartilha com sua irmã.

— Bem, boa noite, de qualquer maneira — digo, lutando contra outro bocejo. — E boa sorte com qualquer negócio que você tenha.

— Obrigado, zaychik. — Seu sorriso tem uma nota terna. — Durma bem. Ligo para você amanhã à noite.

Ele desliga e, enquanto coloco o laptop de lado, percebo que meu coração está batendo em um ritmo novo e irregular, meu peito se enche de um calor que não ouso examinar.

33

NIKOLAI

EU FECHO MEUS OLHOS DEPOIS QUE DESCONECTAMOS, tentando me agarrar à sensação incomum de bem-estar que falar com Chloe gerou, mas está desaparecendo rápido. Em seu lugar está a sombria consciência do que devo fazer hoje, misturada com uma sinistra antecipação.

Já se passaram seis meses desde que estive neste mundo. Seis meses desde que me permiti me envolver em nosso negócio em qualquer nível além do mais superficial. E embora eu gostaria de dizer que odeio estar de volta, não posso negar que uma parte de mim se deleita com tudo isso... que meu sangue está bombeando mais rápido em minhas veias.

Abrindo meus olhos, fecho o laptop e fico de pé.

Hora de trabalhar.

233

Pavel já está esperando no saguão do hotel e saímos juntos. Nosso destino é uma pequena taberna a alguns quarteirões de distância, ou, mais especificamente, seu porão.

A visão que nos saúda quando descemos não é bonita. Um homem está pendurado pelos pulsos em uma corrente parafusada no teto, as pontas dos pés calçados com botas apenas raspando no chão de concreto. Seu rosto pálido está machucado e inchado, a área sob o centro do nariz com crostas de sangue escuro. Dois dos homens de Valery estão ao lado dele, seus rostos duros e olhos sem emoção.

— Alguma sorte? — pergunto a um deles, e ele balança a cabeça.

— Afirma que não tem o código de entrada. É mentira. Nós o vimos usar.

— Hmm. — Eu me aproximo do prisioneiro e faço um círculo lento ao redor dele, notando como sua respiração acelera enquanto eu o faço. Um cheiro acre de urina emana de sua virilha e há manchas de sujeira e sangue em seu uniforme bege do Atomprom.

O coitado sabe que está ferrado.

— Qual o seu nome? — pergunto, parando na frente dele.

Ele me encara com a boca trêmula, então explode: — Eu não sei o código. Não sei!

— Eu perguntei seu nome. Você sabe isso, não?

— Iv... — Sua voz falha, como se ele fosse um adolescente em vez de um homem de vinte e poucos anos. — Ivan.

— Tudo bem, Ivan. Vou te dizer uma coisa: eu sei que você não quer irritar seu patrão, mas você realmente não tem escolha. — Eu dou a ele um sorriso simpático. — Você vê isso, não?

— Eu não sei o código! — Gotas de suor se formam em sua testa. — Eu juro… juro pela vida da minha mãe.

— Mas ela está morta, Ivan. Ela morreu em um incêndio na fábrica quando você tinha quinze anos. Isso foi trágico, sinto muito.

Seu rosto fica branco como linho, e eu continuo no mesmo tom simpático.

— Olha, você não é um cara mau, Ivan. Você teve uma vida difícil e fez tudo o que podia para ajudar sua família e cuidar de sua irmã mais nova. Ela está, digamos, na décima série agora?

— V-você… — Ele está tremendo quase demais para falar. — Seus filhos da puta!

Mostro meu desapontamento. — Os insultos não levarão a lugar nenhum. Agora me escute, Ivan. Eu posso deixar que eles — gesticulo para os guardas sem emoção — arranquem a resposta de você. E se eles falharem, há sempre meu associado — eu olho para Pavel, que está parado em silêncio em um canto — e sua habilidade com facas. Sem mencionar todos os outros tipos de táticas menos saborosas que meu irmão gosta de usar. Mas por que chegar a tanto quando podemos fazer um acordo, você e eu?

Seu pomo-de-adão se move em um gole nervoso. — Q-que tipo de acordo?

Eu sorrio para ele suavemente. — Você tem medo

dos Leonovs, não? É por isso que você está sendo tão corajoso. Você não poderia se importar menos com a planta que está protegendo. O que importa para você se conseguirmos o código de entrada, certo? Mas a família Leonov... — Eu faço outro círculo lento em torno dele. — eles podem fazer coisas para você, para seus entes queridos. Para sua irmãzinha. — Eu paro na frente dele. — Acene se eu estiver no caminho certo.

Ele abaixa o queixo em um aceno quase imperceptível, o suor escorrendo pelo rosto.

— Isso foi o que eu pensei. — Pego um lenço de papel do bolso e limpo sua testa. — Que tal: você nos informa o código de entrada e compartilha tudo o que sabe sobre o protocolo de segurança da fábrica onde trabalha, e colocamos você e sua família no voo mais próximo para um destino de sua escolha. Pode ser qualquer lugar: Zimbábue, Fiji, Tailândia... Ilhas Cayman. Dê um nome, e nós o enviaremos para lá com uma nova identidade e cem mil em dinheiro como um bônus de realocação. O que acha disso?

Respirando com dificuldade, ele me encara, a esperança guerreando com o medo em seus olhos.

— Eu sei o que você está pensando, Ivan — continuo suavemente, deixando o lenço sujo cair no chão. — Como você pode confiar em mim para cumprir minha parte do acordo? O que nos impede de matá-lo assim que você nos contar o que queremos saber, certo?

Ele engole novamente. — C-certo.

— A resposta é nada. — Eu deixo um toque de crueldade infiltrar-se em meu sorriso. — Absolutamente nada. Mas isso não importa, porque confiar em mim é a única opção que você tem. Do contrário, você vai nos contar tudo da maneira mais difícil – e quando os Leonovs souberem da violação na fábrica, eles procurarão o culpado. Quando eles descobrirem que é você, eles virão atrás de sua família. Você entende, Ivan? Você entende o que você tem que fazer se quiser que sua irmã viva?

Seu queixo treme enquanto ele me encara, lágrimas escorrendo pelo canto dos olhos. Finalmente, ele balança a cabeça em derrota.

— Bom. Agora diga a esses senhores o que eles querem saber.

Afastando-me, aceno para os homens de Valery, e eles prontamente se adiantam, pegando seus telefones para começar a gravar.

— Você não precisava fazer isso pessoalmente, sabe — diz Pavel em voz baixa enquanto saímos da taverna. — Eles poderiam ter arrancado as respostas dele. Se não, eu teria entrado em cena. Teria sido mais barato assim.

— Pode ser. Mas desta forma, sabemos que ele não está nos enganando para fazer a dor parar. — Eu olho para o meu guarda-costas ao longo da vida, cujo olhar está incansavelmente varrendo nossos arredores, apesar do fato de que os guardas de Valery já garantiram o perímetro. — Numerosos estudos mostraram que as informações obtidas sob tortura não são confiáveis.

— Não a informação que obtenho — diz ele sombriamente, e eu rio.

— Com medo de que sua faca esteja enferrujada?

Pavel não nega. Ele sente falta de estar no meio das coisas, assim como eu – ou sentia. No momento, prefiro estar em Idaho com Chloe. Eu quero estar lá, caso ela tenha outro pesadelo. Eu quero abraçá-la, acalmá-la, confortá-la... e, eventualmente, seduzi-la. Sua decisão já está vacilando, posso sentir – e é por isso que decidi tranquilizá-la sobre os hematomas em meus dedos e a cicatriz em meu ombro.

Não pretendo mentir para ela sobre o tipo de homem que sou, mas não quero que ela me tema.

Eu não vou machucá-la... não dessa forma, pelo menos.

— Você já marcou uma reunião com o chefe da Comissão de Energia? — Pavel pergunta quando paramos em um cruzamento, e eu aceno, afastando meus pensamentos de Chloe.

— Vou encontrá-lo para almoçar na segunda-feira — digo, saindo para a rua quando o semáforo à nossa frente fica verde. Foram necessários três telefonemas para chegar ao cara, mas consegui, como sabia que faria. — Esse é outro motivo pelo qual fiz esse caminho com Ivan — continuo. — Não havia tempo para quebrá-lo adequadamente – precisávamos desse código o mais rápido possível.

— Não teria demorado muito também — Pavel murmura, e eu rio, quando uma motocicleta ruge na esquina e vem direto para mim.

NIKOLAI

EU REAJO EM UMA FRAÇÃO DE SEGUNDO, MAS PAVEL É ainda mais rápido. Ele me empurra assim que eu mergulho para o lado, e nós dois batemos no chão com força enquanto a moto passa rugindo por nós, tão perto que sinto uma lufada de ar quente em meu rosto.

A adrenalina me impele de pé imediatamente, mas o motoqueiro já está na metade do quarteirão, ziguezagueando pelo tráfego com a velocidade de um carro de corrida. Tudo o que posso dizer a esta distância é que é um homem vestindo uma jaqueta de couro preta e um capacete.

Pavel também já está de pé, a mandíbula tensa de fúria. — Você viu o rosto dele?

— Não. — Endireito meu paletó e gravata e limpo a sujeira e o cascalho de minhas palmas raspadas. Meu ombro lateja da queda, e uma raiva fria queima dentro de mim, mas minha voz está calma. — Seu capacete tinha uma viseira espelhada. Talvez um dos caras de

Valery tenha pego a placa do veículo. — Eu observo a multidão de testemunhas oculares, algumas das quais estão pegando seus telefones, provavelmente para chamar a polícia. — É melhor sairmos daqui.

Pavel acena com a cabeça severamente, e nós rapidamente fazemos o nosso caminho para o hotel.

Levan Abkhazi, chefe da segurança local de Valery, nos encontra em meu quarto uma hora depois. Um georgiano corpulento com a idade de Pavel, ele é completamente careca, mas ostenta uma sobrancelha grossa e preta e uma barba combinando.

Pegando uma pasta, ele coloca uma série de fotos granuladas na mesa.

— Isso é tudo que fomos capazes de extrair da loja próxima e das câmeras de tráfego — relata ele em russo com forte sotaque. — A equipe estacionada nos telhados não tinha um bom ângulo na placa em nenhum momento, e havia muitos civis para arriscar atirar nele.

Pavel e eu examinamos as fotos. Em uma delas, é possível distinguir uma parte de um dígito, mas as outras fotos mostram, na melhor das hipóteses, um canto da placa. O motoqueiro é o filho da puta mais sortudo que já existiu, ou ele sabia onde a equipe de Valery estava posicionada.

Eu olho para Pavel. — O que acha?

— Um profissional, definitivamente. — Seu rosto

está marcado por linhas duras. — Ele não diminuiu a velocidade, não reagiu de forma alguma a quase atropelar você. E ele sabia como lidar com aquela moto, e como evitar as câmeras.

As sobrancelhas de Abkhazi franzem a testa.

— Você não acha que pode ter sido um acidente? Se o cara é um profissional, ele deve saber que atropelar alguém na rua não é a maneira mais eficiente de ser bem-sucedido.

— Isso depende se você quer fazer com que pareça um acidente ou não — diz Pavel. — Além disso, não era para ser bem-sucedido.

O georgiano olha para ele confuso. — O que era então?

— Uma mensagem — digo, colocando as fotos de volta na pasta. — Dos nossos amigos, os Leonovs. Eles queriam que eu soubesse que eles sabem. A questão é: sabem o quê?

35

CHLOE

Acordo sorrindo e, por alguns minutos, fico ali deitada, de olhos fechados, flutuando naquele estado de felicidade entre os sonhos e a vigília plena.

E que sonhos foram.

Minha mão desliza entre minhas coxas e pressiono a doce dor que persiste lá, tentando lembrar as cenas sensuais que passaram na minha cabeça a noite toda. Só me lembro de fragmentos deles agora, mas sei que todos eles envolveram Nikolai... seu sorriso perverso... sua voz profunda e suave... O melhor de tudo, eles foram os únicos sonhos que tive na noite passada.

Os pesadelos que me atormentavam desde a morte de mamãe ficaram longe.

Com o sorriso se ampliando, abro os olhos e me sento. Está claro e ensolarado, então, provavelmente dormi demais. Eu não estou muito preocupada, no entanto. Nikolai não está aqui para impor a hora das refeições e, em qualquer caso, agora que o conheço melhor, não acho que ele vai me despedir por uma transgressão tão pequena.

Ainda assim, não quero me aproveitar, então, pulo da cama e ligo o noticiário. Eles estão novamente relatando os debates primários, mas tudo que me importa é o horário – 9h20. Também acontece de ser um sábado, eu percebo, olhando para a data. Eu me pergunto se isso significa que terei um dia de folga.

Eu provavelmente deveria perguntar a Nikolai sobre isso na próxima vez que conversarmos.

Um brilho quente enche meu peito com o pensamento dele me ligando novamente e nós dois conversando até tarde da noite – quase como um casal de namorados. Porque é assim que a videochamada da noite passada foi: como o tipo de coisa que você faz com seu namorado enquanto ele está fora, uma espécie de encontro à distância. Embora passássemos a maior parte do tempo falando sobre Slava, como convém à nossa relação patrão-tutora, houve uma suavidade definitiva na maneira como Nikolai olhou para mim e como ele falou... uma corrente de ternura que faz meu coração pular uma batida cada vez que penso nisso.

É quase como se ele estivesse começando a se importar comigo, como se houvesse algo mais entre nós do que atração animal.

Tento não pensar nisso durante o dia, porque é uma ideia muito tola. Não há como Nikolai desenvolver sentimentos por mim. Não apenas é muito cedo, mas eu seria uma idiota em imaginar que um homem como ele estaria interessado em mim por qualquer motivo que não seja a proximidade. Eu sou a única mulher disponível aqui; ele não pode exatamente ficar com Lyudmila ou sua irmã. E daí se ele me ligou assim que pousou ontem? Isso não significa que ele estava pensando em mim durante o longo voo.

Ele poderia estar apenas preocupado com seu filho.

Ainda assim, aquele brilho quente permanece comigo enquanto eu me esgueiro para a cozinha para pegar um café da manhã tardio – o café da manhã oficial acabou – antes de levar Slava para uma longa caminhada agradável. E persiste durante o almoço, apesar da presença de Alina na mesa me lembrando de seu estranho aviso.

— Como está sua dor de cabeça? — pergunto quando nos sentamos para comer, e ela afasta minha preocupação, alegando que está totalmente recuperada. No entanto, não posso deixar de notar que ela está quieta e estranhamente distante, frequentemente olhando para o nada durante a refeição. Isso me faz pensar se ela está chapada de novo, mas decido não perguntar.

Ontem à noite, a fogueira e a maconha diminuíram as inibições de todos, criando uma falsa sensação de intimidade, mas hoje, ela se sente uma estranha novamente. Lyudmila também, que nem mesmo sorri para mim enquanto traz a comida. Talvez ela esteja com vergonha de eu ter visto ela chapada? De qualquer forma, corro com a refeição e, assim que Slava termina de comer, levo-o para seu quarto para nossas aulas de jogos.

Construímos outro castelo e revisamos o alfabeto, e eu o ensino a contar até dez em inglês. Depois, brincamos de esconde-esconde e lemos alguns livros, incluindo, a pedido de Slava, uma história sobre uma família de patos. Antes de começarmos, ele me mostra com orgulho um livro em russo que parece ser uma tradução dele, e percebo que ele está tentando aplicar seu conhecimento da trama e dos personagens para entender melhor as palavras e frases em inglês que leio para ele.

— Você é um menino tão inteligente — digo a ele, e ele sorri para mim. Embora eu duvide que ele entenda exatamente o que estou dizendo, meu tom de aprovação é inconfundível.

Sento-me no chão, minhas costas encostadas na cama, e Slava sobe no meu colo enquanto começamos a história – o que acaba sendo surpreendentemente complexo para um livro infantil. A família dos patos nem sempre é feliz e tem sorte; eles brigam e têm conflitos e, a certa altura, o herói principal, um jovem patinho, foge de casa. Quando ele retorna, ele descobre que Mamãe Pata se foi, e ele chora, pensando que ele a fez partir.

Eu fico de olho em Slava durante esta parte, preocupada que isso possa trazer à tona memórias da perda de sua mãe, mas a expressão do menino permanece curiosa e relaxada. No entanto, quando chegamos à parte em que o patinho tem que ficar com o avô, Slava enrijece e insiste em pular as próximas três páginas.

— Você não gosta do Vovô Pato? — Eu desconfio, e a criança dá de ombros, evitando meu olhar.

— Ok. Não temos que ler sobre ele. Esqueça o Vovô Pato. — Sorrindo, eu bagunço seu cabelo e passo para uma seção menos problemática do livro.

Alina não se junta a nós para jantar – outra dor de cabeça, Lyudmila me diz rispidamente – então, Slava e eu temos outra refeição relaxada antes de eu subir para o meu quarto à noite. Tirando o traje formal para o jantar, fico confortável na cama e abro o laptop – para fazer mais pesquisas, digo a mim mesma. E não esperar pela ligação de Nikolai como uma namorada apaixonada. E daí se ele prometeu que ligaria? Talvez ele o faça, ou talvez não.

Eu não deveria me importar, de qualquer maneira.

Determinada a não sentar lá roendo minhas unhas, eu retomo minha pesquisa sobre a morte de mamãe. O repórter que enviei um e-mail ontem à noite não respondeu, então, encontro as informações de contato de mais alguns jornalistas da área de Boston e mando uma mensagem para eles. Também pesquiso o proprietário do restaurante onde mamãe trabalhava, bem como a corporação por trás do hotel de luxo onde o restaurante está localizado.

Deve haver uma razão para aqueles homens terem matado minha mãe.

Acho a mesma coisa de ontem: nada. O que eu realmente preciso é de um investigador particular, mas não tenho como pagar por um agora. Embora... não faça mal obter algumas cotações de taxas. Na terça-feira, terei dinheiro e, se ficar aqui – o que não vejo por que não faria –, posso usar esse dinheiro para obter algumas respostas.

Sim, é isso.

Isso é exatamente o que vou fazer.

Encorajada, procuro alguns investigadores promissores e envio um e-mail solicitando uma cotação. Então, me sentindo satisfeita pela noite, mudo para meu outro projeto: aprender tudo o que puder sobre Nikolai.

Eu pensei em mais algumas frases que posso traduzir para o russo, e minha pesquisa mostra várias fotos de tabloides. Uma é de Nikolai em uma festa de gala de caridade em Varsóvia com uma bela loira alta no braço; outra é dele em um desfile de moda em Moscou, sentado ao lado de uma Alina de aparência entediada. Mais alguns o mostram de férias em vários destinos exóticos, invariavelmente com alguma modelo de pernas longas ao seu lado olhando para ele com adoração.

Eu tinha razão. Ele está quase se afogando em mulheres lindas. Pelo que sei, ele pode estar na cama com uma modelo deslumbrante neste exato momento, tendo-a buscado em alguma boate VIP na noite passada.

O pensamento é como um respingo de água fervente em meu peito. Não tenho o direito de me sentir assim, mas de repente quero arrancar todos os fios de cabelo da cabeça dessa mulher imaginária – logo antes de fazer o mesmo com Nikolai.

Colocando o laptop de lado, eu pulo da cama e começo a andar.

Por que ele não está ligando?

Ele disse que o faria.

Ele prometeu.

Ele tem que saber que está ficando mais tarde aqui a cada minuto.

É porque ele está ocupado com o trabalho ou com alguma mulher? Eu imagino seus lábios vermelhos brilhantes em volta de seu pau, seus olhar para ele através de cílios postiços habilmente aplicados enquanto ela...

Um sino suave soa na cama, e eu pulo em direção ao laptop aberto, meu pulso disparando. Deitando de bruços, puxo o computador em minha direção e, com um dedo instável, clico em "Aceitar" na solicitação de videochamada de Nikolai.

Seu rosto preenche a tela, seu quarto de hotel visível atrás dele, e eu exalo um suspiro trêmulo, meu ciúme irracional desaparecendo quando vejo o olhar terno em seus olhos de tigre.

— Oi, zaychik — ele murmura, sua voz profunda

tão aveludada que eu quero esfregá-la contra minha bochecha. — Como foi seu dia?

— Foi bom. Como foi o seu... quero dizer, sua manhã – ou seu dia de ontem? — Pareço sem fôlego, mas não consigo evitar. Meu coração está numa batida techno, e cada célula do meu corpo está vibrando de excitação. Por mais patético que seja, estava ansiosa por esta ligação o dia todo. Mesmo quando eu não estava pensando conscientemente sobre isso, ele estava escondido no fundo da minha mente.

Ele me dá um sorriso irônico. — Minha manhã foi boa, assim como o resto de ontem. Algumas reuniões, algumas besteiras, negócios, como de costume.

— Que tipo de negócio? — Percebendo o quão intrometido isso soa, eu abro minha boca para retirar a pergunta, mas ele já está respondendo.

— Energia renovável. Especificamente, energia nuclear. Uma de nossas empresas desenvolveu uma tecnologia própria que permite reatores nucleares pequenos e portáteis serem usados para fornecer eletricidade de baixo custo em pequenas aldeias e outros assentamentos remotos.

— Uau. E eles são seguros? Não são como... qual era aquela famosa na Ucrânia?

— Chernobyl? Não, eles não são nada assim. Por um lado, cada reator tem apenas o tamanho de um carro, então, mesmo se houvesse um acidente, a quantidade de radiação liberada seria muito menor. Mais importante, nossos engenheiros adicionaram tantas precauções que um acidente é quase impossível.

Nosso lema é *segurança em primeiro lugar*, ao contrário de nossos rivais. — Sua voz endurece na última parte.

— Existem outras empresas fazendo a mesma coisa? — pergunto, fascinada por este vislumbre de um mundo do qual nada sei.

Seus olhos brilham sombriamente. — Uma. Eles estão concorrendo contra nós por um grande contrato com o governo tajique. Quem quer que ganhe, vai dominar esta indústria nascente na Ásia Central, e é por isso que meu irmão me pediu para participar.

— Oh?

— O chefe da Comissão de Energia do Tajiquistão era um colega meu no colégio interno, e meu irmão espera que eu tenha mais sorte em apresentar nosso caso a ele. — Um sorriso irônico toca seus lábios. — Como você provavelmente já deve ter adivinhado, as conexões pessoais são muito importantes nos negócios.

Eu arregalo meus olhos exageradamente. — Não! Mesmo?

Ele ri. — Eu sei. Difícil de imaginar, certo? Tenho um almoço com ele na segunda-feira e, então, espero poder voar de volta.

— Então, você estará de volta na terça-feira? — Já estou contando os dias até meu primeiro pagamento, e agora terei outro motivo para desejar que eu pudesse adiantar as próximas cinquenta horas.

— Eu deveria, sim. — Ele faz uma pausa e diz baixinho: — Estou com saudades, zaychik.

Minha respiração para, literalmente, mesmo quando meu coração bate mais rápido e minha pele arrepia com um rubor. Independentemente do que eu pensei ter visto em seus olhos na noite passada – o que eu esperava que ele pudesse sentir – eu nunca sonhei que o ouviria dizer isso para mim esta noite tão casualmente... tão abertamente.

Como um namorado.

Ele está olhando para mim, esperando pacientemente pela minha resposta, então, assim que minha respiração volta, me forço a falar.

— Eu ... eu também sinto sua falta. E Slava. Ele sente sua falta. Nós dois sentimos sua falta. Ele realmente sente. — Eu sei que não estou fazendo sentido, mas não posso evitar. Nunca tive problemas para expressar meus sentimentos com os caras que namorei, mas nunca namorei ninguém como Nikolai antes – não que estejamos namorando. Ou estamos? Talvez ele apenas sinta minha falta no sentido de amigo? Ou no sentido como tutora do filho?

Deus, eu não tenho ideia do que está acontecendo.

Os cantos de seus lábios sensuais se contraem com diversão reprimida, e mais uma vez tenho a suspeita enervante de que ele está olhando diretamente para o meu cérebro e vendo a confusão lá.

— Diga-me mais, zaychik — ele murmura, inclinando-se mais perto da câmera. — O que meu filho fez hoje?

Slava, é isso. Pego o assunto como um homem se afogando agarrado a uma boia e começo a fazer uma descrição detalhada de tudo que Slava e eu fizemos e aprendeu. Nikolai escuta extasiado, seu olhar cheio daquela suavidade especial que ele reserva para seu filho. No entanto, quando chego ao livro que Slava e eu lemos por último – a história sobre os patinhos – e menciono rindo a aparente antipatia de Slava pelo Vovô Pato, todos os traços de suavidade desaparecem da expressão de Nikolai, seus olhos adquirindo um brilho intenso e agudo.

— Ele disse alguma coisa? — ele exige. — Explicou de alguma forma?

— Não, eu... eu não perguntei. — recuo ao ver o olhar em seu rosto, uma expressão tão sombria e fria que envia um arrepio pelo meu corpo. Este é um lado de Nikolai que eu nunca vi e, de repente, minhas preocupações anteriores com a máfia não parecem tão tolas.

Posso imaginar esse homem ordenando um golpe – até mesmo puxando o gatilho.

No momento seguinte, no entanto, suas feições se suavizam, o olhar arrepiante desaparecendo quando ele me pede para continuar, e novamente fico me perguntando se minha imaginação rebelde pregou uma peça em mim. Talvez eu tenha interpretado muito nessa breve mudança de expressão... ou talvez eu apenas tenha dado uma espiada em algum drama da família Molotov. Pode ser simplesmente que Nikolai não se dê bem com o avô de Slava – presumindo que haja um do lado de sua mãe.

Ainda há muito que não sei sobre essa família.

Decidindo remediar isso, eu termino meu relatório sobre o progresso de Slava repassando o que eu ensinei a ele no jantar, e, então, eu cuidadosamente – muito cuidadosamente, para não pisar em qualquer mina terrestre – peço a Nikolai para me contar sobre seus irmãos.

Felizmente, meu pedido não o aborrece.

— Eu sou o segundo mais velho — ele me diz. — Valery é quatro anos mais novo, e Konstantin, o gênio da família, é dois anos mais velho que eu. Ele dirige todos os nossos empreendimentos de tecnologia, enquanto Valery supervisiona toda a organização.

— O que você costumava fazer, certo? — pergunto, lembrando do que Alina me disse.

— Isso mesmo. — Ele não parece surpreso que eu saiba. — Mas é difícil fazer remotamente, então, pedi a Valery para intervir enquanto eu estiver fora.

— Por que você está fora? — pergunto, incapaz de resistir à pergunta que está na minha mente há tanto tempo. — O que o trouxe a este canto do mundo?

Ele sorri com a minha curiosidade flagrante. — Eu sei. É estranho, não?

— Extremamente estranho. — Tão estranho, na verdade, que eu criei uma história maluca de máfia na minha cabeça, mas estou mantendo minha boca fechada sobre isso.

Ele se recosta na cadeira, o sorriso desaparecendo até que apenas um traço da curva sensual permaneça. — É uma longa história, zaychik, e está ficando tarde. Você deveria ir dormir.

— Está tudo bem, não estou cansada. — E mesmo se eu estivesse, eu negaria porque estou morrendo de vontade de ouvir essa história, seja qual for sua extensão. Sentando-me mais ereta, coloco o computador mais confortavelmente no meu colo e dou a ele meus melhores olhos de cachorrinho, cílios vibrantes e tudo. — Por favor, Nikolai... me diga. Por favor, por favorzinho.

Eu quis dizer isso como uma piada, um flerte leve na melhor das hipóteses, mas seu rosto fica tenso, seu olhar escurece quando ele se inclina em direção à câmera.

— Gosto de ouvir meu nome em seus lábios. — Sua voz é um ronronar baixo e meloso. — E eu realmente gosto quando você implora.

Minha boca fica seca como o Sahara, meu batimento cardíaco, irregular, enquanto o fogo percorre minhas veias e se concentra no meu núcleo. Com ele tão longe e nossas videoconferências focadas principalmente em tópicos seguros, de alguma forma me permiti esquecer a tensão sexual que arde entre nós, pronta para explodir em um incêndio ao menor sinal. Eu me convenci de que imaginei aquela sensação de ser uma presa caçada... aquela consciência alarmante, mas estranhamente excitante, de que estou à mercê desse homem perigosamente atraente.

— Isso é... — Eu engulo, incerta se deveria me aventurar lá. — Isso é o que você curte? Mulheres implorando?

O calor sombrio em seus olhos se intensifica. — O que eu *curto*, zaychik, é você. Eu quero você de todas as maneiras possíveis... doce e rudemente... de joelhos, e de costas, e por cima, montando em mim... Eu quero comer sua boceta como sobremesa após cada refeição e despejar minha porra em sua garganta todas as manhãs. Eu quero te foder com tanta força que você grita, e então, eu quero te abraçar por horas. Acima de tudo, quero afogar você de prazer... tanto prazer que você não se importará com uma pontada de dor ocasional... Na verdade, você vai implorar por isso.

Oh. Meu. Deus.

Eu fico olhando para ele, minha respiração curta e superficial, meu clitóris latejando e meus mamilos endurecem. Meu corpo parece um de seus reatores nucleares em colapso, o calor sob minha pele é tão abrasador que posso entrar em combustão espontânea. *Ou gozar.* Se eu colocasse alguma pressão no meu clitóris agora, eu definitivamente poderia gozar.

Molhei meus lábios, tentando ignorar a dor pulsante entre minhas pernas. — Então... você gosta de coisas. Tipo, coisas pervertidas.

Assim que as palavras saem da minha boca, eu me encolho com o quão juvenil e baunilha pareço. E eu não sou baunilha. Pelo menos, eu não acho que sou. Minhas fantasias sexuais sempre tiveram um tom mais sombrio, e eu tive um namorado que me amarrou uma ou duas vezes – e outra vez, me deu uns tapas. Nada disso me excitou, mas, novamente, meu namorado não gostava muito disso. Parecia estranho e forçado com ele... infantil, de alguma forma.

Tenho a sensação de que não será nada disso com Nikolai.

O homem não sabe o significado de infantil e estranho.

Com certeza, seus lábios se curvaram em outro sorriso sombrio e sensual. Em uma voz como seda aquecida, ele murmura: — Chloe, zaychik... eu gosto de tudo, contanto que seja com você.

Desta vez, é meu coração que entra em modo de colapso. Porque soa muito como...

— Você está dizendo que não quer ver outras mulheres? — deixo escapar, e imediatamente quero me chutar por mais uma vez soar como se estivesse no colégio. Ele está apenas flertando, não assumindo nenhum tipo de compromisso de exclusividade. Nós nem mesmo...

— Não — diz ele suavemente, trazendo meus pensamentos para uma parada brusca. — Eu não quero ninguém além de você. Não quis desde o momento em que nos conhecemos.

— Oh. — fico olhando para ele, incapaz de pensar em qualquer outra coisa a dizer.

Isso é grande.

Enorme, na verdade.

Não há nenhum mal-entendido possível aqui, nenhuma chance de que eu esteja sendo uma romântica tola.

Nikolai está me dizendo que ele me quer e mais ninguém... que, essencialmente, somos exclusivos.

— Isso te assusta? — ele pergunta, desconcertantemente astuto. — Isso é demais para você?

É. Demais. E ainda... — Não — digo, juntando minha coragem. — Não é. E eu... eu também não quero ver mais ninguém.

Suas narinas dilatam. — Ótimo. Uma vez que você seja minha, eu não vou lidar bem com qualquer homem que tente roubar você.

Uma risada assustada escapa da minha garganta, mas Nikolai não sorri em resposta. Seu olhar permanece fixo em mim, sua expressão intensamente sinistra, e para meu choque, eu percebo que ele está falando sério, que não é uma piada.

Tento transformar em uma, de qualquer maneira. — Muito possessivo?

— Com você — diz ele, seu olhar inabalável — muito.

Meu coração gagueja até parar novamente. — Por que eu? — pergunto quando recupero minha voz. — É porque eu sou a única mulher aqui, de fácil alcance? É uma coisa conveniente ou... — Eu paro quando a diversão ilumina o ouro escuro de seus olhos, destacando as manchas de verde floresta.

— Se eu quisesse — diz ele gentilmente —, poderia mandar vir uma mulher diferente todas as semanas, e costumava fazer isso antes de você aparecer. Não faltam candidatas dispostas a fazer a viagem, acredite, zaychik.

Oh, eu acredito nele. Mesmo antes de encontrar aquelas fotos de tabloide, eu sabia que ele devia ter uma lista de mulheres lindas à sua disposição. Como não poderia, com sua aparência, riqueza e apelo sexual?

O estranho não é que as mulheres estejam dispostas a voar, é que elas não estejam acampadas na floresta.

— Por que então? — pergunto insistentemente. — Por que eu?

Ele inclina a cabeça. — Você acredita em destino, zaychik?

— Destino? Como Deus ou sina?

— Ou predestinação. Todos nós sendo conectados, como fios em uma tapeçaria que foi tecida muito antes de nosso nascimento.

Eu fico olhando para ele, confusa. — Não sei. Nunca pensei muito nisso.

Seus lábios se curvam em um sorriso fraco. — Eu sim. E acho que em algum momento da tecelagem dessa tapeçaria, seu fio foi unido ao meu. Nossos caminhos estavam fadados a se cruzar, a data do nosso encontro foi marcada muito antes de eu te ver. Tudo o que aconteceu em nossas vidas nos trouxe até aquele ponto, aquele lugar e tempo... todas as coisas boas e ruins. — Sua voz fica mais grave. — Especialmente as ruins.

Como a morte da minha mãe. Se não fosse por isso, eu nunca teria feito essa viagem, nunca teria visto o anúncio de emprego, nunca o teria conhecido. Não que isso signifique que isso seja predestinado. Mas Nikolai parece acreditar nisso, e tenho que admitir que não estaríamos aqui hoje sem a violenta reviravolta em minha vida. E, ao que parece, sem alguma reviravolta na dele.

— Que coisas ruins aconteceram com você? — Eu

pergunto suavemente. — Ou essa é a longa história que você vive me prometendo?

Seu sorriso assume um tom pesaroso. — Mais ou menos. Infelizmente, zaychik, você precisa dormir e eu tenho que ir encontrar meu irmão. Que tal eu ligar para você amanhã na mesma hora e conversarmos mais um pouco?

— Ah, com certeza. Eu não queria te segurar.

— Você não fez isso. — O olhar terno está em seus olhos novamente, fazendo meu coração bater em um ritmo errático e alegre. — Se eu pudesse, falaria com você o dia todo.

— Eu também — admito com um sorriso tímido.

Seu sorriso de resposta é deslumbrante. — Até amanhã, então. Durma bem, zaychik.

E quando ele desconecta a ligação, eu empurro o computador do meu colo e faço uma dança ao redor da sala, sorrindo tanto que minhas bochechas doem.

NIKOLAI

— Você está de bom humor para alguém que quase foi morto ontem — diz Konstantin depois de fazermos nossos pedidos ao garçom, e eu percebo que tenho sorrido tanto que até meu irmão socialmente indiferente notou. E é tudo por causa dela.

Chloe.

Ela está rapidamente se tornando minha droga de prazer.

Eu amo que ela esteja começando a confiar em mim, a aceitar o que está acontecendo entre nós. Eu não queria me aprofundar muito na nossa ligação hoje, mas era hora de ela saber minhas intenções – e agora ela sabe. Mais importante, fiz com que ela admitisse que retribui meus sentimentos.

Seu docemente murmurado "eu também" ainda está reverberando em minha mente.

— Você tem o relatório? — pergunto, ignorando o comentário de Konstantin. Não é da conta dele que tipo de humor estou ou por quê. Além disso, não há nada como quase morrer para fazer alguém apreciar a vida e todas as suas possibilidades maravilhosas – como levar Chloe para a cama assim que eu voltar para casa.

— Ainda não — diz Konstantin, pegando sua xícara de chá de camomila. — Com sorte, hoje ou amanhã, mais tardar. Mas verificamos as informações que o segurança forneceu, e tudo foi verificado. A operação está pronta para esta noite.

— O que está demorando tanto? Seus hackers geralmente conseguem em poucas horas.

Ele pisca por trás das lentes dos óculos. — Você ainda está falando sobre o relatório sobre a garota?

Eu cerro meus dentes. — O que mais?

— Minha equipe tem estado ocupada e não é uma tarefa fácil que você atribuiu a eles.

— Como assim? Tudo que pedi é que você investigue a morte da mãe dela e seus movimentos no mês passado. Quão difícil é isso? Eu sei que ela está fora da rede, mas deve haver câmeras de tráfego, câmeras de posto de gasolina...

— Parece haver alguma interferência. — Ele bebe seu chá. — Algumas das filmagens de segurança que meus rapazes retiraram foram danificadas ou limpas.

Me surpreendo. — Limpas?

— Um trabalho profissional, pelo que parece. — Ele pousa a xícara. — Você disse que ela é apenas uma civil, certo? Sem afiliação?

— Nenhuma que eu saiba — digo controladamente.

É possível?

Ela poderia ter me enganado?

A doce Chloe está envolvida com a máfia... ou pior, com o governo?

— Por que você não me disse isso antes? — pergunto a Konstantin, que, mais uma vez alheio à bomba que ele disse, está calmamente espalhando pesto de tomate seco em um pedaço de pão de centeio recém-assado. — Você não acha que é importante para eu saber?

Ele morde o pão e mastiga vagarosamente. — Estou lhe dizendo agora — diz ele depois de engolir. — Além disso, meus rapazes só perceberam o que está acontecendo na noite passada. Algumas filmagens danificadas podem ser uma merda de sorte. Mas várias, isso é um padrão.

— Então, deixe-me ver se entendi. Você está me dizendo que alguém está apagando todas as filmagens de segurança onde ela aparece.

— Nem todas as filmagens. — Ele pega outro pedaço de pão. — Minha equipe conseguiu reconstruir seus movimentos durante a maior parte do mês passado. Apenas algumas... aquelas que eu suspeito que podem conter as respostas que você procura.

Caralho.

Isso é grande.

Não sei o que pensei que os hackers de Konstantin iriam descobrir, mas não era isso.

Um pensamento desliza em minha mente, uma

suspeita tão terrível que meu estômago revira. — Você acha que são os...

— Leonovs? — Konstantin põe seu pão na mesa. — Eu duvido. Meus caras já conheceram o trabalho de hackers antes, e não parece ser isso.

• Parece?

A luz cintila nas lentes de seus óculos. — É difícil explicar para um não-técnico, mas sim. Há um certo desleixo na maneira como isso foi feito que não se encaixa nos Leonovs.

— Achei que você disse que eram profissionais.

— Existem diferentes níveis de profissionalismo. Meus caras são de primeira linha, a equipe dos Leonovs não está muito atrás, e outros são muito, muito piores. Esses caras estão em algum lugar no meio, e é por isso que acho que minha equipe vai conseguir o que você quer. Eles só precisam de mais tempo.

Eu respiro e solto lentamente. Apenas a possibilidade de que Chloe pudesse ter sido contratada por meus inimigos é o suficiente para aumentar minha pressão arterial. Mas Konstantin sabe do que está falando, e se ele não acha que são eles, eu tenho que encerrar essa suspeita por enquanto. Além disso, se os Leonovs soubessem o suficiente para plantar Chloe em meu complexo, duvido que eles teriam enviado um cara em uma moto como um aviso.

Não teria havido nenhum aviso, apenas uma guerra direta.

— Sobre o motoqueiro — eu digo —, teve sorte em rastreá-lo?

— Não. E isso tem impressões digitais de Leonov por toda parte. Se eu tivesse que adivinhar, Alexei está puto por você estar aqui, interferindo em seu lance.

— Você provavelmente está certo. — Fico em silêncio enquanto o garçom traz nossa comida. Depois que ele sai, eu continuo: — Ele deve ter descoberto sobre a minha reunião com o chefe da Comissão.

— Valery está dobrando sua segurança até então, só para garantir. Agora — Konstantin coloca molho em sua salada grega —, vamos discutir seus pontos de discussão para amanhã.

E enquanto ele repassa as especificações técnicas de nosso produto, faço o possível para me concentrar em suas palavras, em vez de no crescente número de perguntas sobre Chloe e minha crescente obsessão por ela.

CHLOE

Nunca me senti tão abobalhada como neste domingo. Durante todo o dia, eu me pego sorrindo incontrolavelmente e andando como se estivesse flutuando em uma nuvem. É constrangedor, realmente, mas não consigo parar. Cada vez que penso na ligação de ontem à noite, meu pulso acelera de excitação.

Nikolai me quer.

Ele sente minha falta.

Ele quer que sejamos exclusivos.

Eu me sinto como um adolescente cuja apaixonante estrela de cinema acabou de convidá-la para um encontro. O que, de certa forma, é o que está acontecendo.

Nikolai quer que namoremos, ou mais precisamente, que estejamos em um relacionamento.

Deve parecer loucura e, em certo nível, parece. Nós nos conhecemos há menos de uma semana e, nos últimos dias, ele não esteve aqui pessoalmente. É muito cedo para falar sobre exclusividade, quanto mais, destino e sina. Mas não posso negar a força da atração que queima entre nós, dessa poderosa força magnética que me apavorou desde o início. Não era a atração em si que eu temia – era ser machucada. Eu estava com medo de me apaixonar por um homem que, na melhor das hipóteses, pensava em mim como algumas noites de entretenimento. Mas não é assim para Nikolai. Ele deixou isso claro na noite passada, e, embora possa ser ingênuo da minha parte, eu acredito nele.

Não vejo razão para ele mentir para mim.

Existem outros obstáculos ao nosso relacionamento, é claro, como seu status como meu patrão e o fato de que estou fugindo de dois assassinos cruéis. Em algum momento, em breve, terei que contar sobre isso, e não tenho ideia de como ele vai reagir. Mas isso é uma preocupação para outro dia.

Agora, tudo que quero pensar é em vê-lo na tela do meu computador esta noite.

— Alguém perseguindo você? — Alina pergunta no jantar, e eu congelo, meu coração parando por um segundo antes de perceber que ela está se referindo à velocidade com que estou devorando minha comida.

— Só estou com fome — digo depois de engolir. — Desculpe se estou sendo rude.

Ela encolhe os ombros graciosos, que são deixados à mostra por seu vestido de noite sem alças. — Eu não me importo. Só estou curiosa por que você está com tanta pressa.

Estou com pressa porque estou morrendo de vontade de subir para o meu quarto no caso de Nikolai ligar mais cedo, mas de jeito nenhum vou dizer isso a ela. — Nenhum motivo além da comida saborosa.

Slava ri ao meu lado. — Yummy. Gosto de yummy na minha barriga.

Eu sorrio para ele. — Sim, você gosta. — Passamos o dia todo aprendendo várias palavras e frases, incluindo esta pequena frase, e estou muito feliz que ele se lembre disso.

— Nesse ritmo, você vai tê-lo falando inglês em uma semana — diz Alina, cortando um pedaço de frango e colocando-o no prato.

Eu sorrio para ela. — Espero que sim, mas de forma mais realista, em alguns meses.

Ela sorri de volta para mim e volta a comer, e eu faço o mesmo, ansiosa para terminar e me acomodar confortavelmente na minha cama com o laptop. Como Alina, estou usando um vestido de noite, doida para colocar meu pijama. Embora... talvez eu não devesse. Nikolai pode gostar de me ver assim, mesmo que seja pela câmera.

Na verdade, eu provavelmente deveria renovar minha maquiagem antes que ele ligue.

— Quer correr? — pergunto a Slava, e faço barulhos de aceleração do motor para lembrá-lo de nosso jogo de corrida com carros de brinquedo. — Veja quem pode comer mais rápido?

Ele pisca, sem entender, então, pego meu garfo e começo a enfiar comida na boca com uma velocidade exagerada. Pegando, ele faz o mesmo, e nós limpamos nossos pratos em tempo recorde. Alina, que está comendo em um ritmo normal, assiste nossa corrida com diversão e, quando terminamos, ela empurra o frango comido pela metade.

— Acho que também terminei — diz ela secamente. Mais alto, ela grita: — *Lyuda, Slava gotov!*

Lyudmila aparece da cozinha, enxugando as mãos no avental. Eu sorrio e agradeço a refeição deliciosa – embora, verdade seja dita, não seja tão boa quanto a que seu marido faz. O frango estava seco, as batatas, muito salgadas, e a maioria dos aperitivos e acompanhamentos era sobra. Mas não vou reclamar: comida é comida e sou grata por tê-la.

Sorrindo para mim, Lyudmila pega Slava e, assim, minha noite está livre.

Assim que chego ao meu quarto, refaço completamente a maquiagem – tudo o que usei no jantar era uma leve camada de base e uma camada de rímel – e arrumo meu cabelo. Ainda não pareço tão polida como quando Alina fez isso por mim, mas espero que Nikolai não se importe.

Eu estava descalça e de pijama nas duas últimas ligações, então, essa é uma melhora definitiva.

Me sentindo boba de novo, eu sorrio para o meu

reflexo. Estou muito melhor do que quando cheguei aqui. Minhas bochechas não estão mais dolorosamente encovadas e as olheiras desapareceram, assim como a expressão de desespero. A noite passada foi outra sem pesadelos, apenas sonhos sexuais, e tenho que agradecer a Nikolai por isso. Posso ter acordado molhada e dolorida, com a mão pressionada entre as coxas, mas, pelo menos, dormi a noite toda.

Deus, mal posso esperar para falar com ele.

Correndo para a minha cama, me esparramo de barriga para baixo e pego o laptop, desejando que ele ligue neste exato momento.

E nada acontece. Acho que meus poderes mentais não estão à altura.

Suspirando, vou até minha caixa de entrada para verificar se há respostas dos jornalistas. Não há nada, naturalmente, embora haja uma resposta rápida de uma das firmas de investigador particular, detalhando seus honorários e taxas de retenção.

Eu deslizo e estremeço. É muito, muito mais do que posso esperar cobrir com o cheque de pagamento da minha primeira semana, pelo menos dado o número de horas que prevejo que eles terão que gastar. Vou precisar de pelo menos algumas semanas de pagamento apenas para a reserva. Talvez os outros investigadores sejam mais baratos, mas eles ainda não responderam, então, tenho que esperar.

Como se eu estivesse esperando por Nikolai, *que ainda não ligou.*

Respirando fundo, lembro-me de ser paciente. Ele

disse que me ligaria na mesma hora de ontem, e não está nem perto disso. Por enquanto, preciso me distrair com alguma coisa, então, começo a pesquisar os amigos e colegas de trabalho da minha mãe novamente, para o caso de ter perdido alguma coisa da primeira vez.

Estou percorrendo as fotos da festa de quinze anos da filha de seu gerente quando a solicitação de ligação aparece, fazendo meu pulso disparar.

Radiante, aliso meu cabelo e clico em "Aceitar".

NIKOLAI

O sorriso de Chloe é tão radiante que sinto como se tivesse saído de um abrigo subterrâneo para uma praia ensolarada.

— Oi — ela diz, um pouco sem fôlego enquanto se recosta contra uma pilha de travesseiros e coloca o computador em seu colo. — Como está indo? Como está a sua licitação nuclear?

Eu sorrio de volta para ela, o prazer se espalhando em mim como mel derretido.

— Bem, zaychik, obrigado.

E está. A operação de Valery ocorreu sem problemas, e a Comissão de Energia já está fervilhando ao redor da usina Atomprom, tentando conter as partículas radioativas do reator que explodiu durante a noite. O vazamento de radiação é mínimo, como esperado, mas o dano à reputação do Atomprom é significativo – o que nos prepara para a minha reunião de almoço com o chefe da Comissão hoje.

Mais importante ainda, durante a última hora, estive observando as atividades online de Chloe e examinando o histórico do navegador de ontem e concluí que é improvável que ela seja afiliada a qualquer governo ou organização rival. Se ela tivesse sido plantada, ela já saberia tudo sobre mim e não precisaria traduzir artigos russos com a ajuda de ferramentas online gratuitas. Nem estaria pesquisando os amigos e colegas de trabalho de sua mãe usando nada mais do que suas redes sociais públicas, ou procurando por firmas de investigador particular.

Outra coisa está acontecendo com Chloe, algo que considero preocupante e intrigante.

Minha melhor aposta é fazê-la se abrir comigo, me dizer a verdade, mas se eu pressioná-la agora, ela pode se assustar e tentar fugir – e eu não quero isso. Não quando estou a um oceano de distância. A próxima melhor opção é fazer com que a equipe de Konstantin investigue seu Gmail; o spyware permite que eu veja em quais sites ela está, mas não o conteúdo deles, como e-mails individuais.

De qualquer forma, vou obter as respostas. Eu só preciso ser paciente um pouco mais.

— Como foi seu dia? — pergunto, acomodando-me mais confortavelmente na minha cadeira. — O que você e Slava fizeram?

Seu sorriso fica impossivelmente mais brilhante, e ela me conta tudo sobre o incrível progresso do meu filho, seu rostinho tão animado que não consigo tirar os olhos dela. Ela parece tão orgulhosa quanto qualquer pai, e pela primeira vez desde que soube da existência de Slava e da morte de Ksenia, meu peito não parece tão dolorosamente apertado quando penso nele e no futuro que o aguarda por causa do sangue contaminado correndo em suas veias. Em vez disso, sinto uma ponta de esperança ao imaginar Chloe com Slava, brincando com ele, abraçando-o, amando-o... dando a ele o que sua mãe não pode.

O que *eu* não posso.

E isso é parte de tudo, eu percebo, parte do motivo pelo qual a quero tanto. Eu a quero não apenas para mim, mas para meu filho. Eu quero que seu raio de sol o toque, para aquecê-lo... para manter longe a escuridão de sua herança pelo maior tempo possível. Eu a quero do jeito que a vi através das câmeras no quarto de Slava, agraciando meu filho com seu sorriso radiante, fazendo-o sentir que é a pessoa mais importante do mundo para ela.

E eu quero que ele seja assim.

Eu quero que ela ame Slava ainda mais do que eu quero que ela me ame.

Avidamente, eu a ouço falar sobre ele, absorvendo cada palavra, bebendo cada expressão. Ela está usando um de seus novos vestidos de noite, um modelo amarelo-claro com alças finas que revelam seus ombros delicados. Seus olhos castanhos brilham e, mesmo através da câmera, sua pele bronzeada brilha na luz dourada lançada pela lâmpada de cabeceira. Ela é de tirar o fôlego, este doce mistério de garota – e minha. Toda minha. Posso não tê-la reivindicado fisicamente ainda, mas isso não muda os fatos. Ela foi feita para mim; sua luz, o contraste perfeito para o vazio escuro dentro de mim, seu calor preenchendo cada fenda fria e vazia em meu coração. Eu não me importo com quem ela acaba sendo ou quais segredos ela está escondendo.

Criminosa ou vítima, ela pertence a mim, não importa o quê.

Quando ela termina de me contar sobre Slava, eu pergunto a ela sobre seus livros e músicas favoritos, e nos unimos por causa do nosso amor mútuo por bandas dos anos 80 e pelos romances de Dean Koontz. Não estou surpreso que tenhamos coisas em comum; é assim que geralmente funciona quando você encontra sua outra metade, a peça do quebra-cabeça que o completa. Ela é o meu oposto de muitas maneiras, mas há fios que nos conectam, que nos unem muito antes de nos conhecermos.

Conversamos por uma hora inteira e eu descubro mais sobre sua infância e adolescência, sobre sua jovem mãe e como ela trabalhou duro para criar Chloe sozinha. Ela me contou sobre sair com os amigos no centro da cidade e passar férias na Flórida com a mãe, sobre lutar com cálculo no colégio e trabalhar em dois empregos durante três verões seguidos para comprar sozinha seu frágil Corolla.

— É quase tão velho quanto eu — diz ela com ternura —, mas ainda funciona. Mesmo depois de todos os quilômetros que percorri dirigindo por todo o país. Falando nisso, você já teve a chance de perguntar a Pavel sobre as chaves do meu carro? Eu ainda não as tenho.

Eu disfarço minha expressão, escondendo a besta que se agita dentro de mim com o pensamento dela entrando em sua lata velha enferrujada de um carro e indo embora. — Ele disse que não conseguia encontrá-las. Vamos procurar quando voltarmos.

É mentira, mas não posso contar a verdade a ela. Ela não iria entender. Eu mesmo não entendo totalmente. Tudo o que sei é que durmo melhor sabendo que aquele chaveiro peludo está em minha posse, que minha zaychik está são e salvo sob meu teto.

Uma pequena carranca vinca sua testa. — Oh, tudo bem. Mas ele vai encontrar, certo?

— Tenho certeza que vai. Do contrário, comprarei outro carro para você.

Ela ri, claramente pensando que é uma piada, mas eu estou falando sério. Vou comprar um carro para ela, algo melhor, mais seguro que o Corolla. É um milagre que ele não tenha quebrado em alguma estrada deserta, deixando-a sem telefone, à mercê de qualquer assassino ou estuprador que possa estar passando.

Apenas o pensamento dela nessa situação me faz suar frio.

— Vou ligar para um chaveiro — ela diz quando para de rir. — Existem serralheiros em Elkwood Creek, certo?

— Tenho certeza de que há pelo menos um. — E eu

tenho certeza que ele não vai chegar nem perto do carro de Chloe. Quanto mais penso nela dirigindo pelo país sozinha, mais sombrio fica meu humor. Qualquer coisa poderia ter acontecido com ela, absolutamente qualquer coisa – e pelo que sei, aconteceu.

Seus pesadelos não podiam ter nada a ver com o que aconteceu com sua mãe e tudo a ver com algum canalha agredindo-a na estrada.

A raiva queima dentro de mim enquanto a imagino sendo atacada, machucada e traumatizada, e tudo o que posso fazer é não exigir que ela me diga a verdade agora, para que eu possa exterminar os responsáveis. Só o medo de que ela recue e tente ir embora me mantém em silêncio. Isso, e a lembrança daquelas filmagens danificadas, aquelas que indicam que algo mais está acontecendo, que ela está envolvida com alguém ou algo com recursos para esconder seus movimentos.

Alheia à tempestade dentro de mim, ela sorri e diz:
— Tudo bem, então. Você pode dizer a Pavel para não se estressar com isso. Eu estou supondo que ele está chateado por tê-las perdido?

— Vou falar com ele, não se preocupe. — E eu vou. Preciso explicar a situação e pedir a ele que peça desculpas a Chloe. Agora, ele não tem ideia de que algo está errado. — Quanto ao...

Um toque suave me interrompe e, para minha decepção, vejo que é hora de ir para a minha reunião. Defini um alarme no meu telefone para não me atrasar.

— Você tem que ir? — Chloe pergunta astutamente, e eu aceno, abotoando minha jaqueta.

— Essa é a reunião para a qual estou aqui. A boa notícia é que, se tudo correr como esperado, vou pegar um avião para casa logo depois.

Seus olhos brilham. — Mesmo? A que horas sai o seu voo?

— Quando eu mandar. É o meu avião. — Inclinando-me para a câmera, murmuro: — Mal posso esperar para ver você pessoalmente.

Ela me dá um sorriso doce. — Digo o mesmo. Boa sorte em sua reunião e voe para casa em segurança.

— Obrigado, zaychik. — Baixando a voz, eu a aconselho: — Durma bem esta noite, você vai precisar.

E quando seus lábios se abrem em uma inspiração assustada, eu desligo, ansioso para concluir a reunião para que eu possa estar no ar, ao encontro dela.

Já estou na mesa quando Yusup Bahori entra no Al Sham, um dos melhores restaurantes do Oriente Médio em Dushanbe e, de acordo com a pesquisa de Konstantin, o local favorito de Yusup. Após a meia hora obrigatória de colocar em dia nossas memórias favoritas da escola e discutir nossos colegas de classe e outros conhecidos em comum, mudo a conversa para nossas licenças e a licitação para o contrato com o governo tajique.

— Nikolai, você sabe que eu não posso... — ele começa, mas eu levanto minha mão, parando a merda que segue.

— Não vamos brincar. Você e eu sabemos que nosso produto é superior ao Atomprom. Então, por que nossas licenças foram retiradas?

Ele pisca, não esperando que eu seja tão direto. — Bem, havia questões de segurança e...

— Nunca tivemos um colapso ou vazamento. Nossos protocolos de segurança vão além de qualquer exigência governamental, e, o melhor de tudo, nossos reatores podem fornecer energia limpa e barata a cada assentamento e vila, não importa quão inacessíveis ou remotos.

Ele suspira, afastando seu kebab pela metade. — Olha, eu não sei os detalhes, mas se nossos inspetores...

— Esses são os mesmos inspetores que deram sinal verde à oferta da Atomprom? Se sim, por quanto?

Ele tem a graça de enrubescer. — Acabamos de começar a investigação do acidente de ontem à noite — diz ele com firmeza. — Se descobrirmos que houve conduta imprópria, tomaremos as medidas cabíveis. Não toleramos corrupção e suborno. A segurança de nossos cidadãos e o meio ambiente são de extrema importância para nós.

Eu aceno, pegando meu garfo. — É por isso que a Atomprom nunca foi a empresa certa para fazer parceria com você. Seu histórico de segurança é péssimo.

Calmamente, como duas mordidas de falafel, deixando-o refletir sobre o assunto, e não fico nem um pouco surpreso quando ele diz abruptamente: — Tudo bem. Posso ver as licenças para você. Talvez algum inspetor tenha ficado com excesso de zelo.

— Isso seria muito apreciado. E se concluir que houve um mal-entendido, ficaríamos muito gratos se você revertesse a decisão e nos desse um voto favorável durante a licitação.

Ele lambe os lábios. — Compreendo.

Claro que sim. A gratidão da organização Molotov é algo muito lucrativo. Assim como a gratidão dos Leonovs, mas ele já a recebeu.

Sua nova mansão em Khujand é prova disso.

Seria fácil apontar isso, usar as evidências de corrupção que os hackers de Konstantin descobriram para levá-lo a fazer o que queremos, mas, ao contrário de Valery, acredito em acenar com a cenoura antes de dar o bote.

As coisas tendem a ser mais suaves assim.

Objetivo alcançado, volto aos temas neutros, e o resto da refeição passa em uma conversa agradável. Ele não menciona os detalhes de nossa "gratidão", e nem eu. Deixe que ele tenha uma negação plausível quando nosso pagamento cair em sua conta offshore; não nos machuca nem um pouco.

Quando terminamos, ele sai para o carro e eu paro no banheiro antes da longa viagem para o pequeno aeroporto onde meu jato está esperando. Estou lavando as mãos quando a porta se abre e um homem alto e atlético da minha idade entra.

Um homem que reconheço instantaneamente.

— Ora, se não é o irmão Molotov desaparecido — diz Alexei Leonov, inclinando-se contra a porta e cruzando os braços tatuados sobre o peito. — Imagine só encontrar você aqui.

3 9

NIKOLAI

Eu casualmente limpo minhas mãos em uma toalha de papel e a jogo no lixo. No processo, examino meu inimigo em busca de qualquer arma visível. Nenhuma está à vista, mas isso não significa nada. Ele poderia ter uma arma amarrada ao tornozelo ou enfiada na parte de trás da calça jeans. E, definitivamente, há uma ou duas facas em suas botas de motociclista.

Alexei Leonov é conhecido por seu apetite pela violência.

— Coincidência é uma coisa engraçada — digo calmamente, me preparando para pegar a Glock amarrada no meu peito sob minha jaqueta. — O que o traz a Dushanbe?

Ele sorri forçado. — A mesma coisa que você, eu imagino. — Descruzando os braços, ele se afasta da porta e se aproxima de mim. Parando na minha frente, ele pergunta: — Como vai a vida em... onde você está

282

hoje em dia? Tailândia? Filipinas? — Mesmo de perto, seus olhos castanhos escuros parecem quase pretos, combinando com a tonalidade de seu cabelo.

— A vida está ótima. Como está o seu velho? — Se ele acha que vou deixar escapar minha localização depois de todos os problemas que Konstantin passou para escondê-la, ele pode esperar. — Ainda está vivo e chutando por aí?

Seu sorriso mostra os dentes. — Você sabe como são esses velhos. Praticamente indestrutíveis. Você *realmente* tem que tentar fazê-los morrer.

Eu também não mordo essa isca. — Diga olá a ele por mim. E para o seu irmão.

Seus olhos brilham duramente. — Não à minha irmã? Oh, sim, ela está morta, caralho.

Preciso de tudo que tenho para manter uma cara de paisagem.

— Ouvi sobre. Sinto muito. — É uma mentira. Ksenia merece apodrecer com os vermes, mas qualquer coisa mais do que a resposta mais neutra pode me entregar, e ele já parece abrigar algumas suspeitas.

Seu sorriso selvagem retorna. — Falando em irmãs... como está minha noiva?

Agora, isso eu não posso deixar passar. Eu mantenho seu olhar, deixando-o ver o gelo em meus olhos. — Alina não é sua. Nunca foi, nunca será.

— Não é isso que diz nosso contrato de noivado.

— Esse contrato foi anulado pela morte do meu pai, e você sabe disso.

— Sei? — Ele se inclina até que estejamos quase nariz com nariz. Nenhum sinal de humor permanece em seu rosto, marcando suas feições duras com uma máscara inconfundível de crueldade. Em um tom letalmente suave, ele diz: — Diga a Alina que está na hora. Cansei de ser paciente.

E dando um passo para trás, ele sai pela porta.

***

Fúria incandescente ainda queima em meu peito quando o Tesla de Konstantin para no avião.

— Obrigado por esperar — ele diz, saindo. — Achei que seria melhor dar isso a você pessoalmente. — Ele me entrega um pen drive.

— Chloe?

Ele concorda. — É um problemão. Você estava certo em me deixar cavar mais fundo. A garota não é quem parece.

Caralho. — Máfia?

— Pode ser. Assista o vídeo. Meus rapazes estão fazendo o possível para conseguir mais.

Filho da puta. Quero exigir todas as respostas agora, mas o avião está pronto para partir e preciso informá-lo sobre meu encontro com Alexei. Rapidamente, eu o faço, e quando eu chego à parte sobre Alina, vejo a mesma fúria refletida em seu rosto.

— Eu vou matá-lo se ele sequer respirar perto dela — diz Konstantin selvagemente. — Se ele acha que vamos honrar aquele maldito contrato medieval, feito quando nossa irmã tinha apenas quinze anos, ele...

— Duvido que ele estivesse falando sério. Provavelmente, ele estava tentando me provocar como vingança pela explosão em sua fábrica. De qualquer forma, ele não sabe ao certo se ela está comigo. Ele estava atirando no escuro.

Konstantin respira fundo, visivelmente se recompondo. De nós três, ele é o mais próximo de Alina, tendo passado um tempo cuidando dela durante as férias escolares e férias de verão. Nunca tive esse luxo; nosso pai havia decidido desde o início que eu era o filho mais adequado para assumir o manto de liderança em nossa organização, e toda a minha infância e adolescência foram dedicadas ao aprendizado dos negócios da família.

— Você está certo — diz ele em um tom mais calmo. — Ele está puto e quer nos irritar. No entanto, por precaução, diga a Alina para ficar em guarda.

— Não acho que seja uma boa ideia. Ela tem... tido alguns problemas nos últimos dias.

Suas sobrancelhas se franzem. — As dores de cabeça voltaram?

Eu aceno severamente. — Lyudmila diz que tem tomado os medicamentos com muita constância enquanto estou fora. Maconha também.

Alina acha que não sei sobre essa última parte, mas sei, e pedi a Lyudmila para lhe fazer companhia sempre que quiser fumar. Não sou fã de substâncias que alteram a mente, mas sei por que minha irmã precisa, e maconha é preferível a algumas das receitas em sua gaveta de cabeceira.

A carranca de Konstantin se aprofunda. — Ela está pirando de novo.

— Esperemos que não. — Mas se ela estiver, esse é outro motivo para eu voltar correndo. Apesar de Alina e eu mal nos darmos bem, algo sobre a minha presença a mantém equilibrada – talvez até o atrito que existe entre nós. Isso lhe dá um foco externo, uma distração de sua turbulência interna.

Comigo, ela tem um alvo claro e presente, em vez das sombras à espreita em sua mente.

— Escute — digo a Konstantin —, preciso ir. Vou deixar você saber como ela está quando a vir pessoalmente. Diga à sua equipe para continuar fazendo o que está fazendo; Alexei não pode descobrir onde estamos.

Sua mandíbula aperta. — Não se preocupe. Ele não vai.

— Obrigado.

Com um último olhar para meu irmão, entro no avião.

Pavel está esperando por mim no sofá da cabine principal do jato, um laptop aberto na mesa de centro na frente dele. Sem palavras, eu me sento ao lado dele e coloco o pen drive no computador.

Há dois arquivos nele, um intitulado "Relatório atualizado" e o outro "Câmera da loja, Boise, 14 de julho".

Minha frequência cardíaca acelera conforme a tensão invade meu corpo.

Nesse mesmo dia ela se inscreveu para ser tutora de Slava.

Eu clico no vídeo.

A gravação granulada mostra uma rua indefinida com algumas lojas, um Café, alguns carros estacionados e pedestres ocasionais. A hora no canto me diz que é pouco depois das dez da manhã.

No início, parece que nada está acontecendo, mas depois de cerca de trinta segundos, avisto uma figura esguia familiar. Vestida com uma camiseta e jeans, Chloe está caminhando rapidamente pela rua.

Ela está passando por uma boutique de roupas quando algo acontece.

Com um estalo agudo, a vitrine à sua esquerda explode.

Pavel emite um palavrão assustado, mas eu o ignoro, toda minha atenção voltada para a pequena figura congelada de Chloe. Cada músculo do meu corpo está travado com força, medo e fúria pulsando através de mim em ondas nauseantes. Mesmo no vídeo borrado, posso ver o choque em seu rosto enquanto seus olhos arregalados examinam a rua sem compreender. Em seguida, gritos sobre tiros e 911 começam, e ela sai correndo, exatamente quando outro *bang!* acontece e mais vidro ao redor dela voa.

Em segundos, ela sumiu de vista e o vídeo foi interrompido.

— Filho da puta — murmura Pavel, mas já estou abrindo o outro arquivo.

O relatório atualizado.

40

CHLOE

EU NÃO DURMO BEM. DE FORMA ALGUMA. QUEM O faria, com esse tipo de aviso?

Durma bem esta noite, você vai precisar.

Não consigo pensar em nada que Nikolai poderia ter dito que teria menos probabilidade de me fazer pegar no sono. Ele poderia muito bem ter me dito que pretende me foder até a exaustão assim que voltar para casa.

Na verdade, ele me disse isso, mais ou menos, antes de desligar. Suas promessas sujas forneceram alimento suficiente para meus sonhos molhados e sessões de masturbação no banho – incluindo aquela prolongada após nossa ligação na noite anterior.

Achei que alguns orgasmos poderiam me relaxar, mas, na verdade, tornaram as coisas piores. Todo o tempo que brinquei comigo mesma, fiquei pensando no que ele vai fazer comigo quando voltar... como suas mãos e lábios me farão sentir... como será sentir seu

289

pau dentro de mim. Minha imaginação foi à loucura, pintando todos os tipos de cenários impróprios para menores, e eles ainda estão brincando em minha mente agora, na luz brilhante da manhã, umedecendo minha calcinha e mantendo meu pulso acelerado.

Não ajuda o fato de Alina estar novamente longe de ser vista. Ela não desce para o café da manhã ou almoço, e quando pergunto a Lyudmila sobre isso, ela me diz que a irmã de Nikolai está com outra dor de cabeça.

— Ela tem muito disso? — pergunto na hora do almoço, preocupada, e Lyudmila acena com a cabeça, seu rosto tenso enquanto ela desvia os olhos.

Eu me pergunto sobre isso, mas Lyudmila não é exatamente tagarela perto de mim, então, decido não questioná-la mais. Em vez disso, passo a tarde ensinando Slava e contando os minutos até a hora do jantar, que é quando Nikolai deve chegar.

Meu aluno está igualmente impaciente. Lyudmila deve ter dito a ele que seu pai está voltando hoje porque ele fica pulando e correndo para a janela enquanto revisamos o alfabeto.

— Você quer surpreender seu papai? — pergunto quando ele retorna de sua expedição pela quinta vez. — Fazê-lo feliz?

As sobrancelhas de Slava franzem. — Feliz?

— Sim, feliz. — Desenho um rosto sorridente com um giz de cera amarelo. — Você quer que seu pai seja feliz?

Ele balança a cabeça, sentando-se no chão ao meu lado.

— Então repita comigo: "Oi, papai".

Slava está em silêncio. Ele conhece essas duas palavras dos livros que lemos e está repetindo frases depois de mim quando eu o solicito, então, sei que não é um problema de compreensão.

Suavemente, tento novamente. — Oi, Papai.

Ele encara seu tênis. — Oi, Papai. — Sua voz é quase um sussurro, mas as palavras são claras, assim como a cautela em seus grandes olhos dourados quando ele levanta o olhar.

Ele está hesitante e não posso culpá-lo. Apesar do pequeno progresso que fizemos com nossa sessão de leitura conjunta no outro dia, pai e filho ainda são estranhos.

Estendo a mão para pegar suas mãos nas minhas. — Estou muito orgulhosa de você. Você está sendo corajoso e forte, como o *Super-Homem*.

Seu pequeno rosto se ilumina. — *Super-Homem*?

— *Super-Homem* — confirmo, apertando suas mãos suavemente antes de liberá-las. — Corajoso e forte.

— Corajoso e forte — ele sussurra, experimentando as palavras. Ele aponta para o peito. — Corajoso e forte?

Eu sorrio para ele. — Sim, você é corajoso e forte, assim como o *Super-Homem*. E você vai deixar seu pai muito feliz.

Ele me dá um grande sorriso. — Feliz, sim. — Ele

aponta para o desenho do rosto sorridente e estufa o peito magro. — Muito feliz.

Ele é tão adorável que não consigo resistir a dar-lhe um abraço, e meu coração derrete quando seus braços curtos vão em volta do meu pescoço, apertando com força. É por isso que amo tanto as crianças. Tudo o que elas querem é amor e afeição e, uma vez que os tenham, elas os devolvem em dobro.

Nikolai não entende isso sobre seu filho ainda, mas ele vai.

É apenas uma questão de tempo e um pouco de esforço da minha parte.

Uma hora antes do jantar, deixo Slava com Lyudmila e vou para o meu quarto para me trocar e me arrumar. Estou tão animada e nervosa que mal consigo evitar que minhas mãos tremam enquanto aplico minha maquiagem e aliso meu cabelo em uma aparência das ondas contidas que Alina foi capaz de criar para mim. Se ela estivesse se sentindo bem, eu pediria a ela para repetir sua magia, mas como eu não a vi em nenhum momento esta tarde, devo presumir que ela ainda está com dor de cabeça.

Pobre garota. Espero que ela se sinta melhor logo.

Uma vez que meu cabelo e maquiagem estão prontos, eu folheio minha coleção ridiculamente grande de vestidos de noite para encontrar o melhor. Sem Nikolai aqui, eu tenho escolhido aquele que parece mais confortável e mais fácil de colocar, mas esta noite, eu quero colocar um esforço extra.

Quero ver sua respiração prender e seus olhos brilharem com aquele calor sombrio e selvagem que tanto me excita quanto me alarma.

Eu escolho um vestido de marfim delicado que tem fios sutis de ouro entrelaçados. Feito de algum material diáfano, é sem alças, com um corpete em forma de coração que suspende meus seios e define minha cintura. A saia justa desliza sobre meus quadris da maneira mais lisonjeira que se possa imaginar e, quando caminho, uma fenda na altura da coxa no lado esquerdo revela lampejos de minha perna. Combino o vestido com o *Jimmy Choo* dourado que usei na minha primeira noite formal aqui, e estou pronta.

Pronta para ver Nikolai e levar nosso relacionamento adiante.

O carro para quando desço as escadas. Eu pego um vislumbre dele em uma das grandes janelas, e meu coração bate mais rápido. Lyudmila e Slava já estão de pé na sala, com o menino vestido com sua melhor roupa de noite. Quando me aproximo, ele sorri para mim timidamente e eu dou um aperto de ombro encorajador.

— Lembre-se, valente e forte, como o *Super-Homem* — sussurro, tentando controlar meu próprio nervosismo, e ele ri – apenas para ficar em silêncio ao som da porta da frente se abrindo, seguido por passos vindo em nossa direção.

Pavel aparece primeiro, mas sua estrutura do tamanho de uma casa mal é registrada em minha visão. Toda a minha atenção está no homem alto e moreno bonito atrás dele, cujo olhar brilhante de tigre se dirige a mim com uma intensidade que queima minha carne e acalma meus pulmões.

Nos últimos dias, esqueci como é estar perto dele, sentir o impacto devastador de sua presença. Eu não apenas o vejo, eu o *sinto* com cada centímetro da minha pele, cada célula do meu ser. Desamparadamente, meus olhos traçam suas feições, observando os ângulos intransigentes de sua mandíbula e a forma sensual de seus lábios, a espessura surpreendente de seus cílios negros e a forma como o cabelo de asa de corvo está penteado para trás de sua testa, revelando aquelas maçãs do rosto altas e largas. Ele está vestido de forma mais casual do que quando saiu, com uma camisa de botões azul enfiada em calças sob medida, e ele parece tão gostoso de dar água na boca que tudo o que posso fazer é permanecer de pé. Meu coração dispara, meu corpo inteiro zumbindo como se uma rede de fios elétricos residisse sob minha pele, e estou apenas perifericamente ciente de Lyudmila se aproximando para abraçar seu marido enquanto conversa animadamente em russo.

Nikolai deve ter sido pego no mesmo feitiço potente porque por um longo momento, ele fica parado, os olhos brilhando enquanto ele percebe minha aparência.

Então, ele vem em minha direção.

Sem fôlego, eu olho para ele enquanto ele para na minha frente. Ele está muito mais perto do que na tela do computador. Maior, mais alto... mais perigosa, primitivamente masculino. Com seu charme sedutor e roupas finas, é possível esquecer aquela qualidade animal crua que ele possui, a sensação de que algo selvagem se esconde por baixo de sua bela fachada... algo que me atrai a ele ao mesmo tempo que faz o cabelo fino na minha nuca levantar-se em advertência.

À distância, era fácil descartar minha imaginação sobre ele ser perigoso.

De perto, é infinitamente mais difícil.

— Oi, Papai.

O som daquela voz pequena e estridente me tira do meu transe – e tem um efeito ainda mais forte em Nikolai. Todos os músculos de seu rosto se contraem enquanto seu olhar pula para o garoto parado bravamente ao meu lado.

Por um momento, pai e filho apenas se encaram. Então, Nikolai lentamente se ajoelha.

— Oi — diz ele com voz rouca enquanto uma mistura de emoções passa por seu rosto. — Oi, Slavochka.

Meu coração se aperta com uma onda de calor. Essa versão do nome do menino é um carinho; já ouvi falar russo o suficiente nos últimos dias para saber disso.

Slava sorri incerto para seu pai antes de olhar para mim.

— Você fez bem — eu digo roucamente, alisando minha palma sobre seu cabelo sedoso. — Assim como o *Super-Homem.* — Sorrindo, eu pego o olhar de Nikolai. — Diga a ele que ele se saiu bem.

Seu rosto se contorce, algo sinistro e agonizante piscando em seus olhos antes que ele recupere o controle.

— Você se saiu bem — diz ele ao menino, sem emoção, e, levantando-se, dá um passo para trás, com a expressão fechada mais uma vez.

Confusa, começo a falar, mas ele me antecipa.

— Eu preciso falar com você — ele me diz com uma voz dura, e pegando minha mão com um aperto inevitável, ele me leva para seu escritório.

41

CHLOE

Meu estômago se revira e minha pulsação está doentiamente rápida quando ele se senta à minha frente na mesa redonda, seus olhos cheios de uma escuridão que não consigo mais me convencer que vem apenas da minha imaginação. Nenhum vestígio resta do homem terno e sedutor com quem falei por tantas horas por vídeo, um homem que era tão aberto sobre seus sentimentos por mim. Em seu lugar está um estranho bonito e assustador, o rosto tenso de fúria.

A pior parte é que não tenho ideia do que fiz, o que aconteceu para aborrecê-lo tanto. Foi o que Slava disse? Ou minha sugestão desajeitada de que ele elogiasse o menino por...

— Você mentiu para mim, zaychik — ele diz em um tom letalmente suave, e meu coração cai aos meus pés.

Eu estava errada.

Isso não tem nada a ver com Slava.

É infinitamente pior.

Eu respiro fundo. — Nikolai, eu...

Ele levanta a mão e abre um laptop que acabo de notar que está sobre a mesa. — Veja isso — ele ordena, virando a tela na minha direção.

Eu observo... e o que vejo transforma meu sangue em lama gelada.

Sou eu, naquele dia em Boise.

O dia em que atiraram abertamente em mim.

Não há nada mais contundente que Nikolai poderia ter encontrado, nenhum incidente que fale mais claramente do perigo que represento para sua família – um perigo no qual não me permiti pensar de forma real, focando em *minha* situação, *minha* sobrevivência . É só agora, com aquele vídeo granulado na minha frente, que compreendo o quão impensada e egoísta tenho sido.

Eu tenho dois assassinos violentos atrás de mim, e aqui estou eu, brincando de me vestir com as roupas que ele comprou para mim, fingindo que estou segura em um complexo que ele construiu para seu filho, uma criança brilhante e doce que já adoro.

Uma criança que está em perigo a cada segundo que estou aqui.

Eu bloqueei isso da minha mente de alguma forma, junto com o terror esmagador daquele dia, mas eu não posso mais fazer isso. Tremendo, doente por dentro, eu me levanto.

— Nikolai, eu sinto muito, muito mesmo. Eu vou partir. Eu vou agora...

— Se sentar. — Sua voz é ainda mais suave, um

contraste assustador com a ferocidade selvagem em seus olhos. — Você não vai a lugar algum.

— Mas...

— Sente-se.

Meus joelhos dobram, obedecendo ao seu comando. Ele se inclina, seu olhar me prendendo no lugar.

— Eu quero a verdade. Toda a verdade. Entendeu?

Eu aceno, embora eu esteja desmoronando por dentro, todas as minhas esperanças e sonhos desmoronando ao meu redor.

Eu contarei a ele.

Vou contar tudo a ele.

Depois de todas as mentiras, ele merece a verdade.

CHLOE

— Tudo começou quando eu dirigi para casa depois da minha formatura da faculdade — digo, tentando – e falhando - manter minha voz firme. — Eu deveria chegar a tempo para o jantar, mas o trânsito estava anormalmente intenso e eu estava quase uma hora atrasada. Assim que encontrei uma vaga para estacionar em frente ao nosso prédio, corri para o apartamento, deixando minha mala no carro. Achei que deveria voltar para pegá-la depois de comermos.

"Eu estava com minhas chaves, então, entrei e fui direto para a cozinha, onde achei que mamãe estava esquentando um pouco da comida. Mas quando eu cheguei lá... — Eu paro para engolir o caroço que ameaça ultrapassar minha garganta.

— Ela estava morta — Nikolai adivinha severamente, e eu aceno, lágrimas quentes ardendo atrás dos meus olhos.

— Ela estava deitada em uma poça de sangue no

chão da cozinha, seus pulsos cortados. Eu não conseguia sentir o pulso, então, corri para pegar meu telefone – estava com tanta pressa que esqueci minha bolsa com o telefone no carro. Mas antes que eu pudesse sair do apartamento, ouvi vozes, vozes masculinas, vindas do quarto de mamãe.

Seus olhos se estreitam perigosamente. — Eles estavam lá? No apartamento com você?

— Sim. Pulei para o pequeno nicho do armário ao lado da porta e me escondi atrás dos casacos. Eu os vi então. Dois homens grandes com máscaras de esqui. Eles saíram do apartamento e imediatamente voltaram. Eu os ouvi voltando para o quarto e, como eu estava bem perto da porta, corri. Desci todos os cinco lances de escada e continuei correndo até chegar ao carro. — Arrasto uma respiração trêmula, empurrando para baixo a lembrança daquele pânico entorpecente, de hiperventilação e soluços enquanto lutava para colocar minhas chaves na ignição.

Nikolai me dá um momento para me recompor. — O que aconteceu depois?

— Liguei para o 911 e dirigi até a delegacia de polícia mais próxima. Eu disse a eles o que aconteceu, e eles enviaram uma unidade para o meu apartamento. Mas os assassinos já tinham ido embora; e a polícia, eles decidiram... — Minha voz falha. — Eles consideraram suicídio.

Suas sobrancelhas se juntam. — Não entendo. Você contou a eles sobre os dois homens? Tipo, preencheu um relatório oficial da polícia?

— Sim. Eu contei a eles sobre as máscaras e as armas com silenciadores e...

— Armas com silenciadores?

Eu aceno, pondo os braços em volta de mim. Estou com tanto frio que meus dentes começam a bater. — Eu os vi, através dos casacos no corredor. Bem, tecnicamente, eu vi apenas uma arma, mas depois, quando os vi novamente, havia duas, então eu presumo...

— Mais tarde? — Sua mandíbula flexiona. — Você os viu de perto de novo?

— Não de perto, não. Eles estavam a cerca de um quarteirão de distância. Foi depois disso. — Eu empurro meu queixo em direção ao laptop. — Eles correram atrás de mim e eu os vi. Cada um deles tinha uma arma.

— Máscaras de esqui também?

— Sim. — Eu me esforço para lembrar as duas figuras, mas além de seu tamanho geral e as armas em suas mãos, elas estão borradas em minha mente. — Pelo menos é o que eu acho.

O olhar de Nikolai se aguça. — Mas não tem certeza?

— Eu... não. — O que é estúpido da minha parte. Eu deveria estar prestando atenção, deveria ter memorizado cada pequeno detalhe para que eu pudesse...

— Essa foi a única vez que você os viu? A única vez que eles vieram atrás de você?

— Não. — Um arrepio percorre meu corpo. — Nem

perto disso.

Seu rosto é uma máscara de fúria mal contida. — Conte-me tudo.

Então eu o faço. Conto a ele sobre a van preta com vidros escuros que quase me atropelou quando eu estava saindo da delegacia e como aconteceu novamente no estacionamento do Walmart apenas uma hora depois de eu relatar a primeira tentativa. Conto a ele sobre o incêndio no motel local, onde reservei um quarto para evitar dormir no apartamento, e sobre uma van que quase me jogou para fora da estrada quando eu já estava fugindo. Conto a ele sobre minha fuga por pouco em um Airbnb em Omaha, onde parei para um descanso muito necessário algumas semanas atrás, apenas para acabar escapando pela janela no meio da noite quando ouvi ruídos de arranhões na porta.

— A fechadura. Eles estavam removendo. — A mandíbula de Nikolai está cerrada com força. — Se você não tivesse acordado...

— Sim. E houve outros casos em que pensei que eles poderiam estar perto, como a vez em que vi uma van preta com vidros escuros parando em um posto de gasolina no momento em que eu estava saindo. Eu estava tão paranoica que poderia ter sido minha imaginação. Ou talvez não. Talvez tenha sido eles. Não sei. Tudo o que sei é que eles continuaram vindo atrás de mim, e a única coisa que pude fazer foi continuar andando. Isto é, até ficar sem dinheiro.

— Foi quando você encontrou meu anúncio.

— Sim. — engulo em seco. — Sinto muito, Nikolai.

De verdade. Eu não estava pensando direito quando me candidatei ao cargo. Eu estava com poucos dólares e apavorada porque eles tinham acabado de me encontrar de novo e estavam ficando mais ousados, atirando em mim em plena luz do dia. Eu vou embora, eu juro que vou. Você nem precisa me pagar pela semana. Vou encontrar outro emprego e...

— Do que diabos você está falando? — Levantando-se, ele apoia os punhos na mesa e se inclina. Sua voz, áspera. — Eu te disse, você não vai a lugar algum.

Eu me levanto e me afasto. — Nikolai, por favor. Eu realmente *sinto* muito. Eu não queria colocar sua família em perigo. Eu vou hoje. Agora mesmo. Antes que eles descubram que estou aqui e... — Meu coração sobe na minha garganta enquanto ele avança sobre mim, olhos como fogo e enxofre. — Por favor. Eu juro que...

Suas mãos se fecham em torno de meus braços em um aperto de ferro. — Você não vai embora — ele rosna, e me puxando em sua direção, ele pressiona seus lábios nos meus.

NIKOLAI

EU DEVORO SUA BOCA COM TODA A FÚRIA E MEDO dentro de mim, toda a fome que venho segurando. Tanta coisa faz sentido agora: sua aparência faminta e seu apetite de lenhador, as perfurações em seu braço e os pesadelos que a assaltam todas as noites. Durante semanas, eles a caçaram, tentando exterminá-la, matá-la, e naquele dia em Boise, quase conseguiram.

Alguns centímetros para a direita e a bala teria rasgado seu crânio.

Durante todo o voo para casa, eu tremi de raiva, e isso foi antes de saber o resto. Antes que eu soubesse quantas vezes ela esteve perto de morrer. Se ela não tivesse acordado para ouvir a fechadura sendo arrombada, ou pulado para fora do caminho daquela van... Porra, se ela apenas respirasse mais alto naquele armário de casacos, ela não estaria aqui hoje.

Eu não a estaria segurando, provando-a.

Eu não saberia como seria ter encontrado a outra metade da minha alma.

Sua cabeça cai para trás sob a pressão brutal de meus lábios, suas mãos agarrando desesperadamente meus braços, e eu sei que deveria desacelerar, ser gentil, mas não posso. Qualquer restrição que eu possuía se foi, reduzida a cinzas no fogo da minha fúria, dizimada pelo meu medo por ela.

Havia tão pouco do que ela me disse no relatório de Konstantin, tantos espaços em branco suspeitos nos arquivos da polícia que ele puxou para mim. Nenhuma menção aos dois homens mascarados no apartamento de sua mãe, nada sobre a tentativa de atropelamento. Mesmo seus e-mails para os jornalistas, aqueles que os hackers de Konstantin encontraram em sua pasta de envio, não parecem ter chegado ao destino, como se alguém tivesse suas mensagens bloqueadas ou marcadas como spam. E, depois, há todas as filmagens apagadas e danificadas, provavelmente aquelas que teriam servido como prova dos outros atentados contra a vida dela.

Alguém teve um enorme trabalho para matar sua mãe e cobrir seus rastros, alguém com enormes recursos, e o fato de que eu não sei quem é me devora como ácido.

Respirando com dificuldade, eu afasto minha boca da dela e encontro seu olhar atordoado.

— Você não vai embora.

Eu não ia deixá-la ir antes, mas agora que sei que ela está em perigo mortal, farei o que for preciso para mantê-la aqui. Vou literalmente acorrentá-la a mim se for preciso.

Ela pisca para mim, seus lábios inchados pelo beijo se separando. — Mas…

— Mas nada. Eu não quero ouvir isso de novo. Você é minha agora, entendeu? — Minha voz é áspera, gutural. Estou assustando-a, posso ver, mas não consigo me conter, não consigo colocar a besta de volta na coleira.

Ela abre a boca para responder, mas eu não deixo. Aproximando-me, eu deslizo minha mão em seu cabelo e seguro em punho, mantendo-a quieta enquanto mergulho em outro beijo profundo e saqueador. Há algo sombrio e confuso na maneira como preciso dela, nessa compulsão que sinto de reclamá-la. Minha fome por ela emana da parte mais profunda e selvagem de mim, uma que fiz o meu melhor para esconder dela e do mundo em geral… uma que minha irmã viu naquela terrível noite de inverno, para seu prejuízo.

Chloe está certa em desconfiar de mim.

Não sou um homem normal e gentil.

Civilidade é apenas mais um terno que uso.

Ela endurece sob meu ataque no início, mas depois de um momento, seu corpo amolece contra o meu, seus braços envolvendo meu pescoço enquanto ela cede à necessidade aquecida de nos consumir. Ela me abraça enquanto eu a fodo com minha língua e engulo seus lábios macios e exuberantes; seguro-a enquanto a levo para a mesa, minhas mãos vagando avidamente sobre seus quadris, sua caixa torácica, os pequenos montes roliços dos seios.

O vestido dela está atrapalhando, então, eu o rasgo no corpete, impaciente demais para abrir todos os ganchos e zíperes. Ela está sem sutiã, e seus seios caem em minhas mãos, redondos e perfeitos, com lindos mamilos marrons. Minha boca saliva com a visão, e eu inclino minha cabeça, sugando um em minha boca. Tem gosto de sal e frutas vermelhas, como tudo o que eu nunca soube que ansiava, e quando ela se arqueia para mim com um grito ofegante, suas pequenas mãos agarrando meu cabelo, eu sei que nunca vou me cansar dela.

É totalmente impossível.

Meu pau está tão duro que dói, minhas bolas apertadas contra meu corpo enquanto eu mudo meu foco para o outro mamilo, sugando-o profundamente antes de morder com força calculada. Ela grita de novo, suas unhas cravando em meu crânio, e eu acalmo a picada com golpes suaves da minha língua antes de dar outra mordida dolorosa.

Ela está ofegante agora, se contorcendo debaixo de mim, e eu sei que estava certo sobre ela, sobre a nossa compatibilidade a esse respeito. A besta em mim chama sua imagem no espelho, aumentando a química sombria entre nós. Dor e prazer, violência e luxúria – eles coexistem desde o início dos tempos, alimentando-se um do outro, formando uma sinfonia sensual como nenhuma outra.

Uma sinfonia que pretendo tocar com ela.

Liberando seu mamilo, eu me movo para baixo em seu corpo, rasgando seu vestido ao meio ao longo do caminho. Era um vestido bom e bonito, mas vou comprar outro para ela. Vou comprar tudo para ela, cuidar de todas as suas necessidades. Ela nunca vai ficar com fome, nunca vai sentir falta de novo. Porque ela é minha agora, seu corpo e sua mente, seus segredos e seus medos e seus desejos.

Eu quero tudo dela.

Agarrando suas mãos, eu as prendo em seus lados enquanto caminho beijos ardentes sobre suas costelas arfantes, sua barriga lisa, o V vulnerável sob seu umbigo. Ela está usando uma tanga branca, e eu também a arranco, em seguida, prendo suas mãos novamente enquanto continuo minha exploração oral de seu corpo. É linda, toda esguia e tonificada, sua pele bronzeada como seda quente sob meus lábios. O cabelo em sua boceta é delicado e fino, como se estivesse crescendo depois de uma depilação, e o ciúme me queima como um caldo do inferno quando a imagino se preparando para um ex-namorado... para um homem que não sou eu.

Nunca mais.

Ninguém mais vai tocá-la.

Vou estripar qualquer homem que tentar.

Sua respiração acelera quando meus lábios se aproximam de seu sexo, os músculos de suas coxas se contraem, mesmo quando suas pernas se separam e seus quadris sobem da mesa. Ela quer isso, muito, e embora eu esteja morrendo de vontade de saboreá-la completamente, eu prolongo seu tormento acariciando apenas o lado de fora de suas dobras sensíveis, respirando seu cheiro e deixando a antecipação crescer.

— Nikolai, por favor... — Sua voz treme, suas mãos flexionam em meu aperto enquanto eu beijo e lambo a costura de sua fenda, dando a ela apenas uma fração a mais. — Oh, Deus, por favor, só... — Ela engasga quando minha língua finalmente mergulha entre suas dobras, e eu gosto da evidência cremosa de seu desejo, saboreando sua doce e rica essência. Ela é tudo que eu imaginei, tudo que eu sempre quis, e meu pau lateja violentamente com a necessidade de estar dentro dela, de deslizar profundamente em seu calor úmido e apertado. Em vez disso, encontro seu clitóris e o ataco avidamente, alternadamente chupando e lambendo, e quando ela goza com um grito sufocado, coloco dois dedos em sua carne em espasmos, intensificando seu orgasmo e preparando-a para o que está por vir

Porque eu não serei gentil quando a tomar.

Não posso ser.

Não desta vez.

44

CHLOE

Tremores secundários ainda estão ondulando pelo meu corpo quando abro os olhos para encontrar Nikolai inclinado sobre mim, uma mão apoiada na mesa ao meu lado e a outra possessivamente segurando meu sexo, dois dedos longos e grossos enterrados dentro de mim. Seus olhos estão estreitados ferozmente, sua mandíbula, tensa.

— Eu vou te foder agora. — Sua voz é dura e gutural, perigosamente selvagem. — Você entende?

Sim. É um aviso, tanto quanto uma declaração do fato.

Isso está acontecendo e não há como voltar atrás.

A parte sã em mim quer correr, se encolher com a intensidade sombria em seu olhar, mesmo quando algo retorcido em mim se deleita em sua perda de controle, na fome crua, nua e simples em seu rosto. Seu cabelo preto liso está desgrenhado dos meus dedos, seus lábios, brilhando com a minha umidade e os botões superiores de sua camisa estão faltando, como se ele os tivesse puxado.

Este não é o homem elegante e sofisticado que impõe horários rígidos para as refeições.

É o ser selvagem que senti espreitando por baixo.

— Eu... — molho meus lábios, meu corpo apertando em seus dedos. — Sim.

Sua mandíbula flexiona violentamente, e, então, ele está em mim, seus lábios e língua me consumindo enquanto seus dedos enfiam mais fundo, encontrando um ponto que faz faíscas dançarem nas bordas da minha visão. Ele tem gosto de floresta, primitivo e selvagem, seu cheiro de cedro e bergamota misturado com o tom almiscarado da minha excitação. Ofegando em sua boca, eu arqueio contra ele, agarrando seus lados enquanto ele começa a me foder com aqueles dedos, enfiando-os em mim com um ritmo duro e implacável que faz a tensão disparar em meu núcleo. Eu posso sentir o orgasmo batendo em mim com a velocidade de uma locomotiva em fuga e, em seguida, está caindo sobre mim, explodindo em mim com um prazer vertiginoso e incandescente.

Ofegante, eu me esparramo sem ossos na superfície dura da mesa, mas Nikolai não terminou comigo. Antes que eu possa me recuperar, ele puxa os dedos e se afasta de mim. Forçando a abrir minhas pálpebras pesadas, eu vejo quando ele puxa o zíper e rola um preservativo em sua ereção.

Uma ereção muito grande.

Eu estava certa sobre o tamanho dele. Ele é maior do que qualquer cara que conheci.

Um frisson de alarme puramente feminino me envolve, mas ele já está sobre mim, segurando meus pulsos para prendê-los acima da minha cabeça enquanto clama meus lábios em outro beijo ardente. A cabeça larga e grossa de seu pau cutuca minha entrada e, encontrando-a, pressiona.

Estou molhada e mole dos dois orgasmos, mas o alongamento ainda queima, meu corpo luta para acomodar seu tamanho enquanto ele desliza mais fundo. Um som de angústia escapa da minha garganta e ele se acalma, levantando a cabeça.

Respirando pesadamente, nós nos encaramos e, espontaneamente, suas palavras vêm a mim. Palavras malucas, sobre predestinação e fios do destino... sobre a nossa inevitabilidade. Eu ainda não sei se acredito, mas não posso negar a poderosa conexão que vibra entre nós, não posso refutar que isso parece mais uma ligação do que um mero sexo.

Ele deve sentir isso também, porque o fogo selvagem em seus olhos se intensifica e ele segura meus pulsos com mais força. — Sim, zaychik... — Sua voz é profunda e áspera. — Você é minha agora.

E com um forte empurrão, ele penetra todo o caminho.

O choque da invasão ainda está reverberando pelo meu corpo quando ele começa a se mover, seus olhos fixos nos meus. Seus golpes são implacáveis, tão fortes e profundos que doem, mas a dor é logo eliminada por um tipo mais sombrio de prazer, que está apenas parcialmente relacionado à nova tensão enrolando em meu núcleo. Cada impulso impiedoso bate sua pélvis contra a minha, pressionando meu clitóris, mas é o olhar em seus olhos que aumenta minha excitação e envia outro orgasmo explodindo em mim.

É um olhar de possessividade, completo e total, misturado com algo perigosamente terno e intenso.

Ele goza alguns momentos depois de mim, ainda segurando meu olhar, e meu coração bate descontroladamente quando eu vejo seu rosto lindo se contorcer com o prazer e a dor de sua liberação enquanto ele se esfrega em mim, esvaziando-se profundamente dentro do meu corpo.

É a coisa mais íntima que já experimentei, e a mais linda.

Nossos corpos ainda estão unidos, meus pulsos presos em seu aperto, quando ele abaixa a cabeça e pressiona o mais suave e doce beijo em meus lábios, em seguida, coloca sua bochecha contra a minha, seu hálito quente lavando sobre meu ombro nu. Eu quero minhas mãos livres para que eu possa segurá-lo, mas isso parece certo também, reconfortante de uma forma estranha. A mesa está fria e dura sob minhas costas, minha carne interior latejando de sua posse áspera, mas me sinto totalmente em paz, minha respiração rápida desacelerando conforme cada resquício de tensão é drenado do meu corpo.

Eu poderia ficar deitada assim por horas, dias, semanas, mas depois de alguns longos momentos, ele se mexe, erguendo a cabeça para olhar para mim com um sorriso terno. Liberando meus pulsos, ele cuidadosamente se afasta de mim, me ajudando a levantar.

— Você está bem, zaychik? — Ele murmura, passando a palma da mão quente e calejada no meu braço, e eu aceno com a cabeça, corando quando me sento.

— Mais do que bem — admito, juntando as pontas do meu vestido rasgado enquanto ele joga a camisinha em uma lata de lixo perto da mesa.

— Ótimo — ele diz suavemente, fechando o zíper da calça. — Porque estamos longe de terminar.

E me pegando contra o peito, ele me carrega para fora do escritório.

45

CHLOE

Eu meio que esperava encontrar Alina ou Lyudmila, mas chegamos ao quarto de Nikolai sem encontrar ninguém. É um grande alívio, dado o estado do meu vestido – percebo quando tenho um vislumbre de nós em um espelho, meu rosto e cabelo.

Com meus lábios inchados de seus beijos e meu cabelo desgrenhado, eu não pareço apenas recém-fodida.

Eu pareço extasiada.

E é exatamente assim que eu me sinto quando ele me deita em sua cama king-size e começa a se despir, o calor vulcânico se acendendo novamente em seus olhos dourados. Não sei se aguentarei mais tão logo, especialmente com as questões levantadas pelo vídeo pairando sobre nós, mas quando ele está totalmente nu, seu corpo magnífico exposto ao meu olhar, não consigo encontrar a vontade de protestar enquanto ele sobe em mim e toma meus lábios em um beijo profundo e erótico.

Desta vez, é uma relação sexual, não uma foda. Ele adora cada centímetro do meu corpo, levando-me a outro orgasmo com seus lábios e língua antes de se revestir com cuidado na minha carne dolorida. De alguma forma, consigo gozar com ele e, então, exausta, deito em seus braços como uma boneca de pano antes de cair no sono.

Eu acordo com a sensação de estar submersa em água quente. Piscando lentamente, percebo que nós dois estamos meio deitados em um banho de espuma, com Nikolai me acariciando por baixo para que eu não escorregue e me afogue.

— Relaxe, zaychik — ele murmura no meu ouvido, passando uma esponja com sabão em meus seios e estômago. — Feche os olhos, deixe-me cuidar de você.

Ele não precisa pedir duas vezes. Depois da noite sem dormir que tive e com meu corpo derretido por todos aqueles orgasmos, já estou caindo na terra dos sonhos. Vagamente, estou ciente de que ele está me lavando e, em seguida, me levantando da banheira e envolvendo uma toalha grande e fofa em mim. Nesse ponto, acordo o suficiente para pedir privacidade para usar o banheiro, e vou cambaleando para a cama, onde ele está me esperando com uma bandeja de comida.

Sonolenta, deixo que ele me alimente com uvas,

queijo e várias pastas nos biscoitos – já que perdemos o jantar por causa do sexo e tudo mais – então, desmaio em seu abraço, sentindo-me segura, protegida e cuidada.

Sentindo como se tivesse encontrado minha nova casa.

46

CHLOE

Fazemos amor mais duas vezes durante a noite, com Nikolai me dando dois orgasmos de cada vez e, pela manhã, estou tão dolorida que não consigo me mover, mas tão satisfeita que vale a pena. Claro que é possível que eu não possa me mover porque seu braço pesado está pendurado em minhas costelas, prendendo-me a ele enquanto ele dorme – quase como uma criança com um ursinho de pelúcia.

Sorrindo com o pensamento incongruente, eu cuidadosamente me desvencilho de seu abraço e vou na ponta dos pés para o banheiro adjacente, onde encontro uma escova de dentes nova em folha cuidadosamente preparada para mim. Tentando ficar o mais quieta possível, escovo os dentes e cuido de minhas necessidades, depois, visto um roupão enorme e macio que encontro pendurado na porta. É obviamente dele, mas com sorte, ele não se importará se eu usá-lo tempo suficiente para voltar para o meu quarto.

Afinal, ele destruiu meu vestido.

O pensamento é perturbador e estimulante, minha pulsação acelera quando penso em como ele reagiu quando propus ir embora. Não sei o que pensei que seria a reação dele quando soubesse da minha situação, mas não foi isso.

Nada está resolvido entre nós, mas há uma coisa que agora sei com certeza e isso me enche de imensa gratidão e esperança.

Apesar do perigo que trouxe comigo, Nikolai não quer que eu vá.

Não estou surpresa de encontrá-lo ainda dormindo quando volto para o quarto. Entre o jet lag e o longo voo – além de todo aquele sexo – ele deve estar exausto. Segurando as laterais do roupão para evitar que se arraste no chão, eu sigo silenciosamente em direção à porta, mas quando estou passando pela cama, não consigo resistir à vontade de parar e olhar para meu novo amante.

Porque isso é o que meu lindo e misterioso patrão russo é agora.

Meu amante.

Com um cobertor até a cintura, ele está deitado metade de lado, metade de costas, o rosto parcialmente voltado para mim e um braço musculoso dobrado acima da cabeça. Alguns homens parecem mais jovens em repouso, mais suaves, mas não Nikolai. O sono apenas realça aquela qualidade perigosa e animalesca que eu senti nele – ao mesmo tempo que aumenta sua impressionante beleza masculina. Com aqueles olhos intensos fechados, posso ver o quão longos e grossos são seus cílios negros, o quão nitidamente esculpidas são suas maçãs do rosto. Seus lábios estão ligeiramente separados, mas mesmo neste estado relaxado, há algo cínico em sua curva, uma sensualidade perversa na forma como sua suavidade contrasta com a sugestão de barba por fazer escurecendo as linhas duras e moldadas de sua mandíbula.

Eu poderia ficar olhando para ele por uma hora inteira, mas isso seria assustador e, em qualquer caso, eu preciso voltar para o meu quarto e me vestir antes que o resto da casa acorde. Não sei que horas são, mas a julgar pela luz suave que penetra pelas persianas, não é muito depois do nascer do sol – o que faz sentido, dado o quão cedo adormeci ontem à noite.

Com um último olhar para o sono de Nikolai, saio do quarto na ponta dos pés. Como eu esperava, ninguém está por perto, a casa completamente silenciosa enquanto eu caminho para o meu quarto. Não estou particularmente envergonhada com o que aconteceu – mais cedo ou mais tarde todos saberão que estamos juntos – mas Nikolai e eu precisamos conversar sobre isso primeiro, além de todo o resto.

Ainda me sinto péssima por colocar ele e sua família em perigo, e é apenas o conhecimento de que eles têm todos aqueles guardas e medidas de segurança que me impedem de pular no meu carro e fugir, de qualquer maneira. Bem, isso e o fato de que ainda não tenho as chaves do meu carro.

Vou insistir seriamente para que arranjem um chaveiro o mais rápido possível.

Entrando no meu quarto, fecho a porta atrás de mim e estou prestes a tirar o roupão quando vejo a figura na minha cama.

Meu coração pula na minha garganta, mesmo quando eu reconheço quem é.

— Você e Kolya tiveram uma boa foda? — Alina pergunta, levantando-se, e quando ela vem cambaleando em minha direção, descalça e vestindo apenas um penhoar transparente, vejo o brilho excessivo de seus olhos e percebo que ela está sob efeito de alguma coisa.

Algo muito mais forte que a maconha.

47

CHLOE

— O QUE VOCÊ ESTÁ FAZENDO AQUI? — PERGUNTO, minha frequência cardíaca chutando mais alto quando ela para na minha frente, cambaleando. Se eu tiver alguma dúvida sobre seu estado, elas se dissolvem quando eu observo suas enormes pupilas pretas e sinto o cheiro adocicado de seu hálito. Pela primeira vez desde que conheço a irmã de Nikolai, ela não está usando maquiagem e seu belo rosto está pálido e inchado, seus olhos verdes, avermelhados e manchados por sombras.

— Eu estava esperando por você. — Seus lindos lábios estão exangues enquanto se estendem em um sorriso desigual. — Meu irmão queria que você recebesse o pagamento pela primeira semana ao meio-dia de ontem, mas não me senti bem o suficiente para sair da cama até tarde da noite, então, vim para deixar isso. — Ela acena com a mão descuidada para o envelope grosso na mesa de cabeceira.

— Você ficou aqui *a noite toda?*

Ela ri, um som muito brilhante. — Não seja boba. Larguei o envelope e saí. Mas eu não conseguia dormir, então, passei para ver como você está novamente esta manhã – e você ainda não estava aqui. Então... — Seu olhar cai para o meu roupão. — Você se divertiu fodendo meu irmão? Rumores dizem que ele tem habilidades loucas.

O calor invade meu rosto. — Acho melhor você sair.

— Eu irei. Apenas me diga, Chloe... Você já se apaixonou por ele? Aquele rosto bonito dele te enganou fazendo-a pensar que ele é o seu cavaleiro de armadura brilhante, afinal?

Eu respiro fundo. — Alina, ouça... Eu não sei que rixa você tem com seu irmão, mas acho que é melhor conversarmos quando você estiver se sentindo melhor. Nikolai e eu começamos a namorar, mas isso não significa...

Ela balança em minha direção. — Pobre criança. Ele te enganou, não foi?

— Uh-huh. — agarro seus ombros, firmando-a, eu a viro e a conduzo em direção à porta. — Falaremos mais sobre isso mais tarde.

Ela se solta do meu aperto. — Você não entende. Estou tentando ajudá-la. — Seus olhos vidrados estão arregalados, implorando. — Você precisa me ouvir. Ele é exatamente como *ele.*

Eu não deveria ouvir nada do que ela diz nesse estado, mas não consigo evitar. — *Ele?*

— Nosso pai. Kolya é sua cópia, em *todos* os sentidos. — Ela agarra as lapelas do meu roupão. — Você entende? Ele é um monstro, um assassino. Ele... — Ela para, seu rosto ficando ainda mais pálido quando ela percebe o que disse.

Soltando meu roupão, ela se afasta enquanto eu a encaro, meu estômago se revirando, todas as suspeitas que eu já nutri sobre os Molotovs emergem como uma rolha envenenada em um poço. Alina está claramente maluca, mas chamar seu irmão de assassino?

Isso não é uma acusação que alguém joga sem motivo, mesmo quando bêbado ou drogado.

Ela já está alcançando a maçaneta da porta quando eu sacudo minha paralisia induzida pelo choque e corro atrás dela.

— O que você está falando? — Agarrando seu braço, eu a giro para me encarar. — Do que diabos você está falando?

Ela balança a cabeça, lágrimas escorrendo pelo canto dos olhos. — Nada. Não é nada. Esqueça. Eu só... não queria que você acabasse como ela.

— *Ela?*

— Apenas fuja, Chloe. Vá antes que seja tarde demais.

Eu cerro meus dentes. — Eu não posso. Pavel perdeu as chaves do meu carro. Mas mesmo se eu as tivesse, de jeito nenhum eu simplesmente...

— Eu as encontrei. Na gaveta da mesinha de cabeceira de Kolya.

Eu dou um passo para trás, cambaleando. — O quê? Quando?

— Ontem de manhã, quando entrei no quarto de Kolya para pegar o dinheiro para você. — Seus olhos verde-jade parecem assombrados. — Foi quando eu soube.

Um arrepio envolve minha espinha. — Soube o quê?

Ignorando minha pergunta, ela passa por mim e cambaleia até a cama, onde começa a vasculhar as dobras do cobertor. — Aqui. — Ela segura um par de chaves em um chaveiro peludo rosa. — Esse é outro motivo pelo qual vim aqui, para dar isso a você.

A agitação doentia no meu estômago se intensifica. Ela está mentindo. Ela deve estar mentindo. Ela poderia ter encontrado as chaves em qualquer lugar, onde quer que Pavel as tivesse perdido. Porque se ela não está mentindo, se elas estavam na mesa de cabeceira de Nikolai ontem de manhã, então, elas nunca foram perdidas. Isso ou Nikolai as encontrou antes de partir para sua viagem – antes de nosso bate-papo por vídeo no qual ele alegou que Pavel não conseguiu localizá-las.

Como se estivesse lendo minha mente, Alina diz desigualmente: — A propósito, Pavel não perde nada. Eu o conheço toda a minha vida, e ele nunca perdeu nem uma meia furada – pelo menos, não por acidente. Ele é como meu irmão nesse aspecto. O que quer que ele faça, é planejado.

Meu coração bate na caixa torácica como uma marreta.

— Dê-me as chaves. — Andando em sua direção, eu as arranco de sua mão e as coloco no bolso do roupão. Minha mente está agitada, meus pensamentos tropeçam uns sobre os outros como pedaços de vidro colorido em um caleidoscópio. Não sei o que pensar, em que acreditar.

Por que Nikolai mentiria sobre minhas chaves?

Por que Alina o faria?

— O que você quis dizer quando chamou seu irmão de assassino? — pergunto, olhando em seus olhos nublados pela droga. — Quem é *ela*?

Seu rosto se contorce. — Você não quer saber disso. Acredite em mim, você não quer.

— Quero. Me diz.

Ela balança a cabeça, mais lágrimas escorrendo de seus olhos.

— Alina, por favor... eu tenho que saber. Eu tenho que saber porque... porque você está certo. Eu... — Eu respiro fundo, meu peito apertando enquanto a verdade afunda suas presas em mim. — Estou me apaixonando por ele e rápido.

Seus ombros tremem com soluços silenciosos enquanto ela afunda no chão, suas costas contra a cama e seus longos cabelos caindo para frente para esconder seu rosto enquanto ela abraça os joelhos.

Desesperada, eu me ajoelho na frente dela. — Por favor, Alina. Eu tenho que saber, como ele é parecido com seu pai? Como ele é um monstro? O que aconteceu? Quem ele supostamente matou?

Por vários longos momentos, não há resposta.

Finalmente, ela levanta a cabeça e, através do véu preto de seu cabelo, vejo a agonia gritante em seus olhos.

— Nosso pai. — As palavras saem em um sussurro quebrado e irregular. — Ele a matou. E, então, Kolya o matou; o estripou, bem… — Sua voz falha. — Bem na minha frente.

E enquanto eu a encaro, muda de horror, ela enterra o rosto contra os joelhos e chora.

48

CHLOE

Meu estômago é uma cova de gelo e ácido borbulhante; meus dedos, dormentes e desajeitados enquanto coloco minhas roupas velhas na minha mala. Alina está na minha cama, desmaiada, as drogas e a noite sem dormir finalmente cobrando seu preço.

Não sei para onde estou indo ou o que estou fazendo; eu só sei que tenho que partir. Agora mesmo. Antes que Nikolai acorde. Verdade ou mentira, realidade ou loucura, não tenho chance de resolver tudo enquanto estou aqui, sob seu teto e à sua mercê, com aquela química avassaladora fervendo entre nós, me arrastando mais fundo sob seu feitiço letal.

Não tenho certeza do que pensei que ouviria de Alina. Uma admissão de que eles são mafiosos, afinal? E talvez eles sejam. Nesse ponto, nada me surpreenderia. Desde o início, meus instintos têm me avisado sobre Nikolai, e eu deveria ter prestado atenção a eles.

Eu deveria ter ouvido aquela voz dentro da minha cabeça.

Você não vai embora.

Ontem, sua declaração proferida com fervor parecia romântica, embora um tanto autocrática, sua possessividade mais excitante do que motivo para alarme. Mas agora, com as revelações de Alina ressoando em meus ouvidos e minhas chaves não mais perdidas enfiadas no bolso da calça jeans, não posso deixar de ver suas palavras numa luz diferente, infinitamente mais sinistra.

Ele nunca iria devolver as chaves para mim?

Sempre fui uma prisioneira?

Freneticamente, jogo minhas últimas roupas e fecho a mala, depois, coloco meu tênis velho e pego o envelope com o dinheiro da mesinha de cabeceira, enfiando-o no bolso. Meu coração está batendo tão forte que estou enjoada, ou talvez, simplesmente esteja com o coração partido.

Eu só... não queria que você acabasse como ela.

Ainda não tenho ideia de a quem Alina estava se referindo; depois da pequena revelação, ela ficou incoerente, soluçando até desmaiar de exaustão – e não é de admirar. Parece que ela testemunhou Nikolai assassinando seu pai, e talvez esta misteriosa "ela" também. Uma ex-namorada dele? Ou pior, sua mãe? Ou a parte "ele a matou" se referia ao pai deles, que supostamente também é um monstro?

Forço minha memória para lembrar qualquer menção de como os pais de Nikolai e Alina morreram, mas não havia nada nos artigos russos que encontrei. Nikolai reagiu fortemente quando perguntei sobre seus pais naquela vez, mas atribuí isso ao luto. Mas, e se houver mais do que isso? E se houver culpa e raiva, a auto-aversão de um homem que fez o imperdoável, cometeu o mais hediondo dos crimes?

Não sei se acredito nisso de Nikolai. Eu não quero acreditar. Apesar da escuridão que senti nele, apesar de sua fome selvagem por mim, me senti segura em seu abraço na noite passada. Sua aspereza foi temperada com ternura, sua força cuidadosamente controlada. E a maneira como ele cuidou de mim depois, me lavando, me alimentando, me segurando com tanta ternura...

Um monstro é capaz de se importar?

Pode um psicopata fingir emoções tão bem?

Talvez nada que Alina disse seja verdade. Talvez seja um estratagema para me fazer partir, para terminar um relacionamento que ela desaprovou desde o início. Talvez se eu falar com Nikolai, ele explique tudo, prove para mim que Alina está simplesmente doente, louca por causa de todas aquelas drogas.

É um pensamento tentador, tão tentador que, enquanto estou saindo do meu quarto, paro e olho ansiosamente para o corredor, onde a porta do quarto de Nikolai ainda está firmemente fechada. Eu quero tanto confiar nele, e em circunstâncias diferentes, eu o faria. Se fôssemos um casal normal em um apartamento na cidade, eu marcharia pelo corredor e exigiria uma explicação, ouviria seu lado da história antes de decidir o que fazer. Mas não posso correr esse risco, não quando estou totalmente sob seu poder nesta propriedade remota e altamente segura.

Ninguém sabe que estou aqui.

Ninguém vai saber ou se importar se eu desaparecer para sempre.

A única coisa razoável a fazer é ir agora, sair e avaliar a situação à distância. Quando estiver em um motel em algum lugar, posso entrar em contato com Nikolai e contar a ele o que aconteceu e por que fui embora. Podemos conversar sobre isso por e-mail ou telefone, e eu posso fazer mais pesquisas online, para ver se consigo descobrir algo sobre a morte de seus pais.

Isso não precisa ser para sempre, apenas por ora.

Só até saber a verdade.

Ainda assim, meu coração parece dolorosamente pesado enquanto eu carrego minha mala escada abaixo e para a entrada da garagem nos fundos. Não só sentirei falta de Slava, mas a mera possibilidade de nunca mais ver Nikolai novamente me enche de um pavor vazio e frio. O mesmo acontece com o conhecimento de que estou indo para onde os assassinos da minha mãe ainda estão me caçando. Mas já os evitei antes e tenho que acreditar que poderei fazer isso de novo – especialmente com todo esse dinheiro em mãos. Quando eu fugi de Boston, tudo que eu tinha eram algumas notas de vinte na minha carteira, mais as quinhentas que retirei de um caixa eletrônico antes de me livrar do meu cartão de débito junto com tudo o mais que pudesse ser rastreado.

Vai ficar tudo bem.

Eu vou conseguir.

Eu tenho que acreditar nisso.

Engolindo o nó crescente na minha garganta, eu me aproximo do meu carro e jogo minha mala no porta-malas. Então, eu pressiono o botão para abrir a porta da garagem e a vejo se levantar silenciosamente. Nenhum mecanismo lento e barulhento aqui, graças a Deus. O mais silenciosamente que posso, ligo o carro e saio da garagem, em seguida, dirijo ao redor da casa até o caminho de saída.

Preciso de toda força para descer a montanha devagar, calmamente, como se eu não tivesse pressa. Se os guardas estiverem vigiando a estrada, não posso deixar que suspeitem. Do jeito que está, suor gelado escorre pelas minhas costas e meus nós dos dedos ficam brancos no volante quando eu paro no alto portão de metal.

E se Nikolai lhes deu instruções para não me deixar sair?

E se eu for uma prisioneira aqui de verdade?

Mas o portão se abre quando eu me aproximo e ninguém me impede enquanto eu atravesso. Tremendo de alívio, mantenho minha velocidade lenta e constante por mais trinta segundos ou mais, até que estou fora de vista, então, piso no acelerador, correndo para longe do porto seguro que só pode ser o covil do diabo.

Do homem que anseio com cada fibra do meu coração.

49

NIKOLAI

EU ACORDO COM MEU CORPO ZUMBINDO DE contentamento e minha mente cheia de uma paz maior do que eu já conheci. A noite passada foi tudo que eu pensei que seria e muito mais. Eu ainda posso senti-la, cheirá-la, prová-la em meus lábios. Sorrindo, eu rolo, acariciando os lençóis para seu corpo pequeno e quente, e quando minha mão encontra nada além de um cobertor enrolado, eu abro meus olhos e examino o quarto.

Chloe não está aqui, o que é decepcionante, mas não surpreendente, dada a forte luz do sol. Ela provavelmente já tomou café da manhã e está ensinando Slava; talvez eles estejam até mesmo em uma caminhada. Normalmente, eu a teria ouvido se levantar – tenho sono leve – mas eu estava saindo de mais de trinta horas sem dormir e o jet lag me nocauteou.

Meu humor diminui um pouco, meus níveis de

adrenalina subindo quando penso no vídeo que dominou meus pensamentos no voo, me impedindo de dormir, e em tudo o mais que Chloe me disse. A ideia de que alguém lá fora quer machucá-la, matá-la, me enche de uma raiva incandescente, temperada apenas pelo conhecimento de que eles não podem chegar até ela em meu complexo.

As precauções que mantêm minha família protegida de nossos inimigos manterão Chloe protegida dos dela, enquanto eu trabalho para descobrir quem eles são.

Ansioso para começar, eu me levanto e mando um e-mail para Konstantin, detalhando tudo que descobri na noite passada. Pulo no chuveiro para um banho rápido, me visto e vou em busca de Chloe.

Eu começo com o quarto do meu filho. Ninguém está lá, então desço. A sala de jantar está vazia, mas ouço vozes na cozinha e, quando entro, fico surpresa ao encontrar Lyudmila dando café da manhã para Slava sozinha.

Ele sorri para mim timidamente, e meu peito se enche de um calor incomum quando me lembro de como ele me cumprimentou na noite passada. Mesmo tão focado como laser em obter respostas de Chloe, não pude deixar de reagir àquela pequena e doce voz me chamando de *papai*.

Eu não sabia o quanto ansiava por ouvir isso até que aconteceu.

Até que *ela* fez acontecer.

— Bom dia, Slavochka — murmuro, me agachando

na frente de sua cadeira. Mudando para o russo, pergunto: — Você teve uma boa noite?

Ele acena com a cabeça, olhos grandes e cautelosos, e minha caixa torácica aperta com uma dor de aperto familiar. Quero me afastar, encerrar a conversa para me livrar do desconforto, mas, em vez disso, me inclino para ele, permitindo-me sentir enquanto sorrio suavemente para meu filho.

Ele é muito – muito – como eu, mas talvez com Chloe em sua vida, ele não seguirá meus passos.

Talvez ele não cresça me odiando como eu odiava meu velho.

— Onde está Chloe? — pergunto, e meu sorriso se alarga enquanto seus olhos brilham com a menção do nome dela.

— Eu não sei — diz ele timidamente e olha para Lyudmila, que está colocando frutas em sua tigela de creme de trigo.

— Não a vi esta manhã — diz ela. — Talvez ela ainda esteja dormindo?

Meu sorriso desaparece, uma sensação desagradável agitando-se no meu intestino. Não verifiquei o quarto de Chloe, mas presumi que ela deixou minha cama para começar o dia, não dormir na dela. Ficando de pé, digo a Slava: — Vou encontrar sua professora. Você está ansioso por suas aulas de inglês, certo?

Ele balança a cabeça vigorosamente e eu sorrio para ele. Num impulso, eu bagunço seu cabelo do jeito que vi Chloe fazer e, ignorando a expressão de surpresa no rosto de Lyudmila, volto lá para cima.

A porta do quarto de Chloe está fechada, então, bato e espero alguns segundos. Quando nenhuma resposta vem, eu abro e entro.

As cortinas ainda estão fechadas, bloqueando a maior parte da luz do dia, mas posso ver um pequeno monte na cama sob as cobertas.

Afinal, ela *está* dormindo.

Um sorriso terno puxa meus lábios quando me aproximo da cama e me sento na beirada. Ela está deitada de costas para mim, o cobertor cobrindo-a até o pescoço, deixando apenas o cabelo espalhado no travesseiro. Por alguma razão, parece muito mais escuro nesta luz, faltando as listras douradas.

Inclinando-me sobre ela, levanto minha mão para afastar suavemente o cabelo de seu rosto – apenas para puxar meus dedos para trás enquanto meu coração dispara em um galope furioso.

— Que porra você está fazendo aqui? — rosno para minha irmã enquanto ela vira de costas e abre os olhos piscando. — Onde está Chloe?

Ela pisca mais algumas vezes, depois se senta lentamente.

— O quê? — ela diz com a voz rouca, tirando o cabelo do rosto com a mão trêmula. Ela cheira a um coquetel de drogas, eu percebo, minha fúria crescendo enquanto ela pergunta atordoada: — O que você está fazendo no meu quarto?

Eu me coloco de pé num pulo. — *Sua* porra de

quarto?

Ela me encara. — Eu não... — Seus olhos varrem o quarto, e a confusão em seu rosto lentamente se transforma em compreensão horrorizada. — Ah, merda. Chloe.

Meu estômago aperta com uma premonição terrível, e preciso de cada resquício de contenção que possuo para não agarrá-la e sacudi-la.

— Onde diabos ela está? O que você fez?

A coluna da minha irmã se endireita, seus olhos se estreitando no meu rosto.

— Eu? O que *você* está fazendo no quarto dela?

— Alina — advirto com os dentes cerrados, e tudo o que ela vê no meu rosto a convence de que ela não pode foder comigo agora.

— Olha, eu posso ter... — Ela umedece os lábios. — Posso ter contado a ela algumas coisas.

— Que coisas?

— Sobre você e... nosso pai.

Caralho. — O que exatamente você disse a ela?

— Provavelmente mais do que deveria — Alina admite, mesmo enquanto seu queixo levanta em desafio. — Mas ela merece saber no que está se metendo, você não acha?

Minhas mãos flexionam ao lado do corpo, a raiva pulsando em cada célula. Se fosse qualquer um além da minha irmã, já estaria sangrando.

— Então você disse a ela... o quê? Que eu o matei? Estripei-o como a porra de um peixe?

Ela fica branca, mas não desvia o olhar. — Não me lembro exatamente.

Claro que não. Ela estava chapada – ainda está, provavelmente.

Inclinando-me sobre a cama, puxo o cobertor dela. É minha culpa por tê-la tratado como um bebê, deixando-a chafurdar em sua fraqueza.

— Levante-se e vista-se — ordeno enquanto ela tropeça para trás, os olhos arregalados. — Vamos vasculhar este lugar de cima a baixo e, quando a encontrarmos, você dirá que inventou tudo. Até a última palavra, entendeu?

— Kolya... — Há uma nota estranha em sua voz. — Você já olhou na garagem?

Meu sangue congela. — O quê?

— Eu encontrei as chaves na sua gaveta de cabeceira — ela diz desafiadora. — E eu as devolvi a ela. Ela é uma pessoa, não uma coisa, e se ela quer ir embora, você não tem o direito...

— Sua idiota de merda — sussurro, tão dominado pela raiva e terror que mal posso falar. — Ela tem assassinos atrás dela. Se ela saiu daqui e eles a pegaram...

E quando minha irmã empalidece, giro nos calcanhares e corro para a garagem.

Com certeza, o Toyota se foi, a porta da garagem foi levantada.

Amaldiçoando violentamente, eu corro de volta para a casa – apenas para quase derrubar Lyudmila, que saiu da cozinha para ver o que está acontecendo.

— Diga a Pavel que preciso dele. Agora — ordeno em seu rosto assustado e corro escada acima para o meu escritório.

Pegando meu computador, pego a filmagem das câmeras do portão e volto a gravação até ver o carro de Chloe parando no portão. O mostrador da hora mostra 7h05 – bem mais de duas horas atrás.

Agora, ela poderia estar em qualquer lugar.

Ela poderia estar morta.

O pensamento é tão insuportável, tão paralisante, que paro de respirar por um momento. Então, a lógica entra em ação.

A menos que os inimigos de Chloe estivessem acampados do lado de fora do meu complexo, não havia como eles a terem encontrado tão rapidamente. E com nossos drones infravermelhos patrulhando a área, meus guardas saberiam disso se estivessem lá.

O cenário mais provável é que Chloe esteja bem, embora assustada com as revelações de Alina. Ainda tenho tempo de encontrá-la e trazê-la de volta aqui, onde ela estará segura.

Um pouco mais calmo, ligo para Konstantin.

— Eu preciso que você escaneie a filmagem de todas as câmeras em um raio de 320 quilômetros do meu complexo para ver se avista o carro de Chloe nas últimas duas horas — digo assim que o rosto do meu irmão preenche minha tela. — Comece com os postos de gasolina; Pavel mencionou que o carro estava com pouco combustível.

Para crédito de Konstantin, ele não faz perguntas. — Meus homens vão trabalhar nisso imediatamente.

— Ligue para o meu telefone quando tiver. Eu estarei no carro.

Ele acena com a cabeça e desconecta.

Eu chamo meus guardas em seguida. — Pegue Kirilov e venha até a casa — ordeno quando Arkash atende. — Equipamento completo. Vamos numa busca.

Não espero ter problemas para recuperar Chloe, mas apenas um idiota não se prepara para o pior.

— Estaremos lá em dez minutos — responde Arkash.

Quando desligo, uma batida soa na minha porta e Pavel entra.

— A garota? — ele pergunta laconicamente, e eu aceno, já caminhando em direção à parede nos fundos.

Eu pressiono minha palma em um painel escondido, e uma seção da parede desliza para longe, revelando uma pequena sala cheia de armas e equipamentos de batalha – o arsenal principal da casa.

— Prepare-se — digo a ele, tirando minha camisa. — Nós vamos recuperá-la.

Visto um colete à prova de balas e abotoo minha camisa para evitar parecer chamativo. Pavel faz o mesmo, e cada um de nós carrega várias armas.

Se tivermos problemas, estaremos prontos.

Kirilov e Arkash já estão entrando em casa em um SUV blindado quando saímos. Pavel e eu pulamos no banco de trás e saímos imediatamente, o cascalho voando. Não tenho um destino concreto em mente, mas há apenas uma estrada que desce a montanha, e onde quer que Chloe esteja quando Konstantin me ligar, estaremos mais perto dela do que se ficarmos aqui esperando. Além disso, podemos começar com os postos de gasolina próximos também, ver se alguém pode ter avistado Chloe em um deles.

— O que aconteceu? — Pavel pergunta baixinho enquanto passamos pelo portão. — Por que ela foi embora?

Meu lábio superior se curva. — Alina.

— Ah. — Ele fica em silêncio então, olhando pela janela, e eu faço o mesmo, tentando ignorar o baque pesado em meu peito, e a dor crescente da traição se espalhando por ele.

Minha zaychik correu.

Ela me deixou.

Simples assim, sem nem mesmo um adeus.

Não é razoável me sentir assim, eu sei. Eu *sou* o tipo de homem que ela deve temer e desprezar. O que quer que minha irmã tenha dito a ela em seu estado drogado deve ter me pintado da pior maneira possível, mas isso não significa que a história de Alina seja falsa.

Eu matei nosso pai na frente dela.

Ainda assim, a deserção de Chloe dói. Ela se entregou a mim. Ela veio de boa vontade para os meus braços. A noite passada foi muito mais do que sexo, nossa conexão tão profunda que sinto em meus ossos. Mas talvez ela não sentiu isso. Porque se ela o fizesse, ela saberia que eu nunca a machucaria; ela teria confiado em mim para protegê-la. O fato de ela preferir estar lá fora, enfrentando perigo mortal, fala muito sobre sua opinião sobre mim.

Ela tem medo de mim.

Ela acha que eu sou um monstro.

Minha mandíbula endurece, uma resolução sombria se estabelecendo enquanto o carro ganha velocidade. Eu deveria ter mantido essas chaves em um cofre, não na minha mesinha de cabeceira – e, definitivamente, deveria ter avisado aos guardas para não abrirem o portão para o carro dela. Não me ocorreu que ela fugiria ontem à noite, mas deveria – e não vou cometer esse erro novamente.

Quando eu a pegar de volta, ela não vai embora.

Eu não vou deixar.

Eu farei o que for preciso para mantê-la segura.

O primeiro posto de gasolina em que paramos é operado por um homem pálido e espinhento, de vinte e poucos anos, com um toque de barriga de cerveja.

— Não, não a vi — diz ele depois de olhar para a foto de Chloe. — Garota fofa, no entanto. Qual é o problema dela? Ela é parcialmente asiática? Latina?

— Que tal um Toyota Corolla azul por volta do final dos anos noventa? — pergunto baixinho, e tudo o que o cara vê no meu rosto faz com que ele perca a pouca cor que possui. — Algum carro assim passou por aqui?

— Não, desculpe, cara. — Ele engole em seco. — Eu teria visto. Eu só tive dois outros clientes hoje.

Eu olho para Pavel, e ele empurra o queixo em direção à saída.

Como eu, ele não acha que o cara está mentindo.

O posto de gasolina mais próximo é o da cidade. Uma caixa de cabelos brancos levanta os olhos de um jornal quando Pavel e eu entramos, seu olhar cansado se intensificando quando ela observa nossa aparência.

Eu me aproximo do balcão e retiro a foto de Chloe.

— Você viu essa garota? Ou um Corolla azul por volta do final dos anos noventa?

A velha coloca os óculos e examina cuidadosamente a foto antes de olhar para mim.

— Vocês dois são policiais ou algo assim? — ela pergunta com uma voz rouca.

Eu controlo minha impaciência com esforço. — Algo assim. Você a viu esta manhã ou não?

— Não esta manhã, não. — Ela me olha de soslaio através dos óculos. — Você olharia para aquele rosto bonito... exatamente como uma daquelas revistas. Você também tão bem-vestido. É o namorado dela, querido?

Minha mão aperta a borda do balcão. — Quando você a viu?

— Oh, cerca de uma semana atrás. Ela parou para abastecer, perguntou sobre um anúncio de empregos no jornal. Eu não a vi desde então, e eu disse isso a eles.

O gelo enche meu peito. — Eles?

— Dois caras, mais ou menos da sua altura. Vieram ontem, no final do dia. Me mostraram a foto dela e tudo. Eu disse a eles que só a vi uma vez, e não tenho ideia de para onde ela foi...

— Como eles se parecem, exatamente? — Pavel interrompe enquanto eu fico paralisado, minha mente correndo a mil por segundo.

Eles estão aqui.

Eles sabem que ela esteve aqui.

Pior ainda, eles sabem que ela estava olhando meu anúncio de empregos.

— Os dois rapazes? Bem, altos, como eu disse. Um tem cabelo escuro, um pouco mais claro que o dele — ela acena para mim — o outro é mais parecido com você. Você sabe, um pouco mais velho, exceto que era calvo.

A mandíbula de Pavel aperta. — Idade? Raça? Corpo?

— Caucasiano. Trinta... quarenta para o mais velho, talvez. Meio grande e musculoso. — Ela me olha de cima a baixo. — Não tão bonito quanto ele, com certeza.

— Algo mais? — Pavel exige. — Tatuagens, cicatrizes? O que eles estavam vestindo?

— Jeans, eu acho. Ou cáqui? Não me lembro com certeza. Camisas pretas ou cinza, talvez azul marinho. Algo escuro. Sem cicatrizes, eu não sei. Ah, mas — ela se ilumina — o mais velho tinha uma tatuagem na parte interna do pulso. Eu vi a ponta sob sua manga.

— Eles perguntaram sobre o anúncio? — pergunto, mantendo minha voz, apesar da raiva e do medo me consumindo.

Eu tenho que saber o quão ruim está a situação, o quão perto eles estão de encontrá-la.

A mulher acena com a cabeça. — Claro que sim. Queriam saber tudo sobre ele, quem e o que e onde. Eu disse a eles que não tinha certeza, mas provavelmente era aquela velha propriedade de Jamieson nas montanhas, aquela que foi comprada por aquele russo rico. Diga — ela aperta os olhos para Pavel —, de onde vem esse seu sotaque? Vocês, rapazes, por acaso não seriam da...

— Obrigado — digo laconicamente e pego meu telefone para ligar para Konstantin enquanto corremos de volta para o carro.

Assim que meu irmão atende, eu reconto a descrição que recebemos e exijo uma atualização sobre a pesquisa.

É infinitamente mais urgente que encontremos Chloe agora, antes que os assassinos o façam.

— Nada ainda — diz Konstantin. — Na verdade... espere um minuto. Deixe-me ligar de volta. Acho que acabamos de conseguir uma pista.

Eu estava prestes a pular no SUV, mas agora ando na frente dele, meus níveis de adrenalina subindo a cada segundo que passa.

Pode já ser tarde demais.

Eles sabem sobre meu complexo e o interesse de Chloe nele.

Talvez eles não estivessem acampados perto do portão quando ela saiu, mas não podiam estar longe.

Girando, bato na janela ao lado de Pavel. — Chame

uma equipe médica para o complexo — digo a ele laconicamente. — Podemos precisar.

Meu telefone vibra no bolso e eu o pego. — Sim?

— Sem avistamentos, mas temos uma filmagem parcialmente apagada — relata Konstantin. — Mesma assinatura digital das outras. Duas horas apagadas – e parece que foi feito cerca de meia hora atrás. Se eu tivesse que adivinhar, diria que eles perceberam o cheiro dela e não querem que ninguém saiba disso.

Já estou na metade do caminho para dentro do carro. — De onde vem a filmagem?

— Um posto de gasolina a uns sessenta quilômetros a oeste de você. Eu vou te enviar as coordenadas.

Desligo e ordeno a Kirilov que pise no acelerador.

5 0

CHLOE

A ESTRADA FICA EMBAÇADA NA FRENTE DOS MEUS OLHOS pela enésima vez, e eu esfrego a umidade em minhas bochechas. Não sei por que não consigo evitar que as lágrimas caiam, por que meu peito dói como se eu tivesse acabado de perder mamãe de novo. A banana que comprei em um posto de gasolina está no banco do passageiro, meio comida, e embora seja a única coisa que comi hoje, a ideia de dar outra mordida me dá vontade de vomitar.

Estou dirigindo às cegas de novo, indo a lugar nenhum. Devo ter ficado em choque nas primeiras horas porque mal consigo me lembrar como cheguei aqui. Sei que enchi o carro em algum lugar, porque o medidor de combustível mostra que o tanque está cheio, mas tenho apenas uma vaga lembrança de entrar em uma loja suja e pagar. A banana veio de lá, tenho certeza – peguei no piloto automático – mas não me lembro de comê-la, embora devo ter feito.

Tenho certeza de que eles não vendem frutas comidas pela metade, mesmo nos mais sujos dos postos de gasolina.

A estrada à minha frente se inclina e faz uma curva acentuada, e eu me forço a me concentrar. A última coisa que preciso é dirigir para um penhasco. Como está, sinto que é mais ou menos o que estou fazendo a cada quilômetro de distância que estou colocando entre mim e Nikolai.

Eu fiz a coisa certa, a coisa sábia.

Eu continuo dizendo isso a mim mesma, mas não ajuda, não diminui a sensação de que cometi um erro terrível. Faz apenas algumas horas desde que eu parti, mas sinto tanta falta dele que é como se estivéssemos separados por meses. Quando ele estava viajando a negócios, eu sabia que o veria novamente, sabia que nos falaríamos todas as noites, mas não há essa certeza agora.

Ele pode se recusar a falar comigo quando eu ligar para ele.

Ele pode estar com tanta raiva que eu parti que não vai querer que eu volte.

Agora que estou aqui, longe do complexo, as revelações de Alina parecem ainda mais divagações de uma mente doente e drogada, e embora eu não possa descartá-las totalmente, estremeço ao pensar em confrontar Nikolai e perguntar se ele realmente matou seu pai.

Que homem inocente não se sentiria insultado com essa pergunta?

Que namorado não ficaria furioso por sua namorada acreditar em tais mentiras monstruosas?

Eu deveria ter ficado. Porra, eu deveria ter ficado. Mesmo que parecesse arriscado naquele momento, eu deveria ter dado a Nikolai uma chance justa. As chaves não provam nada. Alina poderia tê-las o tempo todo; ela poderia até mesmo tê-las roubado de Pavel. Se Nikolai quisesse me privar de minha liberdade, existem todos os tipos de outras ações que ele poderia ter feito, como dizer aos guardas para não me deixarem sair.

E é isso, eu percebo, para começar. É por isso que o que parecia tão racional quando eu estava fazendo as malas parece um erro terrível agora. É porque no momento em que atravessei o portão, tive a prova de que *poderia* sair, que Nikolai não planejava me manter lá com algumas intenções sinistras. Eu estava em pânico demais para perceber, mas quanto mais eu dirijo, mais profundo esse conhecimento se estabelece, as consequências de minhas ações impulsivas pesando mais sobre mim a cada quilômetro que passa.

Eu deveria ter voltado horas atrás.

Na verdade, eu deveria ter feito isso no momento em que passei pelo portão.

Eu lancei um olhar frenético ao meu redor. Árvores e penhascos por toda parte. Estou no fundo das montanhas novamente, a estrada à minha frente é tão estreita que mal tem duas pistas. Eu não posso fazer meia-volta aqui, seria suicídio tentar.

Apertando o volante com mais força, continuo dirigindo e, finalmente, eu vejo.

Um pequeno espaço extra à esquerda da curva da estrada.

Eu olho no retrovisor, então, para frente e para trás.

Nada. Sem carros. Eu estou sozinha.

Travando forte, faço uma inversão de marcha ilegal e volto.

Estou com 20 minutos de viagem de volta e estou tentando desesperadamente lembrar se preciso virar à direita ou à esquerda no próximo cruzamento quando uma van preta entra na estrada, vindo em minha direção.

Um alarme percorre minha espinha, o cabelo fino da minha nuca se arrepiando.

Pode ser minha paranoia trabalhando hora extra de novo, mas aqueles vidros escuros parecem familiares.

Não há tempo para me questionar; em mais trinta segundos, estaremos passando um ao lado do outro. Com um puxão forte no volante, viro o carro em uma pequena estrada de terra que leva montanha acima à minha direita e piso o acelerador, ignorando o gemido do motor antigo do Corolla.

Se não forem eles, eles não vão me seguir.

Vou me sentir uma idiota, mas é melhor isso do que morrer.

Meu coração bate violentamente contra minha caixa torácica, cada segundo marcado por meia dúzia de batidas enquanto meu olhar voa entre o espelho retrovisor e a estrada íngreme e cheia de buracos à frente. *Por favor, não deixe ser eles. Por favor, não deixe...*

A van aparece no espelho, sua forma escura ganhando rapidamente sobre mim.

Eu piso fundo no pedal do acelerador, minha respiração vindo em suspiros irregulares enquanto meu carro salta sobre uma série de buracos. A adrenalina corre em minhas veias, acelerando meu pulso até que tudo que posso ouvir é seu rugido em meus ouvidos.

Bang!

Meu espelho do lado direito explode e meu terror dobra quando avisto um homem inclinado para fora da janela do lado do passageiro da van, com a arma na mão. Instintivamente, giro o volante para a esquerda e a próxima bala estilhaça a janela traseira e abre um buraco no para-brisa, a apenas trinta centímetros da minha cabeça.

A terceira bala passa zumbindo no meu ombro e sinto o gosto da morte. Sinto seus dedos gelados e escorregadios. É tudo que ficou por fazer, por dizer, todas as coisas que não vão acontecer. É Nikolai sussurrando em meu ouvido o quanto ele me quer, me ama, e Slava rindo enquanto me abraça com força. É o amargo conhecimento de que esses homens vão escapar impunes, como fizeram com o assassinato de mamãe, e lamento que ninguém jamais saberá como eu morri.

Uma quarta bala perfura o assento a uma polegada do meu lado direito, e eu giro no volante novamente, desesperada para evitar o inevitável, para viver pelo menos um segundo a mais. A van está bem atrás de mim agora, pairando sobre meu Corolla como uma montanha negra, e enquanto tento desviar do caminho da próxima bala, seu para-choque bate no meu, com força, fazendo minha cabeça pender para frente.

Bang!

O fogo perfura meu braço, a sensação é tão aguda e repentina que não dói no início. Em vez disso, sinto algo quente e úmido deslizar pelo meu braço enquanto a van bate no meu carro novamente, fazendo-o estremecer com a sacudida enorme. A dor me atinge, uma onda nauseante, e com o desespero de um animal moribundo, tiro o cinto de segurança e abro a porta.

Bang!

O que resta do para-brisa se estilhaça quando eu bato na sujeira com tanta força que o ar sai de meus pulmões. Atordoada, rolo duas vezes antes de cair de costas e assistir com horror enquanto a van bate pela última vez no meu Corolla, forçando-o para fora da estrada e esmagando-o contra uma árvore grossa. Com um guincho ensurdecedor de metal esmagando metal, o carro velho se quebra e, como nos filmes, pega fogo. A van recua imediatamente e um pouco de força me impele a ficar de pé.

Corra, Chloe.

Arrasto-me em uma respiração ofegante, eu cambaleio em direção às árvores com pernas que parecem fósforos quebrados, meus joelhos ameaçando dobrar a cada passo que eu dou. Meu pé fica preso em uma raiz e a dor atinge meu tornozelo esquerdo – o mesmo tornozelo que torci me escondendo no armário de mamãe – mas eu apenas cerro os dentes e forço meus passos a prosseguir, ignorando o sangue quente escorrendo pelo meu braço e a tontura me atingindo em ondas. Eu não posso desistir, não se eu quiser viver, então, eu continuo, continuo mancando para frente como um zumbi, numa meia corrida.

Uma voz masculina grita algo atrás de mim, e eu me forço a ganhar velocidade, soluços irregulares cortando meus lábios enquanto outra bala passa zunindo pela minha orelha, estilhaçando um galho na minha frente.

— Filha da puta!

Algum sexto sentido me faz abaixar, e uma bala atinge uma árvore em vez de mim quando eu cambaleio para o lado.

Corra, Chloe.

A voz de mamãe está mais clara do que nunca e com uma onda de força que eu não sabia que possuía, inicio uma corrida em grande escala. Meu tornozelo grita cada vez que meu pé bate no chão, minha visão turva de náusea e ondas de dor, mas corro com tudo o que tenho.

Só que não é o suficiente.

Nem perto disso.

Uma força semelhante a um caminhão bate em mim, me derrubando, e um peso enorme me esmaga na terra coberta de folhas. Não consigo nem respirar enquanto minha caixa torácica fica achatada – e, então, milagrosamente, o peso sai e sou tombada de costas.

Quando minha visão clareia, vejo um homem enorme de cabelos escuros montado em mim, arma apontada para meu rosto e boca torcida em um rosnado triunfante.

— Te peguei, vadiazinha — ele diz, ofegante. — E já que você nos fez trabalhar por isso, você nos deve um pouco de diversão.

51

CHLOE

O AR CORRE PARA MEUS PULMÕES FAMINTOS POR oxigênio, e eu balanço meu punho cegamente, visando aquele rosto presunçoso. Ele o intercepta com facilidade, dedos brutais pegando meu pulso e prendendo-o no chão enquanto ele enfia o cano da arma embaixo do meu queixo.

— Mova-se de novo, e eu estouro a porra da sua cabeça — ele rosna, e eu acredito nele.

Vejo minha morte em seus olhos escuros e neutros.

— Que porra é essa, Arnold? — uma segunda voz exclama, e outro homem aparece acima de nós. Também segurando uma arma, ele parece ser uma dúzia de anos mais velho do que meu captor, com cabelo grisalho e ralo e pele avermelhada pelo esforço da corrida. Respirando pesadamente, ele ordena: — Coloque uma bala nela e pronto.

— Ainda não — murmura Arnold, os olhos

grudados na minha boca. — Ela é linda. Você já percebeu isso?

A voz do outro homem fica rouca. — Não é assim que fazemos as coisas.

— Quem dá a mínima? Ela é carne morta, de qualquer maneira. Quem se importa se saborearmos antes de enterrá-la?

Meu estômago revira com uma nova onda de náusea, e apenas o ferro frio preso sob meu queixo me impede de arrancar os olhos do idiota quando ele solta meu pulso e pressiona um polegar grosso e sujo em meus lábios firmemente fechados.

— Apenas termine a porra do trabalho já.

O tom do homem mais velho é mais cortante, mais impaciente e, por um momento, estou meio com medo, meio esperançosa de que Arnold irá obedecer. Mas ele apenas se inclina e arrasta uma língua úmida e com cheiro de carne seca pela minha bochecha, como um cachorro – e quando um grito involuntário de nojo escapa da minha garganta, ele enfia o polegar na minha boca, empurrando-o tanto que eu engasgo.

— Isso é bom, vadia — ele sussurra, os olhos brilhando com luxúria e excitação selvagem. — Isso é real...

Um *estalo* agudo quebra o silêncio e ele puxa a mão de volta. Um milissegundo depois, ele está de pé acima de mim, a arma subindo enquanto ele gira rápido como um relâmpago, mas ainda não rápido o suficiente.

A segunda bala o acerta contra a árvore atrás de

mim, e enquanto me rastejo para trás em minhas mãos e bunda, vejo o homem mais velho já no chão, a boca frouxa e o crânio aberto, o cérebro espirrando como queijo cottage mofado.

52

NIKOLAI

Estou me movendo antes que o som do meu último tiro desapareça, saltando de trás da cobertura das árvores para diminuir a distância entre mim e Chloe. Seu olhar salta do homem morto ao seu lado, seu rosto manchado de sujeira e sangue, seus olhos castanhos sem compreender enquanto ela se afasta, a boca se abrindo em um grito silencioso com a minha abordagem.

— Shh, está tudo bem. Sou eu. — Caindo de joelhos, eu a puxo contra mim, sentindo o tremor convulsivo de seu corpo, e do meu. Estou tremendo de alívio e raiva e as consequências de um terror de gelar os ossos, o medo terrível de que tenhamos chegado tarde demais.

Estávamos quase no posto de gasolina quando Konstantin me ligou novamente com a notícia de que sua equipe havia realizado a façanha quase impossível de invadir um satélite da NSA e que ele foi capaz de apontar a localização exata do carro de Chloe – e da van preta que estava a menos de meia hora dela.

Dizer que quebramos todos os limites de velocidade existentes seria um eufemismo. Arkash ainda está se recuperando da meia dúzia de vezes em que quase voamos de um penhasco. E quase não conseguimos. O terror que me assaltou quando vi o carro dela em uma pilha amassada e em chamas... Se não fosse pela van vazia ao lado dela e o som de tiros nas proximidades, eu teria perdido a porra da minha cabeça.

Na verdade, eu perdi o controle quando a vi no chão com o assassino de cabelos escuros montando sobre ela, luxúria retorcida pintada em seu rosto.

O filho da puta iria estuprá-la antes de matá-la.

Era a única razão pela qual ela ainda não estava morta.

Meus braços se apertam ao redor dela por reflexo, e ela faz um som fraco de angústia.

Eu imediatamente me afasto. — Você está ferida, zaychik? Ferida de alguma maneira?

Ela não responde, apenas me encara com olhos enormes e vazios, suas pupilas tão dilatadas que suas íris parecem pretas. Ela está em choque, e não é de admirar. Mesmo um soldado treinado ficaria traumatizado.

Gentilmente, eu a deito e começo a inspecioná-la em busca de ferimentos, começando com suas costelas e estômago. Estou aliviado ao encontrar apenas arranhões e hematomas em seu torso, mas quando minha mão passa em seu braço direito, ela estremece com um grito de dor, seu rosto fica cinza. Retiro minha mão, minha pulsação dobrando com a visão da mancha vermelha em meus dedos enquanto ela fecha os olhos, sua respiração dolorosamente rasa.

Caralho. Ela *está* ferida.

Firmando minhas mãos, eu abro sua manga.

— Tiro? — Pavel pergunta em russo, aparecendo ao meu lado, e eu aceno severamente, arrancando um pedaço da minha camisa para fazer uma bandagem improvisada.

— Parece que saiu limpo, mas ela está perdendo uma boa quantidade de sangue.

— Ele também — Pavel diz, e eu afasto meu olhar de Chloe para olhar seu agressor. Ele está sentado caído contra um tronco de árvore a poucos metros de distância, com Kirilov colocando pressão em seu ferimento no peito e Arkash montando guarda sobre ele.

— Eu não acho que ele vai durar o suficiente para levá-lo de volta ao complexo — Pavel diz enquanto eu rapidamente termino de amarrar a bandagem e retomo minha inspeção de Chloe. A cor dela está um pouco melhor, mas seus olhos ainda estão fechados e sua respiração é muito superficial para o meu gosto. — Se você quiser interrogá-lo, tem que ser agora.

Merda. Eu deliberadamente tentei ferir apenas o filho da puta para que pudéssemos questioná-lo. Se ele morrer, nossa chance de obter respostas também morre.

Eu rapidamente termino de inspecionar Chloe e

fico de pé. Por mais que eu queira levar minha zaychik a um médico imediatamente, seus ferimentos não são fatais, mas pode ser sem saber quem são seus inimigos.

Esses homens são profissionais, o que significa que alguém os contratou, alguém poderoso, e preciso saber quem é.

— Cuide dela — digo a Pavel e me aproximo de nosso prisioneiro.

Ele está respirando em suspiros espasmódicos, seu rosto completamente pálido e toda a frente de seu corpo encharcada de sangue.

Pavel está certo. Ele não tem muito mais tempo. Eu pretendia atirar no ombro dele, mas ele girou rápido demais, alertado da minha presença pela bala que tive de enfiar no crânio de seu colega. Com Pavel e o resto da equipe incapazes de acompanhar minha corrida alimentada pelo terror, eu não tive escolha a não ser matar os dois assassinos rapidamente, antes que eles pudessem fazer qualquer coisa com Chloe.

Em retrospecto, eu deveria ter ferido os dois.

Enquanto eu me agacho na frente do homem agonizante, suas pálpebras levantam, revelando olhos escuros malignos.

— Quem diabos são vocês? — ele murmura, apenas para fechar os olhos, exausto pelo esforço.

— Não se preocupe com isso. — Apesar da raiva vulcânica fervendo em minhas veias, minha voz está letalmente calma, controlada. — Quem te contratou? Por que você está atrás dela?

Seu lábio superior torce em um grunhido. — Vai se foder.

— Você está morrendo, sabe. Posso deixar você desaparecer em paz ou — pego meu canivete e o abro — posso picá-lo em pedaços e fazer você sentir até a última fatia.

Seus olhos se abrem pesadamente. — Vai se foder!

Eu lanço um olhar por cima do ombro. Chloe está deitada perfeitamente imóvel, com os olhos fechados. Com sorte, ela desmaiou, ou, pelo menos, está tão profundamente em choque que não registrará a próxima parte.

De qualquer forma, não há escolha.

Eu preciso obter respostas, rápido.

Encaro Arkash. — Faça.

O guarda tira uma seringa e atinge o pescoço do assassino moribundo, injetando nele a droga patenteada de nossa divisão farmacêutica – aquela pela qual os militares russos pagam milhões.

O homem mal reage no início, apenas golpeando o local da injeção com a mão fraca. Um momento depois, no entanto, seus olhos se arregalam e ele se senta direito, sua respiração acelerando enquanto a cor corre em suas faces pálidas.

— Epinefrina misturada com algumas outras substâncias divertidas — digo a ele cruelmente. — Isso vai mantê-lo bem acordado até o momento em que você agonizar. O que pode ser um pouco neutro ou alguns minutos terríveis a partir de agora. Sua escolha.

Ele está ofegante agora, o suor escorrendo pelo rosto. — Quem diabos é *você*?

— Se você não começar a falar, o homem que fará seus últimos momentos um inferno. — Eu aceno para Arkash e Kirilov, e eles agarram os braços do homem, facilmente levantando-os acima de sua cabeça, apesar de sua luta.

— Última chance — falo, mas o filho da puta apenas olha para mim.

Eu sorrio sombriamente. Eu esperava que ele fosse difícil. Por mais que eu prefira jogar bem, esta é a única vez que estou ansioso para aplicar as habilidades que Pavel me ensinou.

Com a velocidade de uma cascavel impressionante, eu enfio minha faca no rim do homem e torço a lâmina.

O grito que sai de sua garganta mal é humano. A droga não apenas o mantém consciente, como intensifica todas as sensações, aumentando a dor mil vezes.

Antes que ele possa se recuperar, eu arranco a lâmina e corto seu estômago duas vezes, cortando pele, gordura e músculos em um grande X.

Seus olhos se arregalam, outro grito desumano rasgando sua garganta enquanto eu retiro as pontas triangulares de carne, revelando suas entranhas.

— Você já se perguntou como é ter seus intestinos cortados sem anestesia? — pergunto coloquialmente. — Não? Porque você está prestes a descobrir. Na verdade, espere... acho que isso pode matá-lo muito rapidamente. Vamos começar mais baixo. — Com outro movimento rápido, eu corto a virilha de sua calça jeans, expondo seu pau mole e bolas.

— Espere! — Seus olhos estão selvagens enquanto minha lâmina desce novamente. — Eu vou... vou te dizer.

Eu paro a um centímetro de seu pau enrugado. — Vá em frente.

— Não sei por que, ok? Ele nunca nos contou. — Ele tosse, cuspindo sangue. — Apenas disse que tínhamos que eliminá-las.

— Elas?

— A mulher e... a garota.

Caralho. — Você deveria matar as duas naquele dia?

— Sim. — Seu rosto fica mais pálido a cada momento. — Só que a garota se atrasou. E então, de alguma forma, ela nos viu e... — Ele tosse novamente, fracamente, e eu sei que a droga está perdendo a batalha contra seu corpo moribundo.

— Quem? — Exijo urgentemente enquanto suas pálpebras baixam. — Quem te contratou? — pressiono a ponta afiada da faca contra suas bolas. — Dê-me a porra de um nome!

Seus olhos se abrem turvos, e ele solta três sílabas – um nome que quase me faz deixar cair a faca. Meu olhar atordoado encontra o de Arkash e Kirilov; escrito em seus rostos está o mesmo olhar boquiaberto de descrença.

— Você acabou de dizer... — começo, voltando

minha atenção para o assassino, apenas para ficar em silêncio em frustração.

Seus olhos estão vazios, seu peito imóvel enquanto sua cabeça pende sem ossos para o lado.

Acabou. O filho da puta se foi.

Eu pulo de pé, minha mente peneirando furiosamente o que eu sei.

O homem que ele nomeou definitivamente teria os recursos para fazer isso, mas qual é a motivação? A conexão? Como os caminhos dele e de Chloe teriam se cruzado?

A menos que... eles não cruzaram.

Chloe não era a única pessoa em sua lista de alvos; a mãe dela também era.

E, então, como uma avalanche, isso me atinge.

Califórnia. Jovem mãe, ainda menor de idade na época do nascimento de Chloe. Um pai que ela nunca conheceu. Uma bolsa integral que surgiu do nada.

Um homem diferente, com uma família normal e amorosa, nunca chegaria a uma conclusão tão distorcida, tão sombria. Mas eu sou um Molotov e sei que consanguinidade não compra lealdade ou segurança.

Eu sei que o amor pode ser mais violento do que o ódio.

Com o coração batendo forte, me viro para olhar para Chloe.

Se eu estiver certo, a própria existência dela é um escândalo que põe fim a uma carreira – e outro suposto pai merece a minha faca.

53

CHLOE

Estou no inferno. Ou isso ou presa em um pesadelo. Meu braço está pegando fogo, minhas entranhas tremem, e cada vez que a névoa escura em minha mente clareia e abro minhas pálpebras, vejo Nikolai fazendo algo cada vez mais terrível enquanto sua voz profunda e suave profere ameaças que fazem bile revolver-me na garganta. E os gritos que se seguem... Meu estômago embrulha, e tudo o que posso fazer é não rolar e vomitar.

Isso não é real.

Não pode ser.

A névoa escura ameaça me inundar novamente, e eu me concentro em respirar fundo e manter os olhos fechados. Tem que ser um sonho, um sonho horrível e gráfico ou uma alucinação provocada por terror extremo. De que outra forma Nikolai estaria aqui? Como ele teria me encontrado?

Então, como os assassinos da minha mãe me acharam?

Minha consciência deve ter desligado novamente, porque quando eu abro meus olhos em seguida, estou no banco de trás de um SUV em movimento, confortavelmente instalada no colo de um homem. O colo de Nikolai – eu reconheceria aquele cheiro de cedro e bergamota em qualquer lugar. Seus braços poderosos estão em volta de mim, segurando-me com força, e meu pulso pula de alegria quando percebo que não é um sonho.

Nikolai está aqui.

Ele veio por mim.

Devo ter feito algum tipo de barulho porque ele se afasta, os olhos intensamente dourados em seu rosto tenso.

— Quase lá — ele promete, a voz mais áspera do que eu já ouvi. — O médico já está esperando.

Enquanto ele fala, percebo uma dor latejante em meu braço direito e a sensação geral de tontura e extrema fraqueza, junto com a sensação de que fui espancada por inteiro com um porrete. O último deve ser por pular do carro – e também por ser derrubada no chão pelo assassino mais jovem. Minha frequência cardíaca triplica quando lembro de seu rosto acima de mim, a fome distorcida naqueles olhos neutros e escuros.

Como fui de lá para cá?

Como é que Nikolai…

De repente, minha mente clareia e as memórias

vêm, cada uma mais nauseante do que a outra. O homem mais velho com o crânio estourado... Nikolai pulando em minha direção, a arma como uma extensão de sua mão... Seu interrogatório do homem que planejava me estuprar; as ameaças que Nikolai fez e a maneira brutal e habilidosa com que manejou aquele canivete... E os gritos, aqueles gritos crus de gelar o sangue...

Eu começo a tremer enquanto meu olhar varre o carro, percebendo a presença rígida de Pavel ao nosso lado e os dois homens de aparência perigosa na frente. Eu nunca os vi antes, mas eles devem ser guardas do complexo. Meus olhos voltam para o rosto de Nikolai, aquele rosto perfeitamente esculpido que pode parecer alternadamente selvagem e terno, e eu noto uma faixa marrom-avermelhada sobre uma maçã do rosto saliente.

Sangue. Sangue seco.

Meu tremor se intensifica. Interpretando mal o motivo, Nikolai acaricia meu queixo, sua expressão feroz se suavizando.

— Está tudo bem, *zaychik*, você está segura. Eles não podem te machucar.

Mas *ele* pode. Estou dolorosa e perfeitamente ciente de que estou à mercê deste homem lindo e assustador. Ser segurada em seu colo apenas destaca as diferenças de tamanho e força entre nós; seu corpo grande e poderoso me envolve completamente, a faixa muscular de seu braço nas minhas costas tão inescapável quanto qualquer corrente de ferro. Não que eu fosse capaz de escaper, em qualquer caso – não com seus homens aqui, não enquanto o SUV está dirigindo a toda velocidade.

É melhor não saber, mas não consigo conter a pergunta.

— Foi você, não foi? — Minha voz emerge como um sussurro tenso. — Você atirou na cabeça dele.

É como se um véu caísse sobre o rosto de Nikolai, todo indício de expressão desaparecendo.

— Eu não tive escolha. Se eu apenas o tivesse ferido, ele poderia ter matado você enquanto eu lidava com seu parceiro. Com os dois lá, tive que eliminar um, rápido.

— E o outro homem... — Engulo uma onda de náusea com a lembrança dos gritos. — Ele...?

— Morto por causa dos ferimentos, sim. — Não há remorso na voz de Nikolai, nenhum sinal de culpa em seu olhar nivelado, e cacos de gelo se formam em minhas veias quando eu percebo que ele já fez isso antes.

Ele matou e torturou outros.

Incluindo, provavelmente, seu próprio pai.

— Pare o carro! — As palavras saem voando da minha boca antes que eu possa considerar a sabedoria disso. Ignorando a explosão estonteante de dor em meu braço, coloco minhas mãos entre nós e empurro seu peito, que, por algum motivo, parece que é revestido de aço. Desesperada, começo a implorar. — Por favor, Nikolai, me deixe sair. Eu preciso... eu só preciso de um minuto.

Ele não se move, e nem qualquer um de seus homens enquanto diz baixinho: — Estamos quase em casa, zaychik. Só mais alguns minutos.

Casa? Meu olhar em pânico salta para a janela, e o medo aperta meu peito quando eu reconheço a estrada que leva ao complexo, cujas curvas íngremes eu naveguei esta manhã enquanto fugia do homem que me segura... o homem que eu realmente não acreditava ser um assassino.

— Não se preocupe. Pedi ao médico e sua equipe que viessem aqui — diz Nikolai, abordando uma questão que começou a se formar em minha mente. — Eles trouxeram tudo o que precisam para tratá-la.

Percebo sua expressão implacável, meu medo crescendo a cada segundo que passa.

— Eu preferiria um hospital. Por favor, Nikolai... apenas me leve a um hospital.

— Eu não posso. — Suas feições cinzeladas também podem ser feitas de granito. — Não é seguro.

— Seguro? Mas...

— Aqueles dois eram apenas pistoleiros contratados. Há muito mais de onde eles vieram.

Minha garganta fica seca. Em meu pânico, quase me esqueci do mistério das motivações dos assassinos. — Foi isso que ele te disse? O homem que você... questionou? — Afinal, minha teoria está certa? Minha mãe testemunhou algo que ela não deveria?

— Sim, e, Chloe... — Ele enquadra minha bochecha com sua palma grande e quente, o gesto terno desmentindo o conjunto duro de suas feições. — Eles estavam lá para matar vocês duas.

— O quê? — Eu me afasto. — Não, isso não é poss...

— Isso é o que o assassino disse. Se você não tivesse chegado tarde em casa... — Ele deixa cair a mão, um músculo flexionando violentamente em sua mandíbula.

— Mas isso não... — Eu paro quando fragmentos da conversa que ouvi naquele dia vêm à tona em minha mente.

Deveria estar aqui... Talvez haja trânsito ...

Eu ouvi os assassinos dizerem isso, mas, por algum motivo, eu não somei dois mais dois, não percebi que eles estavam falando sobre *mim*, esperando por *mim*.

— Não entendo. — Estou tremendo de novo, tremendo com um calafrio que não tem nada a ver com o ar-condicionado dentro do carro. — Por que alguém iria me querer morta? Eu não fiz nada, não conheço ninguém, sou apenas... só eu.

A expressão de Nikolai muda, uma pena estranha entrando em seu olhar.

— Não, zaychik, eu não acho que você é só isso.

— O quê? — Empurro seu peito bizarramente duro novamente, e quase desmaio com a nova explosão de dor em meu braço. Seu rosto em frente a mim, e ainda estou lutando para não desmaiar quando uma percepção surpreendente entra.

Essa dureza é um colete à prova de balas.

No momento seguinte, no entanto, esqueço tudo porque Nikolai pergunta: — O nome *Tom Bransford* significa alguma coisa para você?

As sílabas não fazem sentido no início.

— Você quer dizer... o candidato presidencial? — Assim que a pergunta sai da minha boca, percebo o quão absurdo é. Ele não pode estar falando sobre o senador da Califórnia que está em todos os noticiários hoje em dia, aquele que eles estão comparando a JFK. Eu devo ter ouvido mal ou...

— É esse mesmo. — Seus olhos brilham como ouro antigo. — A menos que haja outro Tom Bransford com recursos para contratar assassinos profissionais, apagar filmagens de segurança e alterar registros policiais.

— Registros policiais? O que...

— Eu examinei todos os arquivos relacionados ao seu caso — ele diz gentilmente — e não há nada sobre os homens mascarados no apartamento da sua mãe, nem a van preta que quase atropelou você. Na verdade, segundo o registro oficial, foi um vizinho que descobriu sua mãe; você nem mesmo apareceu para identificar o corpo.

— Isso não é verdade! Eu fui à delegacia e...

— Eu sei. — Seu olhar escurece. — E tem mais. Seus e-mails para os jornalistas nunca chegaram ao destino. Alguém, com um conjunto de habilidades muito específico, garantiu que eles fossem bloqueados ou marcados como spam, e também se livraram de qualquer prova que houvesse de sua história, como gravações de câmeras de tráfego e filmagens de segurança que teriam mostrado você sendo atacada.

Sinto como se um buraco se abrisse embaixo de mim.

— Como você sabe tudo isso? — Minha voz treme, meus pensamentos girando como galhos em um tornado. Não sei o que pensar, em que acreditar, e a dor latejante no meu braço não está ajudando. — Como você...

— Porque também tenho recursos. Incluindo alguns que Bransford não tem.

É claro. Foi assim que ele me encontrou tão rápido hoje, e por que estou completamente ferrada se ele pretender me machucar. Meu coração bate dolorosamente, um suor frio encharca minha camisa enquanto outra onda de tontura me ataca, fazendo pontos pretos dançarem nos cantos da minha visão. Perda de sangue, percebo vagamente; deve ser o que está causando isso. Desesperadamente, respiro fundo, mas só ajuda um pouco, e minha voz soa como se estivesse vindo de muito longe quando pergunto, trêmula: — Por que você veio atrás de mim hoje? Por que... — respiro fundo novamente. — Por que você está me trazendo de volta?

Seus olhos voltam ao tom brilhante e selvagem do tigre. — Por que não o faria?

Porque eu fugi, penso meio tonta. *Porque você, provavelmente, é um psicopata incapaz de sentimentos reais. Porque nada disso, especialmente você e eu, faz sentido.*

Acabo dando a única razão que posso, uma que pesa mais sobre mim.

— Porque se você estiver certo sobre Bransford, você e sua família correm um perigo ainda maior. — Minha voz vacila quando outra onda de tontura bate em mim. Mesmo assim, eu persevero. — Você tem que me deixar ir. Agora. Antes que seja tarde.

Uma curva escura toca seus lábios sensuais, um vislumbre de diversão irônica acendendo em seu olhar enquanto ele gentilmente segura minha bochecha.

— Não sei se você percebeu, zaychik — diz ele suavemente —, mas minha família e eu não somos exatamente estranhos ao perigo. Na verdade, estamos bem familiarizados com ele.

Ele me beija então, suavemente no início, depois, com urgência crescente e, apesar de tudo, um calor familiar surge no meu interior. Ele aprofunda o beijo, sua língua acasalando-se com a minha em uma dança primitiva não permitida por nossa falta de privacidade, e minha cabeça gira, minha tontura aumenta até que ele é a única âncora sólida em meu mundo. Oprimida, eu me agarro a ele, apertando punhados de sua camisa, e com meus pensamentos se dissolvendo sob a atração sombria do desejo, não importa que eu o tenha visto tirar duas vidas hoje, que ele pode ser a própria definição de um monstro.

Nada importa, exceto nós dois, e quando ele me deixa respirar, já passamos pelo portão, de volta ao seu domínio.

— Não se preocupe, zaychik — ele murmura, seu polegar acariciando meu lábio inferior enquanto um arrepio percorre meu corpo maltratado. — Nós vamos chegar ao fundo disso, eu prometo. Eu vou mantê-la segura. — E em seus olhos, eu li o não dito:

Mesmo que você se oponha.

AGRADECIMENTOS

A história de Nikolai e Chloe continua em *Gaiola do Anjo*. E se você curtiu *Covil Do Diabo*, por favor, considere deixar uma resenha/comentário.

Para ser notificado(a) sobre os próximos lançamentos, incluindo novas histórias com a família Molotov, se inscreva em minha newsletter em www.annazaires.com/book-series/portugues/.

Você quer mais romances dark cheios de suspense?
Dê uma olhada em minha série *O Perseguidor*, a intrigante história de uma assassino russo em busca de vingança e sobre a mulher da qual ele se torna obcecado.

Você prefere comédias extremamente engraçadas?
Meu marido e eu co-escrevemos comédias românticas sedutoras, com pitada geek sob o pseudônimo Misha

Bell. Adquira uma cópia de nosso livro de estreia *Meu código exato* e conheça Fanny, uma diagramadora peculiar colocada para testar brinquedos eróticos, e seu misterioso chefe russo, que aparece para socorrê-la.

Agora, por favor, vire a página e leia trechos de *O Perseguidor* e *Meu código exato*.

TRECHO DE O PERSEGUIDOR, DE
ANNA ZAIRES

Ele surgiu durante a noite, um estranho cruel e sombrio, proveniente dos cantos mais perigosos da Rússia. Ele me oprimiu e me destruiu, deixando meu mundo em pedaços em sua busca por vingança.

Agora, ele está de volta, mas ele não está mais atrás dos meus segredos.

O homem que assombra meus pesadelos quer a mim.

— Você vai me matar?

Ela está tentando – e falhando – manter a voz firme. Mesmo assim, admiro sua tentativa de ter compostura. Eu me aproximei dela em público para fazê-la sentir-se segura, mas ela é muito esperta para achar isso. Se eles falaram a ela qualquer coisa sobre meu passado, ela deve saber que posso quebrar seu pescoço antes que ela consiga gritar por ajuda.

— Não — Respondo, recostando-me mais perto quando uma música mais alta começa. — Não vou te matar.

— Então, o que você quer comigo?

Ela está tremendo na minha mão, e algo sobre isso tanto me intriga como me perturba. Eu não quero que ela tenha medo de mim, mas, ao mesmo tempo, gosto de tê-la sob meu controle. Seu medo acende o predador dentro de mim, fazendo meu desejo por ela algo mais sombrio.

Ela é uma presa capturada, macia, doce e minha para ser devorada.

Abaixando a cabeça, enterro meu nariz no seu cabelo cheiroso e murmuro no seu ouvido: — Encontre-me no Starbucks perto da sua casa amanhã ao meio-dia, e vou te dizer tudo o que quer saber.

Afasto-me e ela olha para mim, seus olhos grandes nas suas feições com formato de coração. Sei o que ela está pensando, então, me curvo outra vez, abaixando a cabeça para que minha boca fique perto do seu ouvido.

— Se você contatar o FBI, eles tentarão te esconder de mim. Do mesmo jeito que tentaram esconder seu marido e os outros na minha lista. Eles vão te remover, te levar para longe dos seus pais e da sua carreira, e será tudo em vão. Te acharei não importa aonde você vá, Sara... não importa o que eles façam para te manter separada de mim. — Meus lábios esfregam na curva de sua orelha, e a sinto ofegar. — Alternativamente, eles podem querer te usar como isca. Se esse for o caso – se eles armarem uma armadilha para mim – eu saberei, e nosso próximo encontro não será para um café.

Ela treme, e eu respiro fundo, inalando seu perfume delicado pela última vez antes de liberá-la.

Dando um passo atrás, me misturo na multidão e envio uma mensagem para Anton para posicionar a equipe.

Tenho que me certificar que ela chegue em casa segura e bem, sem ser molestada por ninguém além de mim.

Por favor, visite www.annazaires.com/book-series/portugues/ para obter sua cópia.

TRECHO DE MEU CÓDIGO EXATO,
DE MISHA BELL

Minha nova tarefa no trabalho: testar brinquedos. Sim, desse tipo aí mesmo que você pensou.

Bem, tecnicamente, é para testar o aplicativo que controla os brinquedos remotamente.

O problema? A contratada a testar o hardware (os brinquedos de verdade) entra para um convento.

Outro problema? Esse projeto é importante para o meu chefe russo, o taciturno e sexy Vlad, também conhecido como O Empalador.

Existe apenas uma solução: testar o software e o hardware eu mesma... com a ajuda dele.

— Eu? — Com os olhos arregalados, ele dá um passo para trás.

Agora que comecei, vou em frente. — Faz sentido. Presumo que você confie em si mesmo para não me jogar no porto. A privacidade do projeto não é comprometida. E, bem — eu coro horrivelmente —, você tem as ferramentas certas para isso.

Espontaneamente, meus olhos caem para essas partes, e eu rapidamente olho para cima.

As portas do elevador se abrem.

— Vamos continuar com isso no carro — diz ele, sua expressão se tornando ilegível.

Merda, merda, merda. Ele odiou a ideia? Me odeia por sugerir isso? Ugh, quão estranho será se ele disser não?

Estou prestes a ser demitida por dar em cima do chefão?

Entramos na limusine novamente, sentados um em frente ao outro desta vez.

Ele faz a divisória subir. — Só para esclarecer: eu testo o lote masculino, atuando tanto como doador quanto como receptor, certo? Na verdade, eu já testei uma das peças em mim mesmo depois de desenvolver o aplicativo, então poderia, em teoria, fazer o mesmo com o resto delas.

Sim! Ele está realmente considerando isso. Quero dar pulinhos, mesmo quando o rubor que havia diminuído ligeiramente na caminhada desde o elevador retorna em toda a sua glória.

— Isso não seria um bom teste de ponta a ponta, e

você sabe disso. Você escreveu o código; isso o torna tendencioso.

Suas narinas dilatam. — Então como?

Até meus pés estão corando neste momento. — Você apenas age como o receptor. Eu atuo como o doador e registro os dados do teste. É a maneira correta de fazer essas coisas.

Suas sobrancelhas se erguem. — Isso está esticando a definição da palavra 'adequada' para fora da zona de conforto.

— Veja — Tento imitar seu sotaque o melhor que posso —, se você quiser largar, eu entendo.

Um sorriso lento e sensual curva seus lábios. — Eu não fujo de desafios.

Minha calcinha pode realmente derreter ou isso é apenas um ditado?

<hr>

Por favor, visite www.mishabell.com/pt/ para obter sua cópia.

9 781631 427060